文春文庫

輪違屋糸里

上

浅田次郎

輪違屋《わちがいや》糸里《いとさと》

上

登場人物

芹沢鴨　新選組筆頭局長。水戸郷士
新見錦　新選組副長
平山五郎　芹沢派の隊士
平間重助　芹沢派の隊士。勘定方

近藤勇　新選組局長。試衛館の後継者
土方歳三　新選組副長
山南敬助　副長
井上源三郎　副長助勤
沖田総司　一番隊長
永倉新八　二番隊長
斎藤一　三番隊長
藤堂平助　八番隊長
原田左之助　十番隊長

松平容保　会津藩主。京都守護職
妙円　小浜藩・浄蓮院の住職

糸里　島原・輪違屋の芸妓
音羽　輪違屋の太夫
吉栄　島原・桔梗屋の芸妓

太兵衛　西陣の太物問屋、菱屋の四代目
お梅　太兵衛の妾。芹沢鴨の愛人
儀助　菱屋の元締番頭

八木源之丞　新選組の屯所、八木家の主。
　壬生郷士
おまさ　源之丞の妻
お勝　八木の分家、前川家の女房。実家
　は菱屋で太兵衛は実の弟

序

忘れようにも忘られぬふるさとの景色がある。

浜辺の松林に粗末な小屋があって、板敷に膝を抱えて座ると、開かれた引戸の向こうの海が、そのままひとひろの軸絵になった。

松風の騒ぐ日にも、若狭の湾《いりうみ》はわずかに細立《さきだ》つほどであった。猛くうねる波の姿など、いいとは見たためしがなかった。

三畳ばかりの板敷の四方には注連縄《しめなわ》が繞《めぐ》っており、誰がそうするものやら、いつも真新しい幣《ぬさ》がみっしりと張られていた。引戸を開け放したまま裏の撥窓《はねまど》を上げれば、たちまち心地よい浜風が抜けて、幣をからからと鳴らした。

杉の丸柱にもたれて小さな膝を抱え、風を聴きながら閑《のど》かな海を見ていると、折檻を受けた体の痛みも、親のない子の悲しみも、たちまち癒えた。

生まれ育った小浜《おばま》のふるさとを、つとめて忘れようとしたわけではない。忘れようと言った養い親の顔を、まずまっさきに忘れた。

もっとも、女衒《ぜげん》に買われて京に上ったのは算《かぞ》えの六つの齢だったのだから、いつまでも胸にとどめている浜小屋の記憶のほうが、むしろ不自然なのかもしれない。

小浜から京に至る道は、雪の峠越えであった。寒さと足の痛みと、何よりも心細さに泣き泣き歩むいとの手をひきながら、「京は遠ても十八里」と、老いた女衒はあやすように唄った。

背負われた憶えはないから、その十八里の道を、六つのいとは歩き通したのであろう。

京には海があるのかと、みちみち女衒に訊ねた。海があれば松林の中には浜小屋があり、それさえあれば生きていけると、いとは考えたのだった。

「京に海などあるかいな。ほれ、見てみい。せやから背持人《せもちにん》が十貫目も鯖《さば》を背負うて、夜通し歩かなならんのんや」

背にした荷を軋ませて、屈強な人足がひきもきらさずにいとを追い越していった。

島原の大門をくぐったのは、風の温《ぬる》い午下《ひるさが》りであった。

「おことうさんどす。小浜から可愛《かい》らしいお子ォをお連れしましたえ。おかあさん、おいやすか」

輪違屋《わちがいや》の台所に入ると、女衒はうって変わった猫撫で声で人を呼んだ。やがて、老いたなりに背筋の伸びた女将《おかみ》が奥から出てきた。

「おっきな声で小浜から何やからと言わんといてんか。島原の禿《かむろ》は京生まれの京育ちいう、昔からのきまりごとやし」

女衒は式台に腰を下ろすと、いとの綿入れの肩に手を置いて、さも自慢げに言った。

「おいと、いいますねん。養い親が言わはるのには、母親いう人は小浜小町なんぞと呼ばれた別嬪《べっぴん》やったそうどすけど、この子ォを産み落とすとじきに亡《の》うなってしもたんどすわ」

「へえ、さよか。そらまた不憫《ふびん》なお子ォやな。ほんで、てて親は」

まるで品定めでもするように、女将は畳敷きの上がり框《かまち》に座りこんで、目の高さにいとを見つめた。そのまなざしが怖ろしく思えて、いとは太い梁に支えられた高天井を見上げた。煙出しから射し入る光の帯の中に、いとは佇《たたず》んでいた。

「そのあたりはまあ、わてが塩梅《あんば》よう作り話をさしてもろてもええんどすけどな。小浜藩の名のあるお侍の落とし胤《だね》やとか」

「あほらし。しょうもないこと言わんとき」

「せやから、包み隠しのないとこ言わしてもらいますのや。養い親も誰も、この子ォのてて親は知らへんのどす。ただ、母親が好いたお人の子ォやいうことだけで」

「なんや、話にもならへんやないの」

降り落ちてくる冬の光に、いとは目を細めた。おくどさんから溢《あふ》れ出る煙が、四角く切り取られた空に立ち昇ってゆく。

「小浜には子を産むための産屋《うぶや》がありますのんや。浜辺の松林にある小屋にこもって、子ォを産まはって、肥立《ひだ》ちのようなるまで、母親は子ォと過ごさはるそうどす」

「へえ、けったいなならわしやね」

「ほんまにそうどすわ。ほんで、母親はこの子ォをひとりで産まはって、何日かは遠縁にあたる養い親が、三度の飯も運んだはったそうどす。そうこうするうちに、ある朝お子ォを抱いたまま亡うなってましてな。親からもろたもんは、おいという名ァだけの、不憫な子ォどす」

「そらまあ、しんどい話やな。禿になならはるのやったら、その親からもろた名ァも捨てなななりまへん」

いややや、といとは煙出しを見上げたまま言った。さだめを拒んではならぬことはわかっていた。すべてを受け容れねば、このさき生きてはゆけぬとも知っていた。それでも、体が口をきいてしまったのだった。

「おかあちゃんからもろた名ァは、堪忍《かんにん》して下さい。何でもしまっさけ、堪忍して下さい」

身を慄《ふる》わせてそう言ったきり、いとは光を仰いで泣いた。

おのれの意志を、年端《としは》もいかぬ子供がそうまではっきりと口にするのは、よほど思いがけなかったのであろう。しばらくの間、女将も女衒も、立ち働く女たちも、じっといとを見つめていたように思う。

「気丈なお子ォや。いずれええ太夫《たゆう》にならはりますえ。せえだいお気張りやっしゃ」

糸里という名は、女将の情けであった。

母から貰った名を奪われることなく、いとはその日から、輪違屋の糸里と呼ばれるようになった。

一

暮六ツの鐘を合図に、店先を餝《かざ》る灯籠《とうろう》に火が入れられる。往来を行く人々が感嘆の声をあげ、糸里も切ない思い出はひとまず懐にくるみこんで、二階の格子窓から中ノ町の賑わいを見下ろした。

盆中から明月の前後まで、島原の店々には工夫を凝らした餝灯籠が並ぶ。物騒な世情など知らぬげに、今年の灯籠はどの店もいつに増して華やかだった。

宝船やら竜宮城やら、さまざまの趣向にからくりまで仕込んだ紙細工の灯籠には、色も彩《あや》かな薄絹や羅紗《ラシャ》の紐《ひも》が結びつけられ、たそがれの風になびいている。

糸里は窓辺に膝立って、輪違屋の門口を餝る灯籠を覗きこんだ。腹の中に灯を呑みこんだ猪が、牙をむいている。昼日中には可愛らしいばかりだった顔が怖ろしげに見えて、糸里は思わず首をすくめた。

輪違屋は毎年、干支《えと》を象《かたど》った灯籠を飾る。文久三年は亥《い》の年で、猪の飾物は色気がないと妓《おんな》たちは口を揃えたのだが、亭主もおかあさんも聞き入れなかった。何でも今年の灯籠は西陣の職人が三月もかけた代物で、お代は七十両もしたそうだ。

そんな大金は拝んだこともないが、元禄の昔から百七十年も続く置屋には、格式にふさわしい飾りがなくてはならないのだろう。

糸里が輪違屋に買われてきたのは嘉永六年で、その年の灯籠は干支の癸丑《みずのとうし》にちなんだ牛の細工であった。禿装束のまま往来に膝を抱えて見入り、おかあさんにひどく叱られた。

糸里は指を折って算えた。今年が猪ならば来年は鼠で、その翌《あく》る年には再び牛の飾りがめぐってくる。輪違屋に買われてから十年が経ったのだった。

「糸里天神、いたはりますか」

閉《た》てきった襖《ふすま》の向こうで、禿の声がした。まるであのころの自分に呼ばれたような気がして、糸里は格子窓から胸を起こした。

十年の間に、六歳の禿は島原のしきたりを覚え、芸事を学び、半夜《はんや》から鹿恋《かこい》に、そして天神と呼ばれる芸妓に出世した。天神あがりをしたのは十四の齢であったから、禿となったのが遅いわりには早い出世であった。

「音羽《おとわ》こったいが天神を呼んだはります」

音羽太夫は輪違屋の金看板である。太夫をこったいと呼ぶのは島原の古いならわしで、「こちの太夫」が訛《なま》ったものであるという。

「はて、何のご用どすやろ」

「角屋《すみや》さんから逢状《あいじょう》がかかってますさけ、早よお越しやす」

輪違屋の女将を母だとするなら、糸里にとっての音羽太夫は、やはり甘えてはならぬ姉であった。幼い禿は太夫と寝食を共にして、花街のしきたりや座敷の作法を学ぶのである。

襖を開けると、あのころの自分と同じ禿が、華やかな夜の仕度をすませて廊下にかしこまっていた。赤い着物を着て、背には「音羽」と錦糸で縫い取った帯を下げている。置屋から揚屋に向かう道中では六人の禿がつき随い、座敷でも年長の二人を左右に侍《はべ》らせるのが、島原一の傾城《けいせい》たる音羽太夫の常であった。

「なんぞお口に入れはったやろ」

頭《こうべ》を上げた禿を睨みつけて、糸里は叱った。禿はうろたえて俯《うつむ》く。

「紅が落ちてますえ。こったいに見とがめられんうちにお直しや」

襖を閉めずに、糸里は鏡台を指さした。育ちざかりのひもじさはよく知っている。

睡さと空腹に耐えることに慣れたのは、糸里ですら近ごろになってからだった。袂《たもと》に忍ばせた食物を口にしたことがわかれば、躾《しつけ》にやかましい音羽太夫はただではすまさぬ。

「すんまへん、天神。こったいには言わんといとくりゃやっしゃ」

「言わへん、言わへん。そやけど、あんたも下の禿がいやはるのやさけ、生半尺《なまはんじゃく》なことしたらあきまへんえ。しっかりせえへんと、半夜にも上がれしまへんえ。さ、早うおし。角屋さんから逢状かかってんのやろ」

禿は簪《かんざし》のかしぐほど頭を下げて、糸里の部屋に入ってきた。

輪違屋に寝起きする子供らのことは、何も知らない。何人もの幼い子らが、日がな大人たちの顔色を窺《うかが》いながら、息をつめて暮らしていた。年に一人や二人は病で死に、また島原にそぐわぬ子は見捨てられて、再び女衒の手に委ねられ、どこかへ行ってしまう。禿が京生まれに限られているというのはむろん建前にちがいなかった。

あちこちの揚屋やお茶屋から、逢状の届く時刻である。音羽太夫の住まう西の座敷に向かいながら、きょうはお茶を挽くのではなかろうかと糸里は危ぶんだ。

道中の仕度を斉《ととの》えた太夫は、金屏風の前にどっしりと座り、鏡に見入っていた。

衣裳は祭の宵にふさわしく、白地に松の緑をあしらい、赤や青の胡蝶を散らした大裲襠《おおうちかけ》である。吉野髷を飾る夥《おびただ》しい櫛笄《くしこうがい》の絢爛《けんらん》が、八畳間の壁や天井を星月夜の輝きに染めていた。

百目蠟燭《ひゃくめろうそく》がひとつだけ灯る座敷に、禿の姿はなかった。

「ごめんやしとくりゃす、こったい。出しなに何のご用どすやろか」

糸里が鏡の向こう前に座っても、音羽は表情を動かさなかった。客の前ではいつも艶《あで》やかな笑みを絶やさぬのに、置屋の中で笑顔を見せることはない。音羽に限らず、五位の格式を持つ島原の太夫とはそういうものだった。

ややあって、音羽は見惚《みと》れるほどの優雅なしぐさで、膝前に置かれた鏡を脇に押しやった。

「おかあさんがな、あんたをぼちぼち太夫あがりさしたろか、言うたはる。わても二十七になるし、輪違屋の金看板を譲るのも、汐時やろ思てな」

べつだん思いがけぬほどの話ではなかった。糸里も来年は十七になる。天神が太夫に出世するには、けっして早い年齢ではなかった。

「そないなこと、うちには太夫などよう務まらしまへん」

「あんたのほかに、誰がいてるかいな。舞も謡《うたい》も、わての教《おせ》るものはもう何もおへんし。お茶かてお裏さんのお免状いただいてるし、お歌も上手に詠《よ》まはるしな。そやけどなあ、天神」

おかあさんがよう言えぬことを、姉がわりの太夫は口にしようとしている。言葉を選ぶように、太夫は鉄漿《かね》を引いた口元をわずかに歪めた。

「太夫あがりのときには、誰もが往生することなんやけどな。天神は男はんを知らへんやろ」

はあ、と糸里は気の抜けた返事をした。

「お客さんなら、おなじみさんはたんとおいやすけど」

「せやない。男はんに抱かれたことがないやろ、いうこっちゃ」

「気色悪いこと言わんといとくりゃす。うちは島原の天神どす。体を売るおなごやあらしまへん」

背に通した芯が折れでもしたかのように、音羽太夫は深い溜息をついた。

「あんなあ、糸里――」

親しげに名を呼んでから、太夫は一息に言った。

「太夫あがりするからには、五百両からの仕度金を出してくれはる旦那《だん》さんがいてはらななららんのんや。そらあんたかて、贔屓《ひいき》のお客さんはいくらもいてはるやろけど、五百両もの大金を出してもろて、おおきにの一言ですむはずはないわな。ええか、糸里――」

太夫は緋毛氈《ひもうせん》の上に膝を進め、俯く糸里の手を握った。

「ここが傾城《けいせい》の正念場やで。たしかに島原のおなごは売女《ばいた》やない。芸を売るおなごや。せやから、五百両で体を売るわけやないんやで。太夫に昇せてくれはった旦那さんに、ご恩返しをせなならんやろ。あんたの持ったはる一番大切なもんを、おおきにと言うて差し出すのんは礼儀いうものや。ええ旦那は、おかあさんが探してくれはる。心配することは何もおへん」

十年前に、音羽太夫も先代の太夫から同じことを言われたのだろうと糸里は思った。禿として寝食を共にし始めたころ、音羽はまだ太夫あがりから間もなかったはずだ。

往来の喧噪が、耳の底で遠ざかっていった。

「いやや」

俯いたまま、糸里は呟《つぶや》いた。太夫の言葉を拒んだのではなく、体がいやだと言った。

このごろの島原にはたしかに、色を売る店も多い。しかし輪違屋は、けっして女郎の置屋ではなかった。幼い禿から島原傾城という芸妓を育て上げ、その技倆に応じた座敷に送り出す置屋だった。角屋のような格式高い揚屋ともなれば、芸をきわめた太夫と天神しか座敷に上がることはできなかった。

体だけは売らぬという矜《ほこ》りがあったればこそ、辛い暮らしや厳しい稽古にも耐えてきたのだった。

「聞き分けなあかんえ。あんたがいやや言うたら、ほかの天神が喜んで太夫あがりしやはるよってな。ほしたらあんた、天神のままずっと、芸の見劣る太夫の下《しも》に立たなあかんのやで。そないなことになったら、くやしやろ。いや、あんたがどうこうやなく、輪違屋の暖簾《のれん》にかかわるこっちゃ。な、了簡《りようけん》しいや」

糸里は音羽の手を振りほどいて後じさった。

「堪忍しとくりゃす。うち、そないなことようしいしまへん。いくらおかあさんが探してくれはるええ旦那《だん》さんかて、好いてもおへんお方に抱かれるなど、ようしいしまへん」

考えて言っているわけではなかった。男に抱かれることの怖ればかりが、糸里を頑《かたく》なにさせていた。

「しゃあないなあ。まあ、わての言い方がえげつのう聞こえたかもしれへんけど。言うだけのことは言わしてもろたさけ、あとはゆるりと考えてもらわな。いつまでもおぼこい子ォでいるわけにもいかへんのやで。祇園《ぎおん》の舞妓かて、お衿替えのときは肚をくくらなならんのや」

折よく助け舟のように、梯子段の下から男衆《おとこし》の声がかかった。

「音羽こったい、逢状どっせえ。角屋さんまで、ぼちぼち参りまひょかァ」

太夫が立ち上がると、衣《きぬ》ずれの音を聞いて廊下に控えていた禿が襖を左右に開けた。

「天神は、逢状かからへんのんか」

へえ、と糸里は太夫のきらびやかな背に目を向けた。

「ほしたらな、わてが糸里天神に花向けてくれはるよう、お客さんに言うておくさけ、仕度しとき」

「おおきに。よろしうお頼《たの》申します」

「お客さんは壬生《みぶ》浪士組の芹沢はんや」

糸里ははたと顔を上げた。太夫の物言いには、口に出しかねる含みがあった。

「これだけは言うておきますえ。壬生浪士は素性の知れぬお人の集まりやよって、心を許したらあきまへん。そないなこと、今さら言うまでものうわかったはるやろけどな」

「へえ。重々承知しております」

「わかったはるのならええ。わてがごてくさ言う筋合いでもなし。ほなら、角屋さんから改めて逢状かけますよってな」

壬生浪士組の芹沢局長のお座敷なら、あの人も来ているにちがいない。糸里の胸はときめいたが、その胸のうちを見透かしているような太夫の物言いも、気にかかってならなかった。

音羽太夫が輪違屋の門口に姿を現すと、寄り集まっていた人垣は縮むどころか、その絢爛に気圧《けお》されてどっと退いた。

道中の先達《せんだつ》は提灯《ちょうちん》をさげた引舟《ひきふね》が務める。その後に続く禿はふつう二人なのだが、島原一の傾城にふさわしく、音羽の道中には三組六人が付いていた。

十貫目の衣裳をまとった太夫の背には傘持ちの男衆が付き従って、輪違屋の定紋《じょうもん》を染め抜いた傘をさしかけている。

音羽はまなざしを遠い一点に据えたまま、あやういほどに体を振り、内八文字に練って歩む。一年を通じて足袋《たび》ははかず、栴檀《せんだん》の香木で誂《あつら》えた三枚歯の高下駄である。

裲襠の片衿を返しているのは、内に着こんだ禁色《きんじき》の赤を見せるためで、その色は禁裏《きんり》に上がることのできる正五位の格式を表していた。

中ノ町の輪違屋から揚屋町の角屋に至るわずか二町ばかりを、太夫は小半刻もかけて歩く。

六ツ下がりは道中の時刻である。太夫の住まう置屋から宴の催される揚屋へと、ひきもきらさぬ道中が始まるが、音羽太夫が島原の胴筋《どうすじ》を行けば、ほかの太夫はみな辻に立ち止まってやり過ごした。

どの道中にもそれぞれの太夫の矜恃《きょうじ》があるから、声をかけたり挨拶を述べることはない。太夫の序列も誰が定めるわけではないのだが、音羽にはほかの太夫の内八文字の足を止めさせる貫禄があった。

音羽太夫の道中のすぐ後を追従するのも沽券《こけん》にかかわるというわけで、やり過ごしてからもほかの道中はしばらく動こうとはしない。胴筋に行き当たる西洞院《にしのとういん》の辻にも、中堂寺や下ノ町の角にも、人形のように動かぬ一行が長いこと見世物になっていた。

つまり常日ごろは、輪違屋の音羽太夫に遅れて道中に出ることを、どこの置屋の太夫も心得ているのだが、この晩は音羽が糸里天神を呼んで道中の出を遅らせた分、目算がはずれてしまったのだった。

果報であったのは灯籠見物にやってきた客たちである。辻に佇んで動こうとせぬ太夫道中を、灯籠を眺めるのと同じようにじっくりと見物して回ることができた。

心の字を象《かたど》った三枚重ねの島原結びの帯を、やや大儀そうに揺すって音羽は歩む。この晩の道中はいつに増して遅い歩みに見える。

ともすると太夫を置き去りにしてしまいそうで、先達の引舟も禿たちも、ときおり太夫を振り返る。傘持ちは吉野髷の花櫛の先に傘をつき出して、歩みを急《せ》かそうとするのだが、太夫はいっこう意に介さぬふうであった。

音羽の遅い歩様には、心中たしかな理由があった。

何もほかの道中に対して、ことさら威を誇っているわけではない。むろん出がけに糸里と言い争って、虫の居所が悪くなったわけでもなかった。

理由はただひとつ、今宵の客である。

島原で遊ぶ客は、贔屓の太夫にできうるかぎりの敬意を払わねばならない。まず宵の口に揚屋に上がり、ぜひともお逢いしたい旨の書簡、すなわち逢状を託すのである。そして承諾した太夫が長い時間をかけて到着するまでの間、ひたすら酒を酌みながら待つ。

しかし壬生浪士組の芹沢鴨は、はなからそうした島原の作法をわきまえなかった。初めて角屋の座敷に呼ばれたときは、逢状の後から矢の催促をされた。顔を合わせたとたん、芹沢の口にした言葉は「遅い」という叱責であった。むろん太夫を十年も張って、客から叱言を言われたためしなどなかった。

角屋の主人にたしなめられて、その夜は事もなく宴をおえたものの、数日後に芹沢はさらなる不調法を働いた。おのれが島原に向かう前に隊士を角屋に上がらせ、芹沢名義の逢状を出させたのである。そして太夫が道中をおえて座敷に腰を据えてから、まるでころあいを見計らったようにやってきた。

芹沢という侍は、どうあっても太夫の下《しも》に立ちたくはないらしい。いや、芸を売る島原の太夫を、色を鬻《ひさ》ぐ吉原の華魁《おいらん》と同様に見ているとしか思えなかった。

酔えば二言目には、禁裏を守護し奉る勤皇の士であると嘯《うそぶ》く。

ならば御門を守護するどころか、内裏の中で舞い謡う太夫は、おのれの下かと言い返したかった。

壬生浪士組は守護職会津侯の配下であると聞く。しかし島原にやってくる会津藩士はみな礼儀をわきまえており、とうてい浪士組の同類とは思えない。しかも浪士組は島原の作法を知らぬばかりか、京大坂の町なかで無体《むたい》な狼藉《ろうぜき》も働いているという。

局長の芹沢が先頭に立って商家からの押し借りをくり返し、ついには通りすがりの大坂相撲の力士を、道をあけなかったという理由で無礼討ちに討ち果たした。そんな不逞《ふてい》の輩《やから》が、守護職の御威光を笠に着て、島原も太夫もわがものと考えているのであろう。

たしかに音羽が太夫あがりしてからのこの十年の間に、島原の客の質《たち》は変わった。尊皇攘夷《じょうい》をふりかざす西国の侍と、それを取締るために大挙してやってきた会津桑名の藩士が、ともに島原で遊ぶようになり、お公家さんも町衆も次第に足が遠のいてしまった。物情騒然たる世の有様を、島原の夜は鏡のように映していた。

それでも、島原の礼儀をわきまえている客ならかまわない。しかし芹沢の不調法だけは許すわけにはいかなかった。

客は礼をつくして、太夫を待たねばならぬ。

いかになじみの客でも、いとしい太夫の訪《おとな》いを今か今かと首を長くして待ちこがれ、対面すればまず仮《か》視《し》の式を行うてたがいの見合いを済ませ、そののちにようやく酒宴となる。その段取りが面倒ならば、敷居の高い島原には来ず、祇園の新地にでも上七軒の茶屋にでも行けばよい。

島原の人々はみな壬生浪士に怖れおののいて、言いたいことも言えずにいるが、音羽太夫は島原傾城の矜りにかけて、芹沢のなすがままにするわけにはいかなかった。

その思いが、太夫の歩みを遅くしているのであった。

島原の廓内《くるわうち》を東西に貫く胴筋には、それぞれ工夫を凝らした灯籠が華やかにかけつらなっていた。

上弦の月は雲居《くもい》にかかって朧《おぼろ》である。

声もなく佇んで道中を見守る人垣の間《あいさ》を、音羽太夫は瞬きひとつせず、悠然と歩いた。

胴筋のつき当たりに、ひときわ豪壮な構えでそびえる千本格子の総二階が、角屋徳右衛門の揚屋である。その歴史は古く天正のころ、関白秀吉の公許を得て開かれた、傾城柳町にまで溯《さかのぼ》るという。現当主の徳右衛門は十代目を算える。

　このごろでは江戸吉原の習俗が伝わって、お茶屋の名を借りた娼妓屋が出現し、それはなかば公然たるものとして島原の名を穢しているが、古い揚屋の角屋も、置屋の輪違屋も、むろんそうした流行に加担するはずはない。心得ちがいの客には徳右衛門みずからが進み出て、島原がいにしえから続く格式ある饗《もてな》しの場であることを、縷々《るる》と説き分けた。

　ふた月ほど前であったか、芹沢が角屋で大立回りを演じ、器や調度を当たるを幸い鉄扇で叩き割ったうえに、七日間の閉店を命じたのは、徳右衛門の説教が気に障ったからだという。守護職所司代から命ぜられるのならいざ知らず、それこそ守護職お預かりというだけで得体の知れぬ浪士組の棟梁から、酔うた勢いで商いを止められるいわれはない。しかし徳右衛門は、守護職屋敷にことの顚末《てんまつ》を申し出ようとはせず、芹沢の無体に従った。

　是非はともかく、獣のような浪士組に逆らったのでは命がいくつあっても足らぬ。そのときも徳右衛門が手打にならなかったのはふしぎなくらいだと、当夜の座敷に居合わせた妓たちは口々に言っていた。

手打じゃとわめく芹沢を、二人の手下がようよう羽交い締めに押しとどめて、刀箱の錠を開けさせなかったそうだ。

芹沢という男は、みてくれも性根も酒癖も、大江山の酒顚童子《しゅてんどうじ》を思わせるような悪の巨魁《きょかい》である。その芹沢の狼藉に逆らって徳右衛門の命を救った者が誰であるか、音羽太夫には見ずともたしかな見当はついた。

ひとりは浪士組の副長を名乗る、土方という若侍である。若いといっても齢は二十九だが、それが俄《にわ》かには信じられぬほど若々しく見える侍であった。豊かに結い上げた総髪で背がすらりと伸び、役者だと言われればそうとも思えるほど顔立ちが良い。この土方はもともと芹沢の手下ではなく、もうひとりの局長である近藤勇という侍の手の者なのだが、近藤が下戸で酒席を好まぬから、代りを務めているという話であった。要は近藤の肝煎りのお目付役なのだから、芹沢の狼藉を看過ごすはずはなかった。

もうひとりは、平間という四十がらみの侍であろう。浪士組はいったいに若いが、この平間だけは抜けて齢かさである。

郷里の水戸以来の芹沢の家来で、いわば爺やというところであろうか。いつも芹沢の不調法を、後から謝って回る役回りであった。風采の上がらぬ容貌と、「だっぺ」という水戸弁まる出しで頭を下げられれば、迷惑を蒙った妓たちも許さぬわけにはいかなかった。芹沢はずっと齢も上の平間を「重助」と呼び捨て、平間は「旦那様」と呼ぶこともあった。必死の覚悟で芹沢を押しとどめたもうひとりの男は、この平間重助のほかにには思いつかぬ。

そのほかの手下は、みな芹沢と似たものである。

音羽の胸に憎しみはない。壬生浪士組の男たちは、現れるべくして現れた時代の申し子であろうと思う。それぞれがどのような人生を歩んできたのかは知る由もないが、妓たちが運命に流されてここにたどり着いたように、男たちもまた時勢の赴くまま、島原の招かれざる客となっているのだと、音羽は考えていた。

だが、そうしたいきさつはともあれ、島原六ヶ町の廓内に足を踏み入れたなら、そのしきたりには従うてもらわねばならぬ。

ほかの道中の行き足を止める島原一の傾城音羽の名にかけても、男たちをこの町の風に服《まつろ》わせねばならなかった。

揚屋町の辻まできて、音羽は内八文字の足を止めた。

「角屋さんへ。主《ぬし》さんはいたはりますか」

謡うように雅《みやび》な声で、音羽太夫は訊ねた。意を汲んだ引舟が角屋の門口へと走る。

やがて主人の徳右衛門が、あわただしく出てきた。

「土方はんと平間はんがお先達いうことで上がったはりますよって――」

「しょうもないこと言わんとき」

音羽はきつい口調で徳右衛門の声を遮った。

「逢状の主さんは芹沢はんどすやろ。主が来たはらへんのに、太夫が上がって御家来衆のお相手するわけにはいかしまへん」

「音羽こったい、意地張らんといとくりゃやっしゃ。うっとこの立場いうもんもあるし、こないなとこに立往生しやはって、傍目《はため》も気にしてもらわな困りますえ」

「いやどす。そら角屋さんのお立場もわからんでもおへんけどな、ほしたら輪違屋の立場はどないなりますのんや。うっとこは主さんや角屋さんの顔色見い見い、太夫を出さななりまへんのんか」

逢状がかかってから一刻は経つ。いかに芹沢の企みでも、ほどなくやってくるであろう。ならばこの辻で待ち構えてやろうと、音羽は思った。傍目があるのはむしろ好都合である。島原傾城の意地を見て、灯籠見物の人々は溜飲を下げるにちがいない。

「音羽はここで主さんを待たしていただきます。揚屋の辻で待ち合いなんぞ、風流やおへんか。なあ、角屋さん」

禿の設《しつら》えた床几《しょうぎ》に、音羽はどっかと腰をおろした。芹沢が来るまでは梃《てこ》でも動かぬ。不調法な客より一歩でも遅れて、角屋の暖簾をくぐってやる。

音羽は目配せをして引舟を呼んだ。

「あんな、すんまへんけど、よそのこったいに、わてがここでこうしてるわけを、あんじょう伝えてくれへんか。ありのままを言うたら、どなたもわかってくれはりますやろ」

辻柳の下で、音羽は一分の隙もない姿を定めた。宵の客たちは灯籠になど見向きもせずに、太夫を遠巻きに見つめていた。やがて辻をめぐる揚屋の二階にも、人が鈴《すず》生《な》りになった。

雲居から放たれた月かげが、水を打った路上に軒の端《は》を切り落としている。

ふと音羽は、糸里をどうにかせなならんと思った。

容姿の衰えを感じたわけではなく、芸を極めたとも思わぬ。しかしよその太夫の追随を許さぬおのれの人気は、島原にとってけっしていいことではないと、音羽はこのごろ考え始めていた。

音羽が太夫あがりした一昔前には、抜けた人気の太夫がいなかった。だから音羽も、われこそはと精進することができた。

よその太夫に道を譲られて悪い気はしないが、それぞれが音羽の下の立場に甘んじるのはいいことではあるまい。おなごは切磋《せっさ》琢磨《たくま》して、芸も姿も磨かねばならぬ。江戸前の安直な流儀が島原を蝕《むしば》み始めたいまこそ、傾城は競わねばならない。太夫あがりがあれば、逆に天神さがりもあり、天神あがりも鹿恋さがりもある厳しい島原を、今いちど取り返さねばならなかった。

そのためには、誰しもが道を譲る自分が、いつまでも太夫を張っていてはならぬ。汐時とはそういうものであろう。

その気になれば、落籍《ひ》いてくれる旦那は選り好みのできるほどいる。

だがそこで考えねばならぬことは、置屋の暖簾を守る太夫であった。輪違屋には四人の天神がいるが、音羽の跡を襲《と》れる力を備えたおなごは、糸里をおいてほかにはいなかった。

輪違屋に買われてきた六つの齢から寝起きを共にし、箸の上げ下ろしから芸事まで教えこんだ糸里は、いわば音羽の分身である。むろん、血を分けた子のように可愛い。

その糸里天神が頑なに太夫あがりを拒んだ理由を、音羽は知っていた。

音羽は月かげに切られた角屋の総二階を見上げ、格子窓につらなる顔の中に、その男を探した。手庇《てびさし》を掲げて眺めても、総髪の役者顔は見当たらぬ。

土方歳三が糸里に懸想《けそう》している。この春先から文のやりとりが始まり、近ごろでは昼日中から使いを立てて糸里を呼び出していることも、音羽は気付いていた。

二人の間柄を深くは知らぬ。詮索するべきでもあるまい。だが、壬生浪士組はいただけぬ。

好いた惚れたも商いのうちと割り切れば、文のやりとりは褒めこそすれとやかく言うことではない。誘いを受けて清水詣での件をするのも、また同様である。

土方の懸想はわかっていたが、糸里の胸のうちを、先刻のわずかなやりとりの間に音羽は知ってしまったのだった。しかしいかに好いた客とはいえ、どこの馬の骨ともわからぬ壬生浪士を、太夫あがりの旦那にするわけにはいかぬ。むろん土方にも、それほどの器量があるわけはない。

明日にでもすべてを問い質《ただ》して、ことのよしあしを納得させねばなるまい。

糸里の声が耳に甦った。

(堪忍しとくりゃす。うち、そないなことようしいしまへん。いくらおかあさんが探してくれはるええ旦那さんかて、好いてもおへんお方に抱かれるなど、ようしいしまへん)

糸里は土方に抱かれたのだろうか。思いめぐらすほどに、音羽は胸の昂《たかぶ》りを覚えた。そう言ったときの糸里の懸命な表情は、すでに契《ちぎ》りをかわしたとも思え、またうらはらに、いまだ潔癖であると言い張っているようでもあった。

いずれにせよ、ちゃんと言うて聞かせななららん、と音羽は思った。

四つの禿から二十七の太夫まで、育て養うてくれた島原の町に、自分ができる恩返しはそれに尽きる。

いややや、と言える糸里が、音羽は好きであった。おのれに課せられたさだめを、おなごはすべて呑みこまねばならない。しかし糸里は、了簡ならぬことをきっぱり「いやや」と言うことのできるおなごだった。そんな気性の糸里だからこそ、手塩にかけて育てる甲斐もあった。

自分に似ていると、音羽は思う。叶うことならば、口先だけの抗《あらが》いではなく、その無理を一生に一ぺんでも通してやりたいものだとも思う。

音羽の糸里に手向《たむ》ける愛着は、いやなさだめをいやとは言えぬ島原の妓たちすべてに向けられた愛情であった。


「みぶろや。みぶろが来よった」

髷と花櫛の重みに、いつしかうなだれてしまった顔を起こす。

胴筋を埋める人垣がまっぷたつに割れて、灯籠の光に照らし上げられる中を、壬生浪士の一群が歩いてきた。

京の人々は壬生浪士組を「みぶろ」と呼ぶ。それは平穏な暮らしの守護者などではなく、誰にとっても「みぶろ」という名の恐怖そのものであった。

先頭をのし歩いてくるのは、局長の芹沢鴨である。でっぷりとした体に白地の華やかな羽織をまとい、太縞の羽二重《はぶたえ》の袴《はかま》をはいている。その押し出しだけで、路上の侍たちもみな後ずさった。投げ出すような足どりは、すでに酒が回っているようにも見える。

背のうしろには五人ばかりの手下が続く。袖にだんだらの山形を白く染め抜いた、浅葱色《あさぎいろ》の揃羽織である。

古来、浅葱の裃《かみしも》は切腹の場に臨む死装束で、われらは死を覚悟で務めを果たしているという意味をこめているのであろう。死装束の群は、その凶々《まがまが》しさだけで人々を怖れさせた。

声の届くあたりまで迫ると、「みぶろや」という口々の声もしんと鎮《しず》まってしまった。音羽太夫をめぐる輪も、さらに拡がった。

「おぬし、何のつもりじゃ」

芹沢は息のかかるほどのそばまで寄ると、鉄扇を音羽の肩に置いた。

「主さんのいなますお座敷に上がるのが、島原太夫のしきたりどす」

音羽はきっぱりと言った。

「ほう。客を一刻も待たせるのがしきたりとは、たいそうなものじゃの」

「どなたさんも、そうしてくれはります」

怒りを噛み殺しながら、芹沢は鉄扇の先で太夫の頤《おとがい》を支え上げた。

「畏《かしこ》くも禁裏を守護し奉る尽忠報国の士ですら、女を待たねばならぬと申すか」

「お言葉を返さしてもろてもよろしおすか」

そのとき、角屋の二階から「待て」という声がかかった。音羽も芹沢も、声を見上げた。

人垣をかき分けて、土方歳三が格子窓に顔を押しつけていた。

「しばらく、しばらく。芹沢さん、話の続きは中に上がってからにして下さい。太夫もいいかげんになされよ」

表情すらもよくは見えていないのに、なぜか音羽はその一瞬、土方歳三という男の正体を見切ったような気がした。

糸里に懸想《けそう》などしてはいない。この男の中に、情の入りこむ隙間などない。なすことにも口にする言葉にも、いちいち理由があって、ぼんやりとしたところが少しもない。そんな男が、おなごに惚れるわけはない。

まるで天から降り落ちたようにそう確信すると、音羽は今ごろ糸里が出仕度を斉えているであろう輪違屋へ、駆け戻りたい気持ちになった。

どなたさんに惚れても土方だけはあかん、と糸里に伝えたかった。

「聞いてつかわす。何なりと申せ」

二階から音羽に目を戻して、芹沢は言った。

とたんに格子窓から土方の姿が消えた。ことが荒立たぬうちに、仲裁に入るつもりなのだろう。あの男が門口から駆け出てくる前に、言うだけのことは言ってしまおうと音羽は肚をくくった。

「ほなら、言わしていただきます。太夫がお衿を返して赤いべべを見せておいやすのは、伊達も酔狂もあらしまへんのどす。お内裏の中で舞い謡う五位《ごい》の禁色《きんじき》を、こないにしてお見せしてから、御門を通ります。そのときは御所を守ったはる守護職所司代のお侍も、みな頭を下げはります。それとも壬生浪士組の主さんは、五位より上の位をお持ちどすか」

芹沢は鉄扇を引いて押し黙った。この男があんがい口下手であることを、音羽は知っている。狼藉は酒癖の悪さもあるが、思うところが言葉にならぬもどかしさのせいもあった。

「禁裏におわしますやんごとないお方も、わてらをお待ちにならはります。上《かみ》の下《しも》のやおへん。島原の太夫が禿の時分から血を吐く思いで身につける芸はな、白拍子《しらびょうし》の昔から千年も伝えられた、尊いもんどすのや。舞うにせよ謡うにせよ、お琴を弾くにせよ胡弓を奏《そう》するにせよ、芸事いいますもんは、お武家さんの槍や刀の術よりも、根っから尊い、かけがえのないもんどすのや」

酒に上気した芹沢の顔から、みるみる血の下がるさまを、音羽は床几に腰を据えたまま見上げていた。

しばらく、しばらくと声をあげながら、土方が角屋の門口から駆け出てきた。続いて転げ出たのは平間重助だろう。「旦那様」と呼ぶ爺やの声に、芹沢が耳を貸すふうはなかった。

「どうぞ、ご存分に。言わでものことまで、言うてしまいましたさけ」

島原傾城の矜《ほこ》りは、すでに踏みこえていた。女であるというだけの理由で、不調法な男に頭を下げることはできなかった。

そないなおなごのまんま死ねるのやったら、本望や。


禿の泣き声で、糸里は変事を知った。

化粧をしながら、往来のあわただしさが気にはなっていたのだが、どうせ酔客の喧嘩でもあったのだろうと高をくくっていた。

禿の小さな足音が梯子段を駆け上がってきた。

「静かにしいな」

襖ごしに叱りつけると、廊下に座りこむ気配がし、じきに細い泣き声が聞こえたのだった。

「どないしいはった」

禿は泣くばかりで答えない。紅筆を擱《お》いて、糸里は襖を開けた。ぺたりと尻を落として座っているのは、道中に出たはずの禿である。

「どないしいはった。泣くばかりでわからへんやないか」

両手の甲で瞼を押さえたまま、禿は突然に言った。

「こったいが、斬られはった」

「何やて」

「こったいが、みぶろに斬られはった」

息が止まってしまった。糸里は廊下によろめき出て、「おかあさん、おいやすか」と呼んだ。

「おかあさんなら、腰抜かしてもうて、おとうさんが出て行かはりました」

糸里は尻を滑らせながら、ようやく梯子段を下りた。引き付けには逃げてきた禿たちが、身を寄せ合って泣いていた。凶事を報せたのは年長の禿である。

帳場を覗きこむ。上がり框の畳敷に、糸里よりひとつ年長の天神が呆けた顔で女将の介抱をしていた。

いったい何が起こったのだろう。ほの暗い高天井の梁から、もうひとりの自分が輪違屋を見おろしているような気分だった。

門口に悲鳴があがった。

「あんたら、お二階のうちの部屋に行っといや。ええと言うまで下りてきたらあかんえ」

禿たちを二階に追い上げると、戸板に乗せられた音羽が担ぎこまれてきた。

「毒性《どくしょう》やなあ、よりにもよって、うっとこのこったいに」

毒性や毒性やと、それしか言葉が思いつかぬというほどに、女将はくり返した。

音羽は衿首から袈裟《けさ》がけに斬られていた。まるで五位の禁色をめがけたかのように裲襠の衿が血に染まり、重ねた色を真黒に奪い去っていた。

膝が摧《くだ》けて、糸里は変わり果てた音羽の顔を抱いた。

「いと」

かすかに口元を緩ませて、音羽は糸里の耳に囁いた。

「恨むのやない」

たしかに太夫は言った。

「だあれも、恨むのやない」

へえ、と糸里は音羽の頬を抱き寄せたまま答えた。

「ええな、いと。だあれも恨むのやない。ご恩だけ、胸に刻め。ええな、わてと約束しいや」

血まみれの指先で、太夫は糸里の指を探った。小指をかたく絡ませたまま、音羽の息は上がってしまった。

しばらくの間、糸里は嘆くことも忘れてじっとしていた。いったい何が起きたのか、これが夢であるのか現《うつつ》であるのかも、よくはわからなかった。

立ちすくむ亭主の足元に、平間重助が土下座をしていた。

「今さら詫びてもろてもしゃあない。毒性やな、ほんまに。無礼討ちで済むことやおへんで」

誰もが怒りを言葉に表すこともできず、ぼんやりと平間重助の貧相な髷を見おろすばかりだった。

男衆のひとりが言った。

「わては長いこと島原にいますけどな、刃傷沙汰は初めてどっせ。それも、どこぞのお大名ならともかく、きのうきょう水戸くんだりから来やはったお侍に、揚屋の辻で太夫が無礼討ちなんぞと、こないなしょうもない話、ありますかいな」

それで糸里にも、おおよその見当はついた。どこの茶屋でも揚屋でも、腰の物は玄関で預かり、錠のかかる刀箱に納める。だから酔ったあげくの刃傷沙汰は、起こりようがなかった。

太夫は角屋に上がる前に、揚屋町の辻で災難に遭ったのだ。水戸者といえば、逢状をかけてきた芹沢鴨自身にちがいない。

「うっとこのこったいが、どないなご無礼をしたんどすか」

ようやく身を起こして、糸里は平間の背に向かって言った。

「いや、無礼ではなく、これは手前どもの局長の失態にて」

平間は糸里に向き直り、土間にがつんと音を立てて額を打ちつけた。

いくどかの面識はあるが、芹沢の守役《もりやく》であるというほかに、この風采の上がらぬ侍については知らない。この男にいくら頭を下げられても、壬生浪士組が詫びたことにはならず、誰の気が済むわけでもなかった。

「平間さん、あとは僕が」

人垣を押し分けて、土方が入ってきた。ちらりと糸里を見、それから太夫の死顔を検分して手を合わせる。齢は平間よりずっと若いが、土方には人々の怒りをひとまず肚のうちに呑みこませる、妙な風格が備わっていた。

土方は邪魔者を除けるように、平間を引きずり起こすと外に追い立てた。

「平間は局長の失態と申したが――」

切れ長のきついまなざしで、土方は人々を睨み渡した。非を認めるふうのない、甲高く澄んだ声である。

「そうと決めつけるわけにも参らぬ。なにぶん芹沢局長は公務多用のお体にて、本日もつい先刻まで公用に出ておられた。太夫への逢状はさよう多忙なる局長の意を受けて、拙者が代筆つかまつった。すなわち、それを不調法とするは、音羽太夫の誤解でござる」

人垣の中から、かすかに反撥の声が聞こえた。

「せやかて、芹沢はんは酔うてはったやろ」

「黙れ」と、土方は背ごしに言った。

「たしかに酔うてはいたが、それは公務の酒席におられたゆえじゃ。いやしくも芹沢は守護職会津中将様お預かりの壬生浪士組差配である。天下国家を論ずる壮士である。さような人物を島原に遊ぶ他の客人と同じ秤に載せ、登楼が早いの遅いのと申すは、誤解の上にも無礼であろう。いかがか。異論のある者は遠慮なく申し述べよ。この場にて土方が承る」

日ごろの土方とはまるで別人のような物腰と物言いに、糸里は当惑した。

異議を口にする者など、いるはずはなかった。島原の廓内で刃傷《にんじょう》に及んだのは、いかな事情があれ暴挙にはちがいないが、土方の唱えるところにも一応の筋は通っていた。しかもその態度は堂々として、理屈を理とする自信に満ちていた。

「拙者の申すところは、おわかりいただけたように思う。局長のなされたことの是非については、ありのままを守護職に届け出で、ご裁量を仰ぐ。のちのことはこの土方にお任せ下されたい。それにしても、音羽太夫にはまこと不憫を致し申した。みなみなさまにも、ご面倒をおかけいたす。追って屯所よりできうるかぎりの供養はお届けいたすゆえ、了簡なされよ」

ちがう、と糸里は思った。この人は巧みな言葉と威《おど》しとで、無理を通した。どうして誰も物を言わないのだろう。なぜ黙りこくっているのだろう。

「毒性や。芹沢はんは、人間の皮をかむった鬼や。おとうさんおかあさんが了簡しやはっても、みなさんが許さはっても、わてはいやや。こったいを返して。うっとこのこったいを、返しておくれやっしゃ」

叫びながら糸里は、再び音羽の亡骸《なきがら》に屈みこんだ土方の掌を叩《はた》いた。

止める者はなかった。もし仮に、ここで自分が無礼討ちにされても、人々は了簡してしまうのだろうか。揚屋の辻でどんなやりとりがあったのかは知らぬが、つまるところ無法に立ち向かったのは、音羽ひとりだったのだろうと糸里は思った。

屈んだまま、糸里を見つめる土方の瞳は悲しげだった。

この人は仇ではないと思ったとたん、やり場のない怒りがこみ上げて、糸里は太夫の亡骸に打ち伏した。土方の手が、慰めるように糸里のうなじに置かれた。

いと、とこったいの臨終《いまわ》の声が甦った。

恨むのやない。だあれも恨むのやない。ご恩だけ、胸に刻め。ええな、わてと約束しいや。

恨む相手は山ほどもいるが、ご恩を蒙った人は音羽ひとりであった。

十六年の間、ただのいちども覚えたためしのなかったみなし子の切なさが、濡れた衣のように糸里の体を被った。

あらん限りの声をあげて、糸里は赤児のように涙に溺れた。

二

夏空の耀《かがよ》いが喪《うしな》われ、東山が錆納戸《さびなんど》のいろに昏《く》れかかると、お梅の心も冥《くら》くなる。

暮六ツの鐘を合図に、間口七間をめぐる暖簾がおろされる。昼日なかには、いくらお梅が指図をしても思うように動いてくれぬ使用人たちが、このときばかりは嵐の前の水夫《かこ》のように働き始めるのだから現金なものだ。

丁稚《でっち》が店を閉める間に手代は売場の片付けをし、番頭は帳付けをおえる。元締番頭の儀助が大福帳の束を捧げ持って奥帳場にやってくるまで、ものの小半刻とはかからない。

やがて丁稚たちは湯屋に行き、番頭手代には銚子が一本付いた夕餉《ゆうげ》の膳がふるまわれる。

暖簾のかかっているうちは、おのれこそが菱屋の女房だと信じて気を張っているのだが、店閉めのとたんにその女房の暖簾までおろされてしまったような気分になる。使用人たちの物腰にも、女中あがりの妾の指図など聞くものかという冷ややかさを感じる。

奥帳場の坪庭に蜩《ひぐらし》がかまびすしい。

「ゆうべ島原は、えらい騒動やったそうどすな」

お梅は大福帳を繰る手を止めた。儀助が商いのほかのことを口にするのは珍しい。

「何でも、みぶろの芹沢はんが輪違屋の太夫さんを無礼討ちにしやはったそうで」

ひやりとしてお梅は顔を上げた。白毛の疎《まば》らな眉をひそめて、儀助はお梅を睨《ね》めつけていた。

「無礼討ちかね。そりゃあまた物騒なこった」

お梅はそれだけでも使用人たちから毛嫌いされている江戸訛《なまり》で答えた。京に上ってから七年が経つというのに、やんわりとした京言葉にはいっこうになじめなかった。

「輪違屋の音羽いうたら、それこそ全盛《ぜんせ》の太夫どすえ。どないなご無礼をしやはったかはよう存じまへんけど、盆灯籠の晩に揚屋町の往来でばっさりやて、えげつないにもほどがあります。なあ、お梅さん」

いかにも太釘を刺すように、儀助は気易くお梅の名を呼んだ。何とか言ったらどうだ、とでもいうふうである。

先代から菱屋の帳場を仕切るこの老番頭は、千里眼のように何もかもお見通しなのだろうか。今さら暖簾を分ける齢でもなし、たがいに折合っていかねばならぬのだが、どうやら儀助にはそのつもりがないらしい。

お梅と芹沢鴨が倫《みち》ならぬ仲となってから二月が経つ。

「旦那さん、きょうはお戻りにならはりますやろか」

「さてね。茶屋の雑魚寝《じゃこね》も三晩は続きますまい」

主人の太兵衛は朝帰りのつどに、上七軒の茶屋で酔い潰れたというが、どこかに囲い女のいることは明らかだった。

太兵衛とは、十九の齢に江戸でねんごろの仲になった。京西陣の若旦那に、わしの女房になってくれと口説かれたときは、それこそ夢でも見ているような心地だったが、莫連《ばくれん》な仲間を抜けて東海道を上り、箱根を越えたあたりで、実は親の添わせた女房がいると聞かされた。いきなりそうと言われても、男どもを手玉にとり、さんざ食い散らかしたあげく逃げ出した江戸の町に、今さら戻ることはできない。悪いようにはせえへんさかい、という太兵衛の言葉を信じるほかはなかった。

菱屋は西陣山名町に、間口七間を張る大店《おおだな》であった。もしそのことまでもが嘘であったら、たちまち刺し殺してやろうと旅仕度の懐に匕首《あいくち》まで呑んでいたお梅は、とにもかくにも胸を撫でおろした。

はなから囲い女になっていれば、さほどの面倒はなかったと思う。七年の間には、いくばくかの金を毟《むし》って別れていたにちがいない。しかし太兵衛はどう考えたものか、お梅を江戸の得意先から頼まれた奉公人だと偽って、店に入れた。女中とはいえ、得意筋の縁者だという理由で、三畳の座敷まで与えた。そしてしばしば、家人の目を盗んでお梅を抱いた。

菱屋の女房は近江の糸問屋の娘で、太兵衛よりひとつ齢かさの、いかにもお蚕《かいこ》ぐるみで育ったような女であった。醜女《しこめ》というほどではないが、前年に嫁いできたというわりには新妻の色気も初々しさもなく、店の切り盛りどころか台所の指図もできなかった。いつもぼんやりと、奥の間で役に立たぬ繕《つくろ》い物をしていた。

太兵衛は親の定めたそんな嫁を、好かぬばかりか侮《あなど》っていたのであろう。が、ならばお梅を好いていたのかというと、今にして思えばそのあたりも曖昧なものであった。

口は達者で小才も働く。絵に描いたような江戸前の莫連女である。惚れた腫れたはほんのいっときのことで、この女は使いようだと太兵衛は考えたにちがいなかった。

たとえば、盆暮の掛け取りに女房を向かわせるのは、京の商人《あきんど》がよく使う手である。ことに守護職所司代をはじめとする京詰めの侍たちは、この手に弱かった。西陣の反物を国元の家族に送るのは彼らの習いだが、分不相応の見栄を張るせいで払いが悪い。番頭が出向いて、まったりとした京言葉の催促をしたところで埒《らち》があかぬ。しかし大店のお内儀が手代丁稚を従えて掛け取りに向かえば、まさか無下《むげ》にはできず、かといって女に頭を下げるわけにもいかぬから、勘定方に無理を言ってでも払いを済ませる。

お蚕ぐるみの女房にそんな芸当ができるはずはない。お梅は菱屋に入ったその盆のうちから、女房を名乗って掛け取りに精を出す羽目になった。

もとより男から金を毟るのはお手のものである。手元不如意と言われても、はいさいですかと引きさがる質《たち》ではない。田舎侍なら俯くほどの艶《つや》もあり、江戸弁の押し出しも利く。

そんなお梅を、初めのうちこそ店の者たちは重宝がっていたのだが、やがて帳場に口を出すようになり、台所の指図もあれこれとするようになると、妾が女房にとってかわるつもりだと蔭口を叩き始めた。

妻妾がひとつ屋根の下に同居するなど、いかな大店でも聞いたためしはない。それでも向こう気の強いお梅は、性悪女やという囁きが耳に触れるほど、いよいよ意固地になって菱屋を仕切るようになった。

あれこれと修羅場はあったが、一年と持たずに出て行ったのは女房のほうであった。むろん近江の里方が黙っているはずはなく、再三にわたって親や身内の者が怒鳴りこんできたが、お梅はけっして怯《ひる》まなかった。

太兵衛が使い勝手に自分を店に迎え入れたのだから、その使い勝手の上に大胡座《あぐら》をかいてやろうと思った。それで店が繁盛し、遊び人の亭主ものびのびと道楽ができるのなら、不都合は何もあるまい。

里方の前ではすっかりちぢこまり、返答すらろくにできぬ太兵衛になりかわって、お梅は莫連のころに磨いた江戸前の啖呵《たんか》を切った。

やい。黙って聞いていりゃあ、よくも妾の手かけのと抜かしゃあがる。その妾がどれほどのもんか、このせちがれえ世の中に、菱屋の店ッ先《つあき》を見りゃあわかるだろう。乳母日傘《おんばひがさ》のお嬢さんにお内儀を任した日にゃあ、菱屋太兵衛も四代《よだい》で終《しめ》えだ。なあに、糸屋なら何も天下におめえ《めえ》さんばかりじゃあありますめえ。義理の道理のと口になさる前に、鍋釜の始末せえろくにできねえ娘を、他人様におっつけた不義理不道理を、よおっく考えてみなっせえ。跡取り息子でも上げてるてえんならまだしも、帳場は見ねえ、台所《でえどこ》には立たねえ、ガキも産めねえうえに亭主の道楽にばかり目くじら立てァがる女が、何でこのあたしに取ってかわられて四の五の言いやがるんだ。やい、この先の道理があるてえんなら聞いてやる。誰が何てったって、あたしァ菱屋のお梅だ――。

そんな修羅場に、いくどとなく居合わせた元締番頭の儀助の心中は、さぞかし複雑であろうとお梅は思う。

道楽者の店主ひとりでは、商いが立ち行かぬ。底なしの不景気でどこのお店《たな》も左前なのに、菱屋ばかりが繁盛しているのは、武家筋の客を摑んでいるからである。そして品物を売るにせよ掛け取りにせよ、その侍たちのあしらいはお梅の独壇場だった。要はお梅が菱屋を支え、三十人に余る使用人たちを食わせている。

どこの馬の骨ともわからぬ女中あがりの女が、女房にとってかわったという醜聞は、京雀の噂の種になっているのだろうが、そもそもその町衆には絹の呉服反物を買うだけの力がなくなっているのだから、商人にとっては噂話など痛くも痒くもない。しかし一方、四代続いた菱屋の暖簾を、そうした噂が穢しているのもまたたしかであろう。お梅の辣腕《らつわん》ぶりに感心するにせよ、あるいは莫連の非道を責めるにせよ、結局は誰もが太兵衛のだらしなさで噂をしめくくる。いかな遊び人にせよ、主人の傷は暖簾の傷である。

はっきりと物を言わぬのは都人の常ではあるけれども、儀助が面と向かってお梅を褒めも責めもできぬのは当たり前であった。

それにしても、儀助がお梅と芹沢の仲まで気付いているとは知らなかった。けっして思いすごしではあるまい。坪庭の蜩の声を見上げて溜息をつく儀助の老いた顔は、あまりにやるせなかった。

大福帳を検《あらた》めおえると、お梅は小簞笥の束金《たばがね》から三両を抜き出して、儀助の膝元に置いた。

「困ったもんだねえ。芹沢様にはたいそうな掛けがあるんだから、その騒動は気になる。儀助さん、きょうか明日にでもちょいと島原に行って、ことの顚末を聞いてきちゃもらえまいか。それと、旦那様にも店の者にも、余計なことは言いっこなしだよ」

さてどうするかと思いきや、儀助はあんがい物を考えるふうもなく、小判を懐に収めた。とたんにやるせない表情までしゃんとするのだから妙である。さてはこの野郎、はなっから強請《ゆす》るつもりだったのかと、お梅は胸糞が悪くなった。

「かしこまりました。そんなら手前は、島原の話を集めて参りますよって、お梅さんは掛け取りを急いどくりゃす。芹沢はんご本人はそれどころやおへんのやろけど、物わかりのええ近藤はんにでもお願いしたら、場合が場合だけにあっさり払うてくりゃはるかもしれまへん。なに、物は考えようどす。うっとこもみぶろと縁を切るええ汐時やおへんか」

儀助は三両分の深いお辞儀をして、そそくさと奥帳場から出て行った。

腹立たしく思いながらも、お梅は儀助の老獪《ろうかい》さに舌を巻いた。強請にしては言うことが的を射ている。

たしかに芹沢はそれどころではあるまい。騒動の詳しいいきさつは知らぬが、五位の太夫を無礼討ちに果たしたとあっては、まさかただで済むはずはなく、今ごろは千本の守護職屋敷か黒谷の会津本陣で小さくなっているにちがいない。ならばその留守に、騒動など知らぬ顔で壬生の屯所を訪ねて近藤勇に頭を下げれば、今このときに町衆と揉めたくない一心で、あんがい金を出すかもしれない。そして、二百六十両の掛金が決済されれば、壬生浪《みぶろ》との縁は切れる。

昏れなずむ空に凛《りん》と立つ槙《まき》の枝を見上げて、お梅はおのれに言いきかせた。

どうせなら腹を切るか首を刎《は》ねられるかしちまえばいいんだ。それであの男との縁も切れる。未練なんて、これっぽっちもあるもんかね。

菱屋の女房が掛け取りにきたと聞いて、お勝はそれこそ腰を抜かさんばかりに驚いた。

壬生浪士組の屯所となっている前川の屋敷は、隊士たちの夕餉の後片付けに大わらわである。掛け取りといえば、まさか近江の実家に帰った女房であるはずはなく、あの江戸者のすれっからしにちがいない。

「近藤先生に取り次げ言わはって、門のところから動かしまへんのや。まず、おかあさんのお耳に入れなあかん思て」

台所の戸を細くあけて、下働きの爺はおどおどと囁く。

「物入りやいうていいんでおもらい。近藤先生かて、それどころやおへんやろ」

「へえ、そないに言いましたんどすけど、物入りなら菱屋かておんなじや、取り次げへんのやったら勝手におじゃましまっせと、こうどすのや」

思案もせぬうちに、「ねえさん、ねえさん」と江戸前の金切声を張り上げて、お梅がやってきた。

西陣の菱屋はお勝の実家である。隊士たちの揃羽織を誂《あつら》えるというので、ならばぜひ実家にご用命下さいましと言ったのは、芹沢をはじめとする壬生浪士組の正体が、まだはっきりとはわかっていなかったからだ。どこの店でも商いの向きが悪い昨今、いくらかでも弟のためになればよいと考えただけで、お勝に悪意はかけらもなかった。

「物入りって、何か騒動でもあったんですかね、ねえさん」

爺を押しのけるようにして、お梅が白い顔を勝手口につき入れた。

騒動を聞き知ってやってきたお梅の手の内は見えている。芹沢の不在をこれ幸いと、銭金と女には甘い近藤に、掛けの催促をするつもりなのだろう。

使用人たちの手前がある。お勝は戸口からお梅を押し出して、庭の木下闇《こしたやみ》に引きこんだ。

「あんなあ、お梅さん。何の用事か知らしまへんけど、お店の御用なら明るいうちにしやはるもんどすえ。しょもない亭主を持たはって、あんたが菱屋の暖簾を背負っておいやすのは、そらわかりますけどな」

お梅は赤い唇をひしゃげて、ふんと嗤《わら》った。齢はお勝より一回りも下であるのに、この女には誰にも目下とは思わせぬ凄みがある。口元がいつも歪んでいるほかは滅法な美人で、弟の太兵衛が熱を上げたのも無理からぬ気はする。

「あんた、ゆんべのこと知ったはるのやろ。承知のうえで、芹沢先生の頭ごしに、近藤先生から掛け取りしょういう魂胆なんやろ。そないな無茶したらあかへんやないか。みなさん気ィ立ってはるのやし、太夫の二の舞にでもなったらどないするおつもりや」

ねえさんと呼ばれることを、お勝は許したわけではない。姉の気持ちでお梅に説教をするのは初めてだった。これで自分はこの女を菱屋の女房だと認めたことになるのだと、お勝は言いながら唇が寒くなった。

「ゆんべのことって、何です。あたしァ何も知りませんけど」

「とぼけるのやないがな。掛け取りやったら、芹沢先生にお頼みするのが筋どすやろ。仲もよろしおすのやし」

「それァ嫌味ですかね、ねえさん」

お梅は絽《ろ》の二の腕をたくし上げるように撫でながら、提灯のあかりをお勝の胸元に向けた。

こうした伝法なしぐさは、けっして京の女にはできない。斜に構えて上目づかいに睨み上げられると、蛇にでも出くわしたようにお勝の体は硬くなった。

「芹沢様は、いくら親しいからって掛金を払うような柔《やわ》じゃありません。そんなこと、ねえさんだってご存じでしょうが」

「ほしたら、どうして仲良うしたはるのや。それはそれ、これはこれ、言わはるのんかいな」

「はい、その通りです。それが大人の男と女じゃあござんせんか。それとも、江戸前の流儀が京じゃあ通用しねえってことですかね。のう、ねえさん。そちらさんが言いたいことは山ほどもござんしょうが、万事お上品な京の流儀でやってた日にゃあ、あんたのご実家も四代で終《しま》いです。そうとなれァ、あたしがこっちにくる前に、太兵衛があんたの亭主から借りている大金だって、水になりますぜ。あたしァ菱屋のために体張ってます。嫌味の前に褒めて下さるのが、ねえさんのお立場ってもんじゃあないですかね」

口が達者なうえに、お梅の言うことには一応の筋が通っている。痛いところを突かれて、お勝は返す言葉を失った。

前川の家は金貸しを業としている。もともと壬生の郷士《ごうし》であったわけではなく、借金の担《かた》保に由緒ある壬生住人士の株を取って、この屋敷に居座った。たしかに菱屋にも千両の大金を貸している。言うなればお勝は、死んだ父親が人質のように差し出した嫁であった。放蕩者の弟の代になって、どうなることかと気を揉んでいた矢先に、滞っていた利息もお梅の裁量で届けられるようになった。だからそのことを言われれば、お勝には返す言葉もなくなる。

「なら、ねえさん。お勝手から通させていただきますよ。それはそれ、これはこれ。余計なことは誰にもおっしゃらないのが身のためです」

そう言って、お梅は提灯の火を吹き消した。消しわずらって息をついだ横顔の美しさが、絵のようにお勝の瞼に残った。

秀でた額はいかにも賢そうで、鼻筋はつんと通っている。大きな目にはともすると人を油断させる愛らしさがあり、肌は瀬戸物のような白さだった。そして何よりも、身じろぎの逐一が垢抜けている。

菱屋が武家の上客で賑わうのも、お梅が看板になっているのだろうと思う。内気な京女とちがって、いかにも小股の切れ上がった姐様といった風情のお梅は、侍たちの趣味に適《かな》っているのだろう。

お梅の美しさは男の気を引くが、女を尻ごみさせる。どうしてもお梅を菱屋の女房だと認めるわけにいかぬのは、お勝がお梅のうちに、この世のものならぬ凶々しさを感じているからだった。

菱屋に関わりあいのある誰にとっても、お梅は願ってもない重宝な女にちがいないのに、誰もが菱屋の女房だと認めたくはない。世の道理を違《たが》えているのではなく、お梅という女そのものが不吉だった。

「あんまりご無理を言うたらあかんえ。近藤先生は芹沢先生とちごうて、物の道理をわきまえたお方やしな」

勝手口をくぐりかけて肩ごしに振り返り、お梅は京女を蔑むように、赤い唇をひしゃげて嗤《わら》った。

くたびれ白けた藍木綿の稽古着に襷《たすき》をかけ、近藤勇は畳に身を伏せて手習いをしていた。

お梅に気付き、のっそりと顔を起こす。鰓《えら》の張った顎に墨が刷かれていた。

「おやおや、御酒《ごしゅ》も召し上がらずに手習いですかね。呑気なんだか、それとも胆が据わってらっしゃるんだかわかりゃしない」

太文字を書きつらねた紙を、近藤は隠すように折り畳んだ。うまい下手などお梅にはわかりはしないが、おそろしく律義な字であることはたしかだ。

何をしに参った、という顔付きのまま、近藤はしばらく黙って座っていた。芹沢鴨は思うところがうまく言葉にならぬ口下手だが、この男は根っから口数が少ない。

どちらも不器用な男だとお梅は思う。能がないならないなりに、じっとしていればよさそうなものを、芹沢は酒を飲んで暴れ、近藤はことさら顔付きと物腰で侍の威を誇ろうとする。

背筋を伸ばし、正座したまま開いた膝に拳を握りしめて、近藤は黙りこくっていた。

「そう構えなくたって、何も取って食おうとは申しませんよ」

お梅は懐紙を唾で湿らせ、近藤の顎の墨を拭った。大口をぐいと引き結んだまま、近藤は髪結に髭でも当たらせるように、目を瞑っていた。

「かたじけのうござる」

物言いもいちいちおかしい。芝居《しばや》の役者だって、もう少しは自然な台詞《せりふ》まわしをするだろう。まるで手本を棒読みにするような武家言葉である。きょうびの侍は誰もこんな武張った口はきかない。

「すでにお聞き及びと思うが、またしても芹沢さんが悶着を起こしましてな。お梅さんもさぞご心配でござろう。しかしご安堵めされよ。守護職屋敷に随行している土方君からの報告によれば、町方にいかんともしがたい無礼があり、芹沢さんには委細かまいなしということで落着《らくちゃく》いたすようだ」

喜びと落胆とが溜息になった。ともかくこれで、あの男とのかかわりは当面続くことになる。

「さいですか。それァよござんした。あたしァてっきり、今度ばかりはご切腹ってことになるんじゃあないかって、胆を冷やしていたんですよ」

「ふむ。実はそれがしも、さよう覚悟はいたしており申した。土方君も、それがしが同行したのでは局長の首が二つ飛ぶやもしれぬと申してな。さようなことになっては壬生浪士組も手仕舞ゆえ、それがしは急病ということに相成った」

「で、落ち着けぬままに手習いをなすってらした、と」

「さよう見透かしたように言われては、立つ瀬もござらぬ」

奥座敷には水底《みなぞこ》のような湿気が蟠《わだかま》っていた。壬生住人士の屋敷が田圃に囲まれて建ち並ぶこの界隈は、とりわけ風が湿っている。

若い隊士たちのふざけ合う声が、内庭の塀ごしに聞こえた。この前川の屋敷と、坊城通《ぼうじょう》を隔てた八木家と南部家のつごう三軒に、浪士組の隊士たちは分宿している。

この二月に江戸から大挙して正体不明の浪人たちがやってきた。大方は江戸へと帰ったが、どういうわけか芹沢と近藤を頭とする者たちだけが居残って、郷士の屋敷に住みついてしまった。そのうえ新たに隊士を募って、厄介者は増え続けているのだから、大家の郷士たちは大迷惑である。

「芹沢様も、御酒さえ召し上がらなければねえ」

近藤の仏頂面を団扇《うちわ》で煽ぎながら、お梅はしみじみと本音を口にした。

「同感でござる」

「わかってらっしゃるんなら、何とかしてやって下さいましな。それを言えるのは、近藤先生おひとりじゃあないんですか」

「それがしに、諫言《かんげん》をせよと申されるか」

責めるつもりはなかったのに、近藤はお梅の言葉を真に受けた。太い眉を寄せ、出張った鰓《えら》を水から上がった魚のように蠢《うごめ》かす。

一見して大人《たいじん》の風格があるのだが、どうしてさほど余裕のある人物ではない。ひとことを思いつめるたちである。だからお梅も、この男に対しては相当に言葉を択《えら》んでいるつもりが、その択んだひとことも真向から受け止められてしまう。

「同じ局長なんだからさ。土方様じゃあ言いづらかろうし、平間様のおっしゃることじゃあ聞く耳持たぬだろうしね」

近藤は太息をついて俯いた。柔らかく言い直せば、なおさら考えこむ。行灯《あんどん》に照らされた顔は、叱られた子供のようである。

そもそも、往《い》なすということを知らないのだな、とお梅は得心した。

聞くところによれば、天然理心流という剣術の宗家で、ひとかどの道場主であるらしい。たぶんその剣術は、相手の剣を往《い》なすことをせず、何が何でも真向から受けて立つのではなかろうか。

俳句でもひねっているのかと思われるほど熟考したあげく、近藤はようやく言った。

「お梅さんのおっしゃること、いちいちもっともでござる。これを機に、それがしより諫言いたし申そう。なお、おなごに言われてそうしたと知られれば、武士の沽《こ》券《けん》にかかわるゆえ、なにとぞご内密に」

「はい、どなたにも申しませんよ」

面倒くさくなって、お梅は団扇を放り棄てた。

「ときに近藤先生。鬼の居ぬ間てえわけじゃあござんせんが、ひとつご相談が」

「何なりと申されよ」

お梅はずいと膝を押し出して、間合を詰めた。

「お羽織代の二百六十両、先生のご裁量でお払い下さいましな」

ふいをつかれて、近藤はよろめくように申し出を受け止めた。お梅にはいかにもそう見えた。どこからでもかかってこいと言ったものの、思いがけぬ剣勢をかろうじて受け止めたふうである。

ここは押しどころである。

「一襲《ひとかさね》五両で五十二人前でございます。しめて二百六十両。なに、利のあるものでございましたら暮でもかまやしませんが、切腹用のお命袢の浅葱地に、先染のだんだら紋様てえ格別のお誂えで、大丸さん髙島屋さんだったら一襲七《ひち》両は下りゃしません。そこを利のねえ五両でお売りするからには、お代金は引替ってえ、芹沢様とのお約束でございました」

さぞうろたえるかと思いきや、案外あっさりと答えが返ってきた。

「芹沢さんとの約束なら、本人に言うていただかねば困り申す。それがし銭金の出入についてはいっさい存じ申さぬゆえ」

「その芹沢様ではいっこうに埒があかないから、鬼の居ぬ間って言ってるんじゃあございませんか。なにせあのお方は、昼日なかから御酒の入っていないためしはないんです。頭ごしに近藤先生にお願いしたんじゃあうまかなかろうし、居ぬ間に菱屋が急な物入りで掛け取りにきたと、どうかそういう筋書をお呑みになって下さいましな」

「しかし、さような大金を今の今と申されても、用意はいたしかねる。しばしのご猶予を下されよ」

「そのしばしを待ってたら、あのお方が帰ってきちまうじゃあござんせんか。話のわからん人だねえ、まったく」

同じ局長でも、なるほどこの男は与《くみ》しやすい。生真面目なところもいいが、下戸であることは何よりだった。相手が芹沢なら、笑って往なすか、下手をすれば無礼討ちに果たされてもふしぎはない。

「それにつけても、手許《てもと》不如意にて」

「全部とは申しませんよ。この際にいくらかでもお詰め下さいまし。のう、近藤先生」

近藤は進退きわまっている。同じ局長だということで責めてはみたものの、やはりめがねちがいであったかとお梅は悔やんだ。

寝物語に芹沢が言うには、近藤勇という男は剣の腕前は相当のものだが世事に疎い。とりわけ銭金にはからきし頓着がないので、芹沢が商家に押し借りまでして屯所の切り盛りをせねばならぬそうだ。

「のう、近藤先生。せめて勘定方にご相談ぐらいはなすって下さいましよ。あたしだって子供の使いじゃあないんですから」

「いや、しかし」と、近藤は仁王のような太い腕を組んで言った。

「勘定方の平間君をご存じか。芹沢さんを差し置いて相談のできる相手ではござらぬ。ましてやその平間君も、今は守護職屋敷に同行しておる」

　ああそうだったと、お梅は肩を落とした。厄介払いの小金なら、近藤の裁量でも出せるだろうと思ったのだが、勘定方が芹沢の守役である平間重助ではどうにもならぬ。

　こうとなったら近藤の懐銭だけでも持って帰るかと、お梅は肚を据えた。

　世事に疎いとはいうものの、まじめ一方の気性も京の色風に吹かれたとみえて、近藤があちこちで浮名を流していることは知っている。齢が行って覚えた道楽はたちが悪いから、さぞかし金も使っていることだろう。

　考えてもみればその金の出所は芹沢の押し借りなのだから、この男に情をかけるいわれはない。

「のう、近藤先生」

　お梅はやおら絽《ろ》の上裾をたくし上げて、近藤の目の前に片膝を立てた。

「あんたを横並びの局長と見こんでの頼みごとに、ねえ袖は振れねえの勘定方がどうのと、よくも言えたもんでござんすねえ。あたしァたしかに芹沢の女だが、それにしたってそもそものなれそめは、掛け取りにきた堅気の女房を腕ずく力ずくで手籠めにしたってことぐらい、知らぬあんたじゃありますめえ。誰が好きこのんであんな酔っ払いに抱かれるもんかね。こちとら体を張って掛け取りをしてるんだ、ご同輩の無体を無体と思うんなら、その懐の一両でも二両でも、おめぐみ下さるのが男てえもんじゃあござんせんか。え、どうなすった近藤先生。目の前で尻《けつ》をまくられてこうまで言われたんじゃあ、無礼討ちか銭を出すか、二つにひとつっかありますめえ」

二つにひとつの目算には自信がある。近藤が女を手にかけるような人間ではないこともちろんだが、芹沢がようやく許された晩に今度は近藤が同じことをしたとあっては、いかな会津中将でもかばいようがあるまい。

「さあ、斬れねえってんなら、その懐の紙入をお出しなさいまし」

腕組みをしたまま返答に窮する近藤の顎先に、お梅は袖をからげて掌を差し出した。

そのとき、葦戸《よしど》を立てた隣座敷の闇に人の気配がした。蚊帳《かや》が波打ち、下帯ひとつの男の裸が這《は》い出てきた。

「やかましくて寝られん。芹沢さんも悪いは悪いが、おまえさんもちと言い過ぎだ」

葦戸を開けてのそりと立ったのは新見錦《しんみにしき》である。今は土方歳三と同じ副長だが、浪士組を旗揚げした当座は芹沢や近藤と肩を並べる局長のひとりだったという。

「おや、新見先生。そこにお休みとは存じませんでした。とんだお騒がせをいたしまして、いやなにね――」

聞く耳など持たぬというふうに、新見はいきなりお梅の膝元にばらばらと小判を撒いた。

「きょうのところはそれで了簡せい。芹沢さんには俺からよく言うておく」

ちらりと蔑むような目で近藤を一瞥《いちべつ》し、葦戸を閉めると、新見は大あくびをして蚊帳に潜ってしまった。

小判をかき集めて懐に収める。近藤はいかにも立場を失ったような顔で、お梅のしぐさを見つめていた。

「さすがは水戸様のご家来だ。遊ぶ金がありゃあ、まず払うものを払って下さる。お武家ってのは、こうじゃなきゃいけません――なら新見先生、受け取りの証文は明日にでも店の者に届けさせますから、勘定方にお回し下さいまし」

この嫌味には、近藤もさすがに口元を歪めた。江戸の道場主だと言ったって、こいつはやっぱり根性が百姓なのだと、お梅はしんそこ近藤を見縊《みくび》った。

「なら、おじゃまいたしました」

ああ、と気の抜けた返事をする近藤を顧《かえり》みもせずに、お梅は座敷を出た。

瓢箪《ひょうたん》から駒とはまさにこのことである。狙い定めた近藤はてんから話にならず、頭にもなかった新見から思わぬ金が投げられた。

台所のお勝には挨拶さえせずに、提灯に火だけを受けて外に出ると、たちまち額に汗が浮くほどの蒸し暑さであった。

掛け取りをおえた女の独り歩きなどよほど物騒なのだが、お梅は生来、怖いということを知らない。

坊城通を北にたどり、壬生の屋敷町を抜けると、水菜と稲の青田の先に二条城の灯が見えた。

蛍が舞っていた。青白い光の粒が水田《みずた》から湧き、天に昇るかと見えて、つうと頭上をよぎる。お梅は素足の下駄を止めた。

たとえ短い命でも、自在に闇を飛ぶことのできる蛍は幸せだと思う。それにひきかえ、自分は何という不自由な生き方をしているのだろう。

生みの親が品川の女郎屋にお梅を売ろうとしたのは十二のときで、女衒の目を盗んで逃げ出してから、天下に身の置き場はなくなった。自分が並はずれた器量よしであることは、それからじきに知った。顔を洗って髪を結って、江戸の街なかでぼんやりとしていれば、通りすがりの男が必ず声をかけてきた。だが、体を売ったことはなかった。体は売らずに、金をくすねて逃げるのがお梅のなりわいになった。そうした男たちが、盗みをお上に訴え出るはずもなく、大方は追ってもこなかった。

追われて捕まったところで、せいぜい拳固を貰うだけですんだ。

中には親身になって心配してくれる男もいたが、情を誘う嘘八百を並べたてては金を毟り取った。

体は売らいでも生きて行けるということが、ひとでなしの親から生まれたお梅の矜りであった。

体を許す相手は、惚れた男である。だからそういう男には苦労をさせなかった。泣きを見たこともあるけれども、てめえが惚れた男ならば仕方がない。

齢ごろになってからは、さすがに盗みはやめた。そのかわり、あれやこれやと気を持たせて、男どもから金を毟ることを覚えた。やがて絵に描いたような江戸前の莫連女となり、顔も相当に売れて、男女のいざこざの仲に立つだけで飯が食えるほどになった。

女は損をしている、と思い始めたのはそのころのことである。やくざな男は顔だけで親分の兄ィのと崇め奉られるが、顔の売れた莫連女にとって、江戸は狭くなるばかりだった。男は買った恨みが貫禄になる。だが、女は他人に恨まれて得がなかった。

さんざ世間の憎しみを買って、いつ神田川に浮かんでもふしぎではないという矢先に、太兵衛が現れたのだ。

藍染葛布《あいぞめかっぷ》の道中羽織がよく似合って、細面の顎を革の立衿で隠したさまなどは、まるで役者のようであった。

惚れたのは太兵衛のほうである。お梅は色恋などよりも、江戸を売るいい汐時だと考えただけであった。

だが、今になっても太兵衛に惚れていないのかといえば、嘘になる。駒形の鰻屋でたまたま席を居合わせて、わずか十日足らずのうちに抱かれたのだから、惚れた男にしか体を許さぬというお梅の定《き》め事からすれば、少なくとも憎からず思っていたことになる。

舞い踊る蛍から目をそむけて、お梅は歩き出した。提灯の火が素足を照らす。初めて出会った晩の口説き文句を、お梅は聞き慣れぬ京訛りの逐一まで覚えていた。

(華やかな小紋のこないに似合うお人は、そうそういてはらしまへんわな)

田圃道を歩きながら、お梅は笑みをこぼした。

太兵衛はたぶん、当たるを幸いそんな口説き文句を口にしていたにちがいない。だからといって心を動かす女はいないだろうが、今にして思えば、お梅はそのひとことで江戸を売る決心をしたようなものだった。

子供の時分から、俯いて歩いたためしなどなかった。提灯の火を素足で追いながら、いつしか太兵衛に惚れてしまった自分を、お梅は情けなく思った。

惚れたからこそ、借金まみれの商いを盛り立ててやろうと決めたのだ。そのためには、日がな紅花染《べにばな》の匹田絞《ひきたしぼり》を着て、奥座敷に籠っているような女は、叩き出さねばならなかった。

間口七間、使用人が三十数人といえば、大丸髙島屋は別格としても、京では屈指の大店である。しかし菱屋は不景気のうえに太兵衛の放蕩で、遠からず潰れるだろうと女中たちまでもが噂していた。お梅は七年かかって、その身上《しんしょう》を立て直した。

どいつもこいつも、てめえ勝手なやつらだとお梅は思う。自分が女房にとってかわらなければ、お店はとっくに潰れて、誰もが路頭に迷っているはずなのに、感謝をするどころか妾の女中あがりのと、丁稚までもが蔭口を叩く。番頭たちにしても、力を併せて店を盛り立てているというふうはなく、お梅の指図に漫然と従っているだけであった。それでも菱屋が何とか立ち直ったのは、ひとえにお梅の力である。

汗ばんだ絽の肩に蛍が止まった。歩きながらそっと掌の中におさめ、息づくような青い光を覗く。もしやこの蛍は、先代の御霊《みたま》じゃないかしらんとお梅は思った。

太兵衛に連れられて京に上ったときには、舅も姑もすでにこの世の人ではなかったが、もし存命であったとしたら、彼らだけはお梅を褒めてくれただろう。菱屋の嫁として認めてくれたにちがいない。

そう考えただけでも味方を見つけたような気持ちになって、お梅は蛍を衿元に収《しま》った。薄い絽の地を通して、蛍はお梅を励ますように輝き続けていた。

銭金の苦労なら、誰にも負けはしない。一文の銭の有難味を思い知らされている。むろん、一文の銭の怖ろしさも。

京に上ったとき、お梅がまず第一に感じたのは、物の値の法外な高さだった。江戸に比べて、一分の金の値打がなかった。物の値が高いというのは、つまり町衆の暮らし向きが苦しいということで、この先は今までのお得意よりも武家筋に客を求めねばならぬと言ったのだが、太兵衛は聞き入れなかった。

侍は厄介だという。分不相応な買物をして払いは悪く、国元に戻ってしまえば催促のしようもない。

それも一理はあるが、食うだけで精一杯の町衆を従前通りの顧客としているほうが、よほど危ないとお梅は思った。呉服反物にはもともと太い利を見こんであるのだから、少々の取りっぱぐれは仕方がない。それよりも、客筋が年ごとに先細って行くことのほうが始末におえぬ。

それで、まず手始めに武家屋敷の外商いにかかった。丁稚に荷を担がせて、根気よく藩邸をめぐるうちに、西陣の店にも二本差しの客がやってくるようになった。今では売上の八割方が武家筋である。

京の冬は寒く、夏は暑い。そうした気候を知らずにきた侍たちは、たとえば薩摩や土佐の侍は綿入れの用意がなく、奥州の侍たちは袷《あわせ》ばかりで単衣《ひとえ》を持たなかった。だから季節の変わり目には、国への土産物ばかりではなく、彼ら自身の着るものが飛ぶように売れた。

懸念していた支払いについても、藩邸の差配役に誼《よしみ》を通じておけば、客がお役替えで国元に帰るときは事前に知らせてくれたので、思いのほか掛金がなおざりにされることはなかった。何よりも、概して京詰めの侍たちは律義者が多かった。

しかし繁盛すればしたで、思いもよらぬ災いが菱屋にふりかかった。浪人の押し借りである。京には得体の知れぬ不逞浪士が大勢いて、われこそは尊皇攘夷の士であると名乗り、軍費と称して金回りのよさそうな商家を強請った。

日中はお梅が外商いや掛け取りに出ていて、昼行灯のような太兵衛が奥帳場に座っていることが多い。お梅ならば尻をまくって怒鳴り返すか、せいぜい酒代《さかて》の小銭をふるまって厄介払いをするところだが、気の小さな太兵衛が頭ごなしに凄まれたのでは、ひとたまりもなかった。まとまった銭を出せば、浪人たちは味をしめてまたやってくる。建前は借金で、きちんと証文も残して行くのだが、追い借りを重ねることはあっても返済されたためしはなかった。

前川家に嫁しているお勝を介して、壬生浪士組の揃羽織の注文を受けたのは、不逞浪人たちの強請に頭を悩ましていたさなかであった。

守護職のお預かりになる立派なお侍様やとお勝は言ったが、あちこちの藩邸に出入して噂を耳にしているお梅は、彼らこそが押し借りをことする不逞浪人たちであると知っていた。

しめて二百六十両の注文は大商いである。むろん太兵衛も番頭たちも首を横に振ったが、お梅は断固として注文に応じた。

商いの高が欲しかったわけではない。小姑のお勝に悪意を感じたからであった。そうまでして自分を陥れたいのなら、これは勝負として受けて立つほかはなかった。お勝は浪士組の芹沢が一筋縄ではいかぬことを見越して、代金が焦げつけばお梅の非を責めるつもりだろう。いや、そうとなったら、前川が握っている千両の借用証文をつき出して、実家を乗取る算段かもしれぬ。注文を受けぬといえば、顔を潰されたと言って悶着を起こす。

初めて芹沢鴨を応対したとき、お梅は肚を決めたのだった。

御三家水戸藩の侍といえば、誰もが慄《ふる》え上がる尊皇攘夷の急先鋒である。その看板ひとつでも商家は畏れ入って金を出す。御大老井伊掃部頭《かもんのかみ》が桜田門外で水戸浪士に殺されたのはつい三年前のことで、以来、押し借りの浪人たちも水戸浪士を騙《かた》る者が多かった。そんな騙りの水戸者なら、それこそ星の数ほど知っている。

しかし、菱屋の店先にのそりと現れた芹沢は、ひとめ見て正真正銘の壮士だった。上等な羽二重の羽織に仙台平の袴をはき、総髪を一筋の乱れもないほどに結い上げていた。身丈は五尺五寸もあろうか、そのうえ胴回りにはでっぷりと肉がついて、店に居合わせた侍たちが思わず腰を引くほど、押し出しがきいた。

とっさに、この男と関わって損はないとお梅は思った。男を見定める目には自信があった。

仮に代金が容易に取れなかったとしても、義理のあるうちは味方につけることができる。浪士の押し借りは町役人ではどうしようもないが、壬生の屯所に人を走らせればたちまち駆けつけてくれよう。用心棒を雇ったと思えば、あるとき払いの掛金などお安い御用だ。

だが――。

あれこれと考えながら西陣の町屋が建ち並ぶあたりまでくると、お梅の足どりは重くなった。衿元に収めた蛍も、いつの間にかいなくなっていた。

自由に生きてきたようでありながら、自分はいつも誰かしらに枷《かせ》をかけられている、とお梅は思う。自分を都合よく飼い馴らしている男がいつもいる。

揃羽織を納めたその晩、手籠めにされた。

前川の屯所と通りひとつを隔てた八木家で催された酒宴のあと、二人きりになったのがいけなかった。芹沢の意を汲んで、ほかの隊士たちは出て行ったのかもしれない。

獣のようにお梅を抱きながら芹沢は言った。

わしが悪いのではない。おぬしが悪い。この顔が、この体が悪い。

そうした目に遭ったのは初めてではなかったが、江戸の莫連女であったころには、憎みこそすれ泣きはしなかった。だが、お梅は抱かれながら泣いた。

自分が太兵衛を好いていることを、思い知ったのだった。


「お帰りやす。はばかりさんどしたな。壬生のほうはどないやった」

蚊帳を吊った奥座敷に寝転んで、太兵衛は手酌をくんでいた。

「きょうもお泊りかと思ってたけど」

「そうそう毎晩雑魚寝《じゃこね》がでけるかいな。金も続かへんし、ちいとは商いに身を入れなあかんやろ」

「ご飯は」

「お屋形であれこれつまんできたさけ、いらんわ」

引き止めるおなごがいるのなら、無理に帰ってこなくてもいい。夕飯だけを食わせて送り出す見知らぬ女を、お梅はなぜか気の毒に思った。

しばしば家は空けるが、それも雑魚寝の言いわけが通る程度で、何日も行方知れずになるわけではない。だとすると、どこぞにいる囲い女は、どれほど淋しい思いをしていることだろう。江戸にいたころ、お梅もそんな思いをしたことがあった。

いっそのこと女の所在を明らかにさせて、月のうちの何日かは心置きなく通わせてやろうとも思うのだが、問い詰めればどうしても喧嘩ごしになってしまい、太兵衛も白を切るばかりだった。

やさしい言葉を口にできぬ自分が、お梅はじれったくてならなかった。

「芹沢はんが、音羽太夫を無礼討ちにしやはったそやないか。えらいこっちゃ」

帯を解く手が止まった。太兵衛の物言いに他意は感じられない。

「そないな物入りの最中に、掛け取りに出かけるとはなあ。大したおなごやで」

「物入りの最中だからこそ、無理も利くと踏んだんですよ。十両いただいてきました」

お梅は帯を解くと太兵衛の枕元にかしこまって、十両の小判を差し出した。

「掛け取りなら帳場に入れなあかんやろ」

「亭主を文無しで遊ばせるわけにはいかないだろ。あたしが物笑いになる」

茶屋の支払なら掛け取りにもこようが、囲い女ではそれもできまい。太兵衛にではなく、その見知らぬ女に不自由をさせたくはなかった。

意が通じたのだろうか、太兵衛は起き上がって金を懐に収めた。

「おおきに。せやけどお梅、あまり無理なことはせんといてや。おまえの身に万一のことがあれば、お店《たな》はおしまいなんやで」

「わかってます。あんたも、あたしの身に万一のことがあったって平気なように、商いに身を入れとくれな」

「へいへい、承りましたえ。ほな、寝よか。おまえもしんどかったことやろしな」

いつものことだが、太兵衛は余分な対話を避けようとしていた。そそくさと夜具を敷き、お梅の仕度などおかまいなしに行灯の火を吹き消す。

坪庭の笹竹を騒がせて、夜の雨が降り始めた。

太兵衛がお梅の体に手を触れなくなってから久しい。寝つかれぬままに、それはいつからのことだろうとお梅は考えた。

囲い女について、お梅が責め始めたころだろうか。いや、それほど昔ではなく、この夏のかかりに、お梅が芹沢に身を任せるようになってからかもしれない。

惚れた女に操を立てているとも思え、またお梅のうちの倫《みち》ならぬ匂いを、感じ取っているような気もした。

もっとも、太兵衛が求めてこぬのはお梅にとって都合がよかった。ずいぶんと男を泣かせてはきたが、二股をかけた覚えはない。ひとりの男の匂いが乾かぬ間に、別の男に抱かれるような真似は、どうしてもできなかった。

ふと寝入りばなの鼾《いびき》が止まったと思うと、太兵衛が頓狂な唸り声をあげた。軋むように高い、苦しげな声である。お梅はあわてて太兵衛を揺り起こした。

「ああ、うなされてしもうた。おとろしい夢見たわ」

太兵衛の月代《さかやき》に滲む汗を、お梅は寝巻の袖で拭った。

「おまえが、みぶろに斬られる夢やった。掛け取りに行って、ごてくさ言うさけ、よってたかっておまえを無礼討ちにしよった。首が、胴から離れてもうた」

握った手を引き寄せ、唇を吸おうとする太兵衛を、お梅はつき放した。

「とってつけたようなことはしなさんな。さ、おやすみ」

背を向けて床についたとたん、もしや太兵衛が手を触れなくなったのではなく、
自分が拒み続けているのではなかろうかとお梅は思った。

心は太兵衛に残したまま、体ばかりが芹沢に操を立てているのではないのか。

そう思うと、わが身が心と体のばらばらに動く化物のような気がしてきた。闇の中できつく目をつむり、遠い昔に祠《ほこら》の中や縁の下でそうしたように、お梅は膝を抱えこんで体を丸めた。

ねぐらと糧《かて》とを求めて江戸の町をさまよい歩いた日々のことは、みな忘れた。寒さや飢えに慄え続けていたにちがいないのだが、苦労はみな忘れた。忘れたからこ

そ、怖れずに生きてくることができたのだと思う。女が身ひとつで生きるというのは、そういうことだった。

首と胴が離れたお梅の無惨な姿を、太兵衛は夢に見たという。考えるだに少しも怖くはなく、むしろその姿の滑稽さに、お梅は声を殺して笑った。

「何がおかしいのや」

「いいえ、妙な夢だなあって」

闇の中に仰向いたままま、太兵衛はぽつりと独りごつように言った。

「おまえは、ほんまにけったいなおなごやなあ。おのれの首が胴から離れて、おとろしうはないのんかいな」

もしそうなったら、体は芹沢に抱かれていればいい。そして首は菱屋の奥帳場にでんと据えられて、あれこれと指図をする。心と体がばらばらに動く化物よりも、そのほうがよほど始末がよかろう。

「なあ、お梅」

いきなり名を呼んでからしばらく黙りこくったあとで、太兵衛は怖いことを言った。

「おまえ、この先どないする気ィや。役者遊びとはわけがちゃうのやで」

お梅は寝息を装いながら、枕に通う雨音に耳を澄ませた。

三

島原の大門をくぐると、南下りの堀ぞいの道が丹波街道まで続いている。

京の町なかから島原に至るには、長らくこの一本道しかなかったのだから、盛んであった文化文政の昔には引手茶屋や仕出しの料理屋や、手みやげを売る素人屋《しろうとや》が軒を犇《ひしめ》かせて、その賑わいは廓内の胴筋にもまさったという。

今では多くが仕舞屋《しもたや》となって、中には看板も掲げずに素性の曖昧な宿を営んでいる店もある。

祇園や宮川町の新地にすっかり客を奪われたのは、人が口を揃えて言うほど地の利のせいではあるまい。もともと京の町衆が住まうのは烏丸《からすま》より西のあたりで、ことに大店のつらなる西陣からは、よほど島原のほうが近かった。かつては鴨川ぞいの新地など、遊びを知った男の行くところではなかった。

ひとつには、旧に変わらぬ島原の格式が時代にそぐわなくなってきたのであろう。逢状をかけて太夫を呼び、仮視の式の見合いをすまさねば盃をかわすこともできぬ。しかも揚代の一両二朱の上に、仕立ての大げさな分だけ心付けもはずまねばならず、いくらか見栄を張ろうとすればしめて十両の金がかかる。それにひきかえ、祇園の新地にくり出すのであれば、改めて袴の筋を立てる必要もなく、気のおけぬ芸者や舞妓と夜っぴいて騒ぎ、しまいには雑魚寝で朝を迎えたところで、花代などはたかが知れていた。

もうひとつ、島原から客足が遠のいた大きな原因は、嘉永の黒船騒動からこのかた、京の町に侍の頭数が増えたことであろう。

平穏な時代の京侍といえば、所司代の御家来か奉行所の役人か、寺侍やら公家の御用人まで算《かぞ》えても知れていたものだが、このところにわかに諸藩の京詰藩士が増え、昨文久二年の閏《うるう》八月に、会津中将が一千余の藩兵を率いて京都守護職に着任すると、京の町なかはそれこそ石を投げれば当たるほど二本差しで溢《あふ》れ返ってしまった。

諸藩の藩邸や本陣の多くは、寺町やら河原町通、あるいは東山一帯の寺に設けられている。そこからわざわざ京の町を東西に横切って、島原まで遊びに出る気にはなれまい。

島原から唯一近い本陣といえば、堀川通の本圀寺《ほんこくじ》だが、ここはその名を聞いただけで町衆は慄え上がり、諸国の藩士も道を開けるという水戸藩本陣なのだからむしろ始末が悪い。何しろさる年は江戸城桜田御門外で井伊掃部頭《かもんのかみ》の首級を挙げ、芝高輪東禅寺の英国公使館を襲撃した攘夷の急先鋒である。その水戸者たちだけは、祇園まで足を伸ばすよりもよほど勝手がよいと島原にやってくるのだから、諸藩の侍や町衆の足はいっそう遠のいてしまった。

島原の妓《おんな》たちはこうした凋落《ちょうらく》の有様を、「西本願寺《おにっさん》と本圀寺さんが通せんぼしたはるさけなあ」と遠回しに愚痴をこぼす。面と向かってそう言われても、無骨者の水戸藩士は、まさかおのれに対する嫌味だとは誰も思わなかった。

「なあ、五郎はん――」

曖昧宿の二階から望むうらさびれた景色に飽いて、吉栄《きちえい》は男を見返った。

「いけずなお人やね。することしやはったらたちまち高鼾《たかいびき》どすかいな。なあ、五郎はん」

窓辺からにじり寄って唇《くち》を吸う。お義理に応えて吉栄のうなじを抱き寄せたとたん、男はまた鼾をかき始めた。

厚い胸板に頬を預けたまま、汗の引かぬ体をまさぐる。鍛え抜かれた肉の上に齢なりの脂を蓄えたこの体が、吉栄は好きでならなかった。抱かれるよりもむしろこうしているほうが、幸せな気分にもなる。わての男やと思う。

「なあ、五郎はん。芹沢はんに何のお咎めもなかったいうの、ほんまどすかいな。ほんまに、守護職さんも何のおつもりどっしゃろ。みな呆れてますえ。わてはな、五郎はん。今度ばかりは芹沢はんはむろんのこと、あんとき一緒におしやした五郎はんも、切腹は免れへんやろ思て、目ェの前がまっくらになりましたんえ。それが、取り越し苦労もええとこや。五郎はんどころか、芹沢はんまでお構いなしやて。阿呆くさ」

鼾が止まったからには、夢見ごこちにも聞いてはいるのだろう。たまの逢瀬にも、抱くか眠るかしかしない男と、言葉をかわしたい一心で吉栄は勝手にしゃべり続けた。

「あんなあ、五郎はん。わては心配でなりまへんのんや。うっとこには会津のお侍さんがようけ来やはりますやろ。せやから守護職さんが壬生浪士をどないにお考えなのか、いやでも耳に入りますのんや。みなさん、芹沢はどうにかせんならん言うたはります。会津のお殿さんもそないに言うたはるそうです。ほしたらどうして、あの騒動でみなさんがご無事に済まはったんか、ふしぎでならへんのどす」

ふう、と酒臭い息をついて、男は唇だけで言った。

「土方の手柄だ。芹沢は借りてきた猫のように神妙にしておるのに、土方ひとりでかばいようもない悪行をかばいきった。剣の腕もたつが弁もたつ男は、そうそういるものではない。あれは大したもんだ」

「そやけど、いくら土方はんかて、もうこの次はかばいきれしまへんえ」

「会津がそう言うておるのか」

「へえ、そうどす。あんなあ、よう聞いとくりゃっしゃ。会津のみなさんはこないに言うておいやす」

吉栄は男の体をまさぐる手を止めて、指を折った。

「どうにかせんならんのんは、芹沢だけやない。水戸者を根絶やしにせなならん。まずは局長の芹沢鴨。副長の新見錦。勘定方の平間重助に助勤の野口健司。もうひとり、助勤の平山五郎――」

「俺は水戸者ではない。ひとからげにされるのは心外だ」

「そやけど、みなさんはそないに思てます。そもそも、守護職御預かりの壬生浪士組に、御大老を手に掛けた水戸者がいてるいうのんがけったいな話やて。言われてみれば、たしかにその通りやおへんか」

平山五郎は加賀の脱藩だという。もっとも、浪士たちが口にするおのれの出自など、どれもいいかげんにはちがいないが、少なくとも言葉のはしに水戸訛《なまり》がないのはたしかだった。

血腥《ちなまぐさ》い話などしたくはなかった。男が目覚めてさえくれればそれでいい。

吉栄は頰を滑らせて男の唇を吸い、古傷に閉ざされた左の瞼を舐めた。

「こないにしてぺろぺろねぶってたら、五郎はんの目ェももういっぺん開かはるかもしれしまへん。近藤先生も言うたはったえ。平山に二つの目ェがあれば、俺もかなわんやろて」

よほど嬉しかったのだろうか、笑わぬ男が苦笑いをして、吉栄の頰を抱き寄せた。

「何を言うか。あの近藤という男は、俺が今まで立ち合うた侍の中では格段の剣客だ。目が三つあっても足らぬわ」

「そうまで言わはるのやったら、五郎はんも水戸者と連《つ》らって歩かはるのはやめにして、近藤先生と仲良うしやはったらよろしやおへんか」

平山は鼻で嗤って、わずかに開けていた片方の目も閉じてしまった。

男というものは誰彼に限らず、素直でわかりやすい生き物だと吉栄は思う。ことに侍には、裏も表もない。みてくれから行いから、悪の権化のようなこの男の胸のうちさえも、吉栄には手にとるようにわかるのだ。

近藤勇は剣の達人で、その弟子である土方歳三は、腕も立つうえに頭も切れるひとかどの人物だと、平山は讃える。はっきりそう口にしながら鼻で嗤うのは、腕や頭はともかくとして、彼らの出自を侮っているからである。

「お百姓の出や、薬屋の倅の下に直らはるのはおいやどすか」

問うて答えぬときは肯《うなず》いたも同じなのだから、いよいよもってわかりやすい。

答えるかわりに、平山は身を入れ替えて吉栄を組み敷いた。鋼のような重みがのしかかると、とたんに体が生麩《なまふ》のように芯をなくしてしまう。とりわけ平山が床上手だとは思わぬが、よほど相性が良いのはたしかだった。

「お顔を見せとくりゃす」

気持ちの昂るほどに、平山は醜い顔を隠そうとする。そんなしぐささえも、吉栄はいとおしくてならなかった。

文政十二年の生まれだというから、ちょうど一回り上の丑《うし》である。同じ干支だから肌が合うのか、それとも三十五の男と二十三の女という齢のめぐりがそういうものなのか、相惚れの果報はともかくとして、これほど抱かれて飽きぬ男を吉栄はかつて知らなかった。

それは平山も同じであろう。金回りのよい壬生浪士がその気で口説くのなら、女はいくらもいるはずだった。醜女《しこめ》というほどではないが、禿《かむろ》のように小柄で肌の色も浅黒く、取柄といえば愛嬌ばかりのおのれに、どうしてこれほど惚れてくれたのだろうと吉栄は思う。むろん芸も達者なわけではなく、二十歳《はたち》を越えてからようようおまけの天神あがりをさせてもらった。

「なあ、五郎はん。お顔を見せとくりゃす」

言えばなおさらそっぽうを向く平山の顔を、吉栄は無理強いに引き起こした。とたんに平山は体の動きを止め、開いた片方の目でじっと吉栄を見つめた。それから、思いがけぬことを言った。

「おまえを嫁にするには、どれほどの銭がかかる」

一途な目を見返せずに、吉栄は仕舞屋の格子窓に拡がる夏空を見上げた。

雑草の生い立つ甍《いらか》の上に、男の肩よりもなお猛々しい入道雲が湧いていた。こないなふうにお空を見上げるのは、子供の時分以来やと吉栄は思った。

嬉しいと叫んで抱きつく前に、吉栄は世間も男も知らぬ子供の時分に戻ってしまったのだった。

「どうした、おきち。何か気に障ったか」

泣き毀《こわ》れる顔を見られまいとして両の掌で被うと、思いもよらぬ言葉が指の間から滑り出た。

「わては、五郎はんが大金出さはって身請けしやはるよな女やおへん。島原天神の風上にも置けん腐れ女どす。女郎とおんなし真似して、お客さんに逢状書かせてます。そやから、そないに切ないこと、言わんといとくりゃす。二度と言わんといとくりゃっしゃ」

島原の大門をくぐって禿になってから、芸とともに一枚ずつ身にまとってきた女の鎧《よろい》が、たわいもなく足元に脱げ落ちる音を、吉栄ははっきりと聴いた。

「生殺しは堪忍《かんにん》え。さ、抱いとくりゃす」

萎《な》えてしまった男の体に、吉栄はしがみついた。

傍目《はため》を窺いながら曖昧宿を出たのは、陽が西山に傾くころである。

暑気にしおたれた柳の下で見返ると、平山は煙管《キセル》をくわえたまま手を振ってくれた。

湯屋に寄って帰りたかったが、この時刻になっては烏の行水もできぬ。胡弓の棹《さお》を抱き寄せると、胸元から男の残り香が立ち昇った。さて、お稽古を休んだ言いわけはどないしよか。

大門を抜けると、茶屋町の井戸端で輪違屋の糸里が水を使っていた。お稽古の帰りなのだろう、かたわらには胡弓を袖ぐるみに抱えた禿が佇んでいる。

水桶に屈みこんで顔を洗う糸里の姿のよさに、吉栄はしばらく見惚れていた。

吉栄より六つ七つも齢は下だが、音羽太夫が亡うなったからにはすぐにでも太夫あがりするだろうと、誰もが噂している。

目の覚めるような青の柳絞りの薄物に黒地の帯を締め、すらりと身丈の伸びたたたずまいはけっして派手ではないが、まるで美人画から脱け出たようである。

「あ、吉栄天神さん。おはようさんどす」

先に気付いて声をかけたのは禿だった。糸里は濡れた素顔をふともたげると、眉をしかめて吉栄を見つめた。知らぬ人が見れば怪訝そうなこの表情はひどい近目のせいで、べつだん吉栄を責めているわけではない。

あたりを窺ってから、吉栄はぺろりと舌を出した。

「お師匠《つしょ》はん、なんぞ言うたはったかいな」

答える前に、糸里は「先にお戻りや」と禿を押しやった。

「きっちゃんはどないしやはったて聞かはったけど、あんじょう言うといたさけ」

「あんじょうて、どないに言うてくれはったん」

「そこまで連らって来ましたんやけど、お客さんに行き逢《お》うてしもて、お昼の御膳立てに行かはったて」

大門の井戸端は茶屋の廂間《ひあわい》が西陽を遮り、お稽古帰りの妓たちが一息入れるには恰好の場所である。その時刻になると石畳に打ち水もされて、妓たちに気遣う茶屋が縁台まで誂えてくれていた。

青竹の縁台に並んで腰を下ろすと、糸里は懐から干菓子を出して吉栄に勧めた。

「きっちゃん、桔梗屋《ききようや》のおかあさんに叱られへんの」

「うっとこのおかあさんは、もうわてのことなぞあきらめたはるしな。そら、輪違屋のおかあさんやったら大ごとやわ。わてとちごうて、糸ちゃんは宝物やさけ」

つい今しがたまで自分のしていたことを、糸里はわかっているのだろうかと思う。一人前《いっかど》の女には見えても、輪違屋と音羽太夫が手塩にかけて育てた糸里は、十六の町娘よりもよほどおぼこいところがある。

齢こそちがうが、二人の天神あがりは同じだった。ずっと遅れて島原にやってきた禿が、たちまち芸事をおさめて追いつき、並ぶ間もなく太夫あがりをしようとしている。しかし吉栄には、そんな糸里を嫉《ねた》む気持ちは毛ばかりもなかった。

糸里ならば音羽の跡を襲《と》るどころか、いずれは吉野太夫のような伝説の名妓にもなるだろうと思う。おのれの器量と芸にはとうに見切りをつけている吉栄の、糸里は目に見える夢だった。だから、きっちゃんという親しい呼び方も、吉栄が望んだことだった。ほんの子供のころには可愛くてならず、身丈が伸びるほどに目を瞠《みは》る美しさを備えてゆく糸里とは、いつまでも幼なじみのように呼び合う仲でいたかった。

「禿のころ、きっちゃんにここでお菓子もろたの、覚えといやすか」

思えばそれが初めての出会いだったのかもしれない。太夫あがりしたばかりの音羽が見知らぬ禿を連れていた。あのころ吉栄は十二か十三で、もう半夜《はんや》にあがっていたと思う。

「そないな昔のこと、よう覚えてしまへん」

「そうどすか。そやけどわてはよう覚えてます。目ェの高さに屈んでくれはって、おつむも撫でてくれはった。可愛《かい》らしい禿やなあ、いくつやねん、て」

「糸ちゃんの目ェの高さには、もう背伸びしても届かへんわ」

「いっつもわてをかぼうてくれはった。お琴でもお三味線でも、わてがまちごうて叱られたら、きっちゃんも同じとこをわざとまちごうてくれはった」

「そないなことようしいひん。わては何をしたかて下手くそやさけ、つられてまちごうてしもたんや」

糸里の横顔に目を向けて、吉栄は干菓子をねぶる舌を止めた。面ざしがぎょっとするほど音羽太夫に似ていた。芸事や所作はともかく、顔立ちまで似ていると思ったことなどなかった。まるで音羽の魂が、糸里のうちに宿ったような気がした。

音羽のことは口にするまいと吉栄が気を回すはしから、溜息まじりに糸里が言った。

「きょうは初七日なんやけど。こったいのお里には、おとうさんが行かはって。うちなあ、きちんとお別れもせえへんかったんどす」

盆灯籠の宵の出来事がありありと甦って、吉栄は鉛を呑んだような気分になった。桔梗屋は揚屋町の角屋の真向かいで、あの晩二階の座敷の窓ごしに、吉栄はことの一部始終を見届けてしまったのだった。

そのことは平山にも言ってはいない。もし口にしたなら、どうしてあのとき芹沢を止めなかったのだと食ってかかってしまいそうな気がした。

「平山はんもいたはったんやけど、よもやあないなことになろうとは思うてもみなかったのやて。あっと思うたときは、もう抜き打ちにされてもうて。堪忍え、糸ちゃん。平山はんを恨まんといとくりゃっしゃ」

男をかばいだてする自分が情けなかった。どう考え直したところで、平山やほかの侍たちは、音羽が斬り殺されるのを指をくわえて見ていたとしか思えなかった。手下ならば芹沢の酒癖の悪さは、身にしみて知っていたはずである。

肩に手を置くと、糸里は禿のようにこくりと肯いた。

「あれからじきに、奉行所のお役人さんがこったいを車に載せてってしもたんどす。お調べせんならんのやて。翌る日になっても返してくれへんさけ、おとうさんが貰い下げに行かはったらな、もう山科《やましな》のお里から人が来やはって、こったいを引き取って帰らはったあとやった」

「へえ、いけずな話やね。輪違屋さんにはひとこともなく」

「そうやねん。おとうさんが言わはるには、仏さんを島原に返したら騒ぎがぶり返すかもしれへん思て、そないなことしたんやろて」

いけずにはちがいないが、奉行所の役人もなかなかどうして大したものやと、吉栄は思った。

あの晩の島原衆の憤りといったら、何が起きてもふしぎではないほどだった。角屋徳右衛門は、もう堪忍もこれまでや、奉行所では話にならん、所司代さんにでも守護職さんにでも直訴したると息まいていたし、桔梗屋のおとうさんは中堂寺で派手な葬いを出して、みなで念仏唱えながら、壬生のあたりまでお棺を引き廻したろやないか、と言っていた。

「島原には虫がいるのや」

多くを語らずに、吉栄はぽつりと呟いた。

「何やの、それ」

「奉行所の提灯に向こうて飛んでく虫がいるのやろ」

仏が帰ってこなければ弔いのしようはなく、そのうち人々の憤りも日々のあわただしさにまぎれてしまう。賢明すぎる奉行所の手筈は、誰かが島原の不穏な内情を伝えたとしか思えなかった。

「ぼちぼち行こか。今さらどない言うても始まらへん。糸ちゃんもしっかりせなあかんえ。音羽こったいのかわりに、あんたが島原も輪違屋さんも、背負って立たならんのやし」

立ち上がって塀ごしの仕舞屋の甍を見上げる。五郎はんは去《い》なはったやろか。

乾いた石畳にがらがらと下駄を曳いて、壬生の屯所へと戻る平山の後ろ姿が目にうかんだ。

（おまえを嫁にするには、どれほどの銭がかかる）

無頼を絵に描いたような男だが、平山に冗談は似合わない。まじめに思い詰めたうえでの一言にちがいなかった。惚れた男がようやくの思いで切り出した身請け話を、どうしてあんなふうにごまかしてしまったのだろう。深く考えようともせず、頭で考えるより先に口が物を言ってしまった。身請けにいくらの金がかかるかは知らぬが、平山に苦労をさせたくない一心で、うやむやにしてしまった。

（お気持ちだけで十分どすえ）

言えなかった本音を胸の中で呟いて、吉栄は小さな体を夕空に向けて反り返らせた。

この笑顔だけがわての取柄や。

四

「毒性《どくしょう》なこっちゃ――」

溜息とともにお勝は呟《つぶや》く。誰に言うでもなく、しょもないこっちゃ、ほんまに毒性やなと、日がな思わず口にするのがすっかり習い性になってしまった。

洛西壬生には、古くからの格式を誇る十家の郷士があった。郷士といっても、苗字帯刀を許された名主の類いではない。勅願寺である壬生寺を護り、壬生狂言の勧進元を務め、周辺の広大な土地を支配する武士団である。京の町衆からは「壬生住人士」と呼ばれ、祇園祭には四条の鉾《ほこ》も綾笠囃子《あやがさばやし》もここから出るほどの崇敬を集めていた。

金銀両替商を営む前川の家が、没落した住人士の株を買い取るかたちで壬生に移り住んだのは、天保六年のことであったというから、指折り算《かぞ》えてもまだ三十年たらずしか経ってはいない。

むろん、お勝が西陣の菱屋から嫁に来る前の話である。詳しいいきさつは知らぬが、商人《あきんど》は商人らしくしていればよいものを、見栄を張りたいばかりにつまらぬことをしてくれたものだと、このごろになってお勝は先代を恨むようになった。

古くからの住人士たちとの付き合い、これがまず癪《しゃく》の種である。それぞれの家はみながたがいに嫁婿をやりとりする仲で、血が通っている。知行地は広いのに住人士の屋敷は壬生寺の門前にみっしりと軒をつらねているから、知らぬ顔で過ごすわけにはいかない。そのうえ壬生寺の祭や、境内に勧請《かんじょう》されている社の神事など、住人士がこぞって行わねばならぬ催しごとも数多い。

商いのなりゆきで家屋敷を手に入れることとなったにせよ、住人士の株などかえって苦労を買ったようなものだと、口にこそ出さぬがお勝はつねづね思っていた。

それでも三十年に近い歳月が流れれば、住人士たちの家もみな代替わりをし、前川の家も郷士のならわしをすっかり身につけて、何とか折合いよくやって行けるようになった。その矢先に、浪士組が江戸から乗りこんできたのである。

浪士たちにしばらく宿を貸してやれと言ってきたのは守護職で、前川の家はかねてから会津藩の金銀御用を務めてきたのだから、いやでも断れるものではなかった。住人士たちの家にかけあってそれぞれに分宿させたはよいものの、そのしばらくが半年になっても浪士たちが出て行く様子はなく、守護職が別の屯所を用意するふうもない。そうこうするうちに手前勝手な徴募などが行われ、住人士の屋敷は得体の知れぬ浪士たちに、すっかり乗っ取られたかたちになってしまった。

「ほんまに、どない言うたらええもんやら――」

鉄漿《かね》を引きおえて、お勝はまた溜息をついた。西向かいにある八木の本家から、折入って話があるのですぐに来てほしいと、人を立ててきたのである。

どのような話があるのかは、行かずともわかっている。きのうは芹沢が手にかけた音羽太夫の初七日だというので、副長助勤の永倉新八と八木家の当主が、山科の里まで弔問に出かけた。松前藩の御重役の倅で、齢は若いがそれなりに見映えのする永倉が、この厄介な仕事を言いつかったのは適材というべきだろうが、事情が事情だけに本人も心細かったとみえて、八木家の当主に無理を言ったらしい。

八木源之丞は頭を下げられれば否とは言えぬ性分である。いくら何でもそれは筋ちがいやと思っただろうが、ともかく永倉の頼みを容れて一緒に山科へと向かった。

女房のおまさは、いかにも格式高い壬生住人士の奥方といったふぜいの気丈な女で、源之丞の人の好さをその気性で支えている。むろん、お勝にとっては苦手な相手であった。

とうとうおまさは堪忍袋の緒を切ったのであろう。

「ほな、お向かいの御本家におりますよってな。あとはよろしう頼みますえ」

台所では隊士たちの夕餉《ゆうげ》の仕度が始まっていた。よろしう頼むというのはつまり、粗相のないように飯を食わせろということで、考えてみれば一文の金も貰っているわけではないのに、旅籠《はたご》さながらに三度の飯を食わせてもてなさねばならないとは、これにまさる理不尽はあるまい。

屋敷うちをめぐって西側の裏門を出ると、八木の本家は目の前である。通りに面した離れ家を浪士たちに貸したものが、そこだけでは手狭だという理由で、このごろでは母屋までも勝手放題に使われているという。そんな具合にあちこちの住人士の屋敷に分宿している隊士たちを、前川の庭にいっぺんに集めるときには、役付きの隊士が坊城通の辻に立って、かちかちと拍子木を打った。

八木家の母屋は、通りから西に奥まって建っている。ちょうどその屋敷だけが水菜の田の中に張り出すかたちになっており、門を潜れば前川の屯所の騒ぎ声も届かず、風も田を渡って涼やかに吹き抜けた。

南向きに広い玄関があり、四畳の引き付けの先は六畳と十畳の二間続きである。玄関の式台から庭までつき抜けるこの造作は夏を凌ぐにはころあいで、お勝でさえ羨ましいくらいなのだから、初めての京の暑さに閉口した隊士たちが自然と集まるのも道理であろう。

「お頼《たの》申します。前川のかつどす」

玄関で人を呼ぶと、まるでわが家のように「おう」と答える隊士の声が返ってきた。衝立《ついたて》の上から覗いたのは、沖田総司の青黒い顔である。腕の立つ侍というのは齢相応の若さを感じさせせぬ。剽軽者《ひょうきんもの》であるのに、沖田の口から出る人を食った冗談は、生意気どころか老獪《ろうかい》にすら聞こえた。

「永倉の馬鹿野郎がさあ」

と、沖田は座敷をなかば振り返って言った。

「太夫の葬式にひとりで行くのもばつが悪いからって、源之丞さんを連れてったんだと。八木のご新造はかんかんになっちゃって。あったりまえだけどねえ」

「永倉はん、いたはりますのんか」

「いますよ。僕がさんざ説教してたところさ。お勝さんもそれで呼ばれたんでしょう。みんな永倉のせいですよ。おい、永倉君。何とか言ったらどうだい」

玄関の左に続く小座敷から、おまさが厳《いかめ》しい顔付きで現れた。

「沖田はん。あんたはんの説教はもうよろしおすやろ。永倉はんも筋ちがいの非はおわかりにならはったようやし、ぼちぼち去《い》んどくりゃす」

いつにもましてきつい物言いである。沖田は衝立の端をすり抜けるようにして、上がり框《かまち》の刀架から刀を取ると、「おおこわ」と聞こえよがしに呟いた。

「葬式には僕が行くって言ったんですよ。そしたら土方さんが、おまえじゃ安く見られちまうからって。そりゃあ永倉君は老け顔だし、僕なんかより見映えはしますよ。ぐっと落ち着いてて、貫禄もありますよ。でもひとりで葬式にも行けないんじゃ仕様がない。おうい、聞いてんのかあ、この役立たず」

刀を落とし差しに差しながらもういちど奥座敷に向かって言い、沖田は下駄を曳きながら行ってしまった。

後ろ姿を見送りながら、おまさが言う。

「乱暴なお方どすけど、まあ、おっしゃることはいちいちごもっともどすわ。あれだけのことをしやはったからには、芹沢先生ご本人が行かはるのは無理にしても、せめて近藤先生が出かけはるのが筋いうもんや。ま、門口でも何や、お入りやす。わざわざお呼び立てして、すんまへんなあ。わてから出向いてもよろしおしたんどすけど、お宅さんではみなさんの目ェも耳もありまっしゃろ」

永倉新八は奥の十畳間で、膝を揃えてうなだれていた。沖田とは四つ五つしかちがわぬはずだが、生まじめな気性とがっしりとした体軀のせいで、たしかに十も齢かさに見える。

「これはこれは、お勝どのまで」

お勝の来訪をいま気付いたように、永倉は恐縮して頭を垂れた。いくらか芝居がかってはいるが、誠実な若者であることはお勝も知っている。

永倉を挟みこむように座ると、おまさはお勝の顔ばかりを睨みつけて言った。

「だいたい、男はんがだらしなさすぎますのんや。うっとこの主人は人のええばかりで、みなさんに文句のひとつもよう言えしまへん。なんぼ永倉はんのお頼みごととはいえ、屯所の家主が線香あげる義理などおすかいな。そないなご無理をおしつける相手やったら、うっとこやのうて会津さんどすやろ。なあ、永倉はん。筋から言うたらそうどっしゃろ」

「はい。たしかにおまさどののおっしゃる通りです。返すがえすも、拙者の不見識にござりました」

「だらしがないのは、うっとこの主人だけやあらしまへん。前川のご主人はさっさと六角のお店《たな》に移らはって、あとはお勝さんと女衆だけでみなさんのお世話しやはってるそやないどすか。ご都合のええ話どすな。会津さんのお預かりやから、御用達の前川の家にはお世話をする義理はありまっしゃろけど、うっとこやほかの住人士のおうちは、前川はんからのたってのお頼みやさけ、無理を聞きましたんえ。それが、前川のご主人さんだけさっさと壬生から逃げはったて、阿呆らしゅうて物もよう言えまへんわ。なあお勝さん。仮に永倉はんが心細う思わはって、筋ちがいの頼みごとをしやはるにせよ、順序から言うたらうっとこの源之丞やのうて、お宅さんどすのやで。そやけどいてはらへんのやさけ、しょもない。うっとこの主人に言わはるしかなかったんどすやろ」

阿呆らしうて物もよう言えぬわりにはよくしゃべるものだと、お勝は肩をすぼめながら呆れた。

だが、言わんとするところは道理である。人が好いばかりだとおまさは愚痴を言うが、お店に逃げてしまった夫よりも、親がわりになって隊士たちの面倒を見る源之丞のほうが男らしく、立派でもあると思う。

「ご主人さんは」

と、お勝は外廊下ごしに屋敷内の様子を窺《うかが》った。溜息まじりにおまさは答える。

「わてが、永倉はんと主人の二人に話があるいうたとたん、用事を思い出したァいうて逃げ出しましてん。わてはそないにこわい顔してましたかいな、永倉はん」

はあ、と気の抜けた返事をしたなり、おまさの目に射すくめられて、永倉はまた俯《うつむ》いてしまった。

「そやけど、かえってうっとこの主人はいてへん方がええのんかもしれまへんな。あんな、永倉はん。わてが前川のお勝さんまで呼び立てて、おまけに沖田はんに去《い》んでいただきましたのはな、きょういうきょうは、芹沢先生はじめみなさんのことをきちんとお聞きせんならん思たからどす」

　お勝はひやりとした。呼び立てられた理由は見当ちがいだったことになる。

「おまささん、そないなこと――」

「おなごの聞くことやない言わはるのんか。ええか、お勝さん。わては壬生住人士総代の女房や。主人からお竈《くど》さんをお預かりしてるからには、何事もええわええわですますわけにはいかしまへん。あんたかてそうやろ。いったい、芹沢先生が何を考えたはるのか、近藤先生や土方はんはどないにしやはるおつもりなのか、これは壬生住人士の存亡にも関わる大ごとや思わへんのんか。うっとこの主人は人がええばっかりや。あんたのとこはお店に逃げ出さはった。ほしたら、女房のわてらがきちんとおうちを守らなならんやろ。そのためには、どないしても聞かんならんのや。わてらは浪士のみなさんのことを、何ひとつ知らへんのやで。近藤先生はむっつりで、土方はんは嘘つきや。沖田はんはあの通りのお調子者やさけ、こないに膝を詰めて話のでけるお人は、永倉はんしかいたはらへん。よろしおすな、永倉はん。わてらは、主人にも誰にも言わしまへん。お竈さんを守る女房として、お聞きしたことはしっかと胸に収めますよって、永倉はんが知ったはるかぎりのことを、どうか聞かしとくりゃす」

これは大変な場所に来合わせてしまったと、お勝はうろたえた。だが考えてもみれば、そもそも浪士たちを迎え入れた責任は、前川の家にあるのだ。おまさと自分が、とうていまともな人間とは思えぬ浪士たちと関わり続けるためには、知るべきことは知っておかねばならぬ。なすがままになっていたのでは、たしかに住人士の存亡を問われることにもなりかねなかった。

ましてやお勝にとっては、実家である菱屋の身代を左右する話でもある。

「主人は、みなさんをうっとこの子ォや思てお世話しいや、言うてます。むろんわても、そのつもりどすのんや。そやけど、親が子ォのことを何も知らへんのでは、養うことがでけしません。なあ永倉はん、あんたは大勢の子ォの中でも、一《いっち》のにいさんやとわては思てますのんや。齢は若うてもしっかり者やし、何よりもわてらとふつうにお話のでけるお人や。なあ、わての言うてることもおわかりどすやろ。あんたはもう、うっとこの主人をあの騒動にひきずりこまはったんどすえ」

おまさは徒《いたずら》に永倉を責めているのではなかった。壬生住人士の総代である八木源之丞が、浪士組になりかわって弔いに出かけたということは、壬生住人士と壬生浪士組が同じものであると世間に公言したことになりはすまいか。

お勝はおまさの読みの深さに驚いた。たしかになすがままになるわけにはいかぬ。芹沢とともに、壬生住人士が世間の憎しみを買うわけにはいかぬ。

永倉は答えずに、しばらく腕組みをして物思いに耽っていた。素性のよい、聡明で実直な男である。おまさの胸のうちは、みなまで言わずともわかったにちがいない。

「お二方の胸に収めて下さるというのであれば」

庭先の珊瑚樹《さんごじゅ》の幹に蜩《ひぐらし》が鳴き上がって、お勝をおののかせた。

永倉新八は端整な顔をもたげて、おそらくは彼自身も誰かしらに伝えたかった話を、とつとつと語り始めた。

実のところ、僕はあの芹沢鴨という人のことを、さほどよくは知らないのです。いえいえ、お二方とものっけからそのようなお顔はなさらず。知っている限りのことはきちんとお話しいたしますゆえ。

僕もこのさきどうしたものかと、気に病んでおりました。あの人と僕の間には少なからぬ因縁がありましてね、だからどなたも僕に相談はしない。僕も口にすることができない。で、ひとりひそかに思い悩んでいる次第なのです。この際ですからお二方を母だと思うて、知ることをすべてお話しいたしますゆえ、なにとぞご教示下さい。

今さら妙なことを申しますが、昨日ご当家の源之丞さんを筋ちがいの弔いにお誘いしてしまいましたのも、けっして僕が心細かったからではなく、山科までの道中でこのご相談をしたかったからなのです。ところがいざ出立《しゅったつ》いたしますと、こちらはどうとも話の切り口が見つからぬ。源之丞さんのほうも、「ややこしいことは言うて下さりますな」と暗におっしゃっているような気がいたしまして、とうとう世間話に終始して戻ってきてしまいました。

先ほど源之丞さんがふいにどこかへ行ってしまわれましたのも、そんな僕を扱いかねて、ご妻女に下駄を預けたのかもしれませぬ。だとすると、この機会にお話しせねばならぬのは、壬生寺のお地蔵様のお導きかとも思いまして、お話しさせていただく気になりました。

僕は天保の亥《い》の生まれで、算えの二十五になります。とかく亥年は猪突豨勇《ちょとつきゆう》とか申しまして、あとさきかまわずに突き進む猪武者のふうがあります。この性分でずいぶんと損をいたしました。

もとは松前の家中ですが、蝦夷《えぞ》地の果てにあるという福山の御城下は見たためしもございませぬ。父が江戸定府《じょうふ》のお役目をおおせつかっておりましたので、僕も下谷三味線堀の松前藩上屋敷に生まれ育ったからなのです。

国元を知らぬ侍などと、妙に思われますでしょうが、御殿様ですら江戸生まれの江戸育ちで、家督をお継ぎになって初めてお国入りをなされるわけですから、むろん僕のような侍も多いことになります。

父は百五十石の御禄を賜る御奏者役《そうしや》で、御祐筆《ゆうひつ》も兼ねております。この御役は幕府御公儀との連絡折衝を相務めますゆえ、御役替えはまずありませぬ。従いまして、わが永倉家は代々江戸定府で、子らはみな江戸ッ子という次第になります。

御奏者役兼御祐筆の家柄ということは、とかく文弱の血筋でありますが、どうしたわけか僕はこの通りの武弁《ぶべん》に育ちまして、子供の時分から読み書きは大の苦手、ヤットウばかりいたしておりました。まあ、親からはかように立派な体をいただいておりますので、そのほうが向いておるのもたしかではございます。

十五の齢に神道無念流岡田十松道場に入門いたしまして、十八で本目録、二十二で免許皆伝。その後はさらに腕を磨かんとして、あちこちの名だたる道場を訪ねて他流との手合わせをしておるうちに、天然理心流宗家の近藤先生とめぐり会うた、という次第です。

近藤先生は牛込の試衛館に、多くの食客《しよっかく》を養うておられました。あの先生はともかく強い。剣術というものは技の心のというても、力較べにはちがいありませぬから、僕のような若者が上手になってしまいますと、たいていは老師の教えに飽いてしまうわけで、つまるところおのれを打ち負かす相手を探そうとする。すなわち、理屈はともかくおのれより強い師の道場にとどまることになります。強者のもとに強者が集まるという道理です。

まず、近藤先生の子飼い生え抜きとして、さきほどの沖田総司。これは齢こそ若いが天性の達者で、試衛館道場では師範代を務めておりました。

副長の土方歳三。これは道場の出稽古先である武州日野の者で、先生とはずいぶん長い付き合いであるらしい。やはり腕はたしかです。

少々齢かさの井上源三郎も同じ日野の出身で、これは先代の周斎先生以来の高弟ですから、近藤先生も何かにつけて頼りにしておいでです。

他流派の食客としては、僕のほかに副長の山南《さんなん》敬助。仙台の脱藩ということで、北辰一刀流の達者です。学問もあるし、齢も僕より上ですから、このたびの弔いに行かせるには適役だと申したのですが、土方は受け付けなかった。あれは風采が上がらぬし、弁もたたぬから役に立つまい、というわけです。どうもこの山南と土方は、同役の副長でも反りが合わぬようです。

藤堂平助も北辰一刀流で、並みいる門弟たちの中ではひとりだけ小さい。そのうえあの通りの童顔ですから、何だか少年じみて可愛らしい感じがいたします。ただしあの体でほかの連中と互角に立ち合うのは立派です。

原田左之助は種田宝蔵院の槍をよく使います。若い娘たちがきゃあきゃあと騒ぎ立てるほどの好男子ですが、当人は色気とは無縁なのでそのあたりのご心配はありますまい。ただし顔に似合わぬ短慮者ゆえ、いつ芹沢と悶着を起こすかと気が気ではございませぬ。これは僕よりひとつ下の子年《ねどし》です。

近藤先生配下の試衛館出身はそんなところですか。

いや、もうひとりおりました。どういうわけかわれわれと一緒ではうっとうしいと言うて、お隣の南部亀二郎さんのお屋敷に寝起きしておる、斎藤一《はじめ》。少々偏屈な男です。沖田と同じ辰ということですが、とうていそうは見えません。家は幕府の御家人で、いつも袴《はかま》の筋をぴんと立て、月代《さかやき》も青々と剃っている洒落《しゃれ》者です。

南部さんの家には斎藤のほかに、副長の新見錦《しんみにしき》がおりますな。新見は芹沢の一味です。もっとも新見は、偏屈で無口でそのくせひどく腕の立つ斎藤が気味悪いらしく、このごろではほとんど前川さんの家に寝起きしておるようです。僕だって、あの斎藤と同じ蚊帳《かや》に寝るのはいやですよ。何となく、寝首をかかれそうな気がする。

試衛館出身の面々といえばこうした顔ぶれで、早い話が近藤先生の配下と考えていただいてよろしいかと思います。ただし、僕も弟子というよりは一介の食客ですから、これら面々とさほど親しいわけではありませぬ。わかりやすく申せば、近藤先生と土方、沖田、井上の四人が肝胆相照らす仲で、山南、藤堂、原田、斎藤、それに僕の五人が、格別の義理はないが事のなりゆき上、ともに上洛したというところでしょうか。

脱藩、ですか。いえ、ほかの面々はどうか知りませぬが、僕はそれほど大それたことをしたわけではない。父はまだ御役についておりまして、家督を譲られたわけではないので、武者修行中と心得ております。たしかに攘夷は急務でありますが、国事に奔走しているなどとは思えず、ましてや芹沢のように「尽忠報国の士」と自ら任じておるわけでもございませぬ。まあ、芹沢にしたところで、そのあたりはいいかげんなものだと思いますが。

さて、一方の芹沢とその周辺の者どもについてですが、これはちと難しい。彼らと道を同じういたしまして半年、近ごろになってようやくそれぞれの関係がわかってまいりました。

まず芹沢鴨。あれは常陸《ひたち》の芹沢村というところの領主の倅でして、水戸藩の者ではありませぬ。いわゆる郷士ではございますが、一村におのが名の付いているほどですから、相当の家柄と申してよろしいでしょう。世間知らずの若様といえば、さもありなんというところですな。何でも二人の兄は水戸藩に出仕しておると申しております。大言壮語は口にしても、あんがい嘘のない人物ゆえ、それは事実でしょう。

尊皇攘夷の志士を自ら任じております。もっとも、尊攘思想なるものは水戸の熱病のようなものですから、志というても怪しいものです。しかし国元では、かの藤田東湖とも誼《よしみ》を通じていたという話ですから、いわゆる水戸の天狗、幕府の政策にことごとく異を唱えて、御大老の首級を挙げたり英国公使館を襲ったりする者どもの同類にはちがいありますまい。あの無法ぶりは水戸の天狗そのもので、ことに商家に強談判《こわだんぱん》して軍費の押し借りをするやりくちなど、まさしく噂に聞く天狗党です。

よくよく考えてもみれば、守護職様も厄介な侍をお預かりになったものだ。過激なる尊皇攘夷の志は今や反幕府と同じゆえ、獅子身中に虫を飼ったようなものです。

副長の新見錦は芹沢の腹心のように思われておりますが、その実はどうもちがうようです。腹心どころか同腹のごとく言われるのがともかく気に入らぬらしい。ではなにゆえつねづね一緒におるかといえば、芹沢とともにおれば銭金の不自由がないからだと、僕は推量しております。水戸者にはちがいないが、水戸を笠に着たろくでなしと見ました。まあ、中《あた》らずとも遠からずでありましょう。

新見が南部さんの屋敷に住もうたのは、寝起きぐらいは芹沢と別でありたい一心からなのでしょうが、そこにはわれわれと寝起きを共にしたくない斎藤一がいたというわけです。で、あんな気味の悪いやつより、見たままでわかりやすい芹沢のほうがまだましだというわけで、前川さんのお屋敷で寝るようになった。ともかく、新見は芹沢が愚痴をこぼすほどの金食い虫です。

助勤の平山五郎。これは文政の末年の生まれと聞いておりますから、三十四、五にもなりましょうか。水戸者と称しておりますが、訛がちがうところからしますと、騙《かた》りでありましょう。水戸を名乗れば誰でも壮士と見られて都合がよい。その手合いでしょうか。しかもあの隻眼《せきがん》のおそろしい面構えです。

片方の目が見えぬというのは、剣術ではいかにも不利ですな。まず間合が取れぬ。むろん視野も狭い。しかしそれでもわれわれと互角に打ち合うのですから大したものです。これも僕の推量ですが、どうも芹沢の悪行を蔭で操っているのは、あの平山五郎だという気がする。芹沢はひとかどの器量人ではありますが、至極単純な男でして、自ら率先して何かをなすことはないように思う。ただし焚きつけられれば誰よりも燃えて、おのれが大将でなければ気がすまぬ。芹沢のなすことはすべて、平山の煽動ではなかろうかと僕は見ています。

勘定方の平間重助は芹沢の門人と称しておりますが、これはみなさまご承知の通り、芹沢の里が守役に付けてよこした爺やです。その忠義ぶりたるや、いやはや他《はた》で見ていても気の毒なほどですな。

もうひとり、野口健司という若い助勤がおりますが、これは芹沢の使いっ走りというところでしょう。同じ水戸者というても、箸にも棒にもかかりませぬ。

すなわち、こちらの連中もわかりやすく申しますと、まず水戸天狗党の金看板を背負った芹沢という怪物がおり、新見が銭金の蔓《つる》にぶら下がり、平山が暗い糸で操っている。平間はおろおろと四方に頭を下げ続け、野口は言うなりの手先となっている。

と、こういうところでしょうか。

たいそう入り組んだ話になりましたが、とにもかくにもこのようにして、近藤局長以下九名、芹沢以下五名のつごう十四名が、壬生屋敷のお世話になったという次第なのです。今では多くの隊士を募って、かくのごとき大所帯となっておりますが、以上十四名がそれぞれ局長、副長、助勤、勘定方として隊務を掌《つかさど》っておるのです。

いかがでございましょうや。これで少しは、手前どもの人間関係というものがおわかりになりましたでしょうか。まさしく複雑怪奇、魑魅魍魎《ちみもうりょう》の体《てい》でございましょう。

ところで、初めにお話しいたしました僕と芹沢との浅からぬ因縁。

実は、近藤先生と芹沢との仲立ちをいたしましたのは僕なのです。

さきに申しました通り、僕は神道無念流岡田十松利貞の門人で、芹沢はその先代である十松吉利の弟子なのです。さらに平山五郎は芹沢の兄弟子にあたる練兵館館長斎藤弥九郎の門人、新見もやはり同門である岡田助右衛門の弟子。これを家系図にたとえるなら、僕にとって芹沢が叔父、平山と新見と野口と平間は従兄弟ということになります。

僕はいっとき通っていた百合元昇三先生の道場で野口健司と知り合い、彼の紹介で芹沢以下の面々を知ったのでした。つまり、僕は近藤先生から天然理心流の手ほどきを受くる以前に、神道無念流というおのれの里で、同門の彼らと知り合うていたのです。

幕府が浪士組の募集をいたしましたとき、芹沢からそれを聞いて近藤先生を誘うたのは、ほかの誰ならぬ僕なのです。むろん、他意は何らございませぬ。ただただ、おのが剣を発揮して天下の御役に立つ、かような機会があるのだからと――今にして思えばまさに、猪突豨勇であったと申すほかはありませぬ。

どうかお二方とも、かような僕の苦しい立場を、斟酌《しんしゃく》なさって下さい――。


われわれが壬生にとどまることになったいきさつ、でござりますか。

これはしたり。おまさどのもお勝どのもそのあたりをご存じないということは、近藤先生も土方も、肝心な説明は何ひとつしていないというわけですな。

いやはや、今さらながら汗顔の至りです。僕はてっきり、壬生のみなさまはすべてご承知なのだとばかり思っていた。だとすると、ご両家はわけもわからずにお屋敷をお貸し下さり、のみならず三度の飯も宵の酒もふるもうて下さっているのですか。

まこと不調法のきわみにございまする。守護職様の肝煎りなれば詳しいことは言わずともよい、というわけなのでしょうが、いくら何でも乱暴な話だ。

そうか。そうだったのですか。気付かずにいたとは申せ、面目次第もございませぬ。芹沢局長はあの通り正体もない酔っ払い、ならば近藤先生か土方がきちんと話を通さねばならぬのに、そのあたりが百姓の性根なのでしょう。

では遅ればせながら、この永倉がことの経緯をかいつまんでお話しいたします。

そもそもの発端は昨年のこと、近藤先生が幕府講武所教授方の選に洩れたところから始まります。この講武所と申しますものは、去る安政の年に幕府が設けた旗本御家人の調練所でありまして、つまり攘夷を断行するに際して徳川の御家人を鍛え直そうという、まあどことなく盗ッ人を捕えてから縄をなうようなものですが、ともかく神田に立派な道場を建て、教授方には江戸市中の名だたる道場主を招聘《しょうへい》しようということになったのです。講武所奉行は勝安房守様の従兄にあたる男谷《おだに》精一郎先生で、むろんあれほどの剣客ともなれば、天然理心流近藤勇の実力は知っている。僕などが公平に考えましても、近藤先生が教授方に推挙されるのは当然至極でした。

どうも天然理心流というのは、多摩の出稽古で食うている田舎剣法だと、馬鹿にされているふしがございましてね。それが講武所の教授方となれば汚名返上、千葉道場や桃井道場と一躍肩を並べるというわけで、内定の報せを受けたときの先生の喜びようというたら、まるで天下を取ったようでした。

ところが、いざ蓋を開けてみると内定は取り消し、教授方には北辰一刀流や神道無念流の錚々《そうそう》が名をつらねてしまった。

奉行の男谷先生にかけ合っても埒《らち》があかず、近藤先生は怒り狂った不動明王のような顔で道場に帰ってくるなり、床板に地団駄を踏んで怒鳴ったものです。

「男谷道場が何じゃ、千葉道場が何じゃ。桃井春蔵が、斎藤弥九郎がどれほどのものじゃ。俺は百姓の出だから選ばれなかった。そのほかに何の理由があるものか」

で、翌る日からは奥座敷に引きこもって、道場にも顔を見せようとしない。しばらくの間は奥方が三度の膳を、おそるおそる運ぶという有様でした。

もしや腹でも切るんじゃあるまいかと、みんなしてひどく気を揉みましてね。上は大先生から下は若い藤堂平助や斎藤一まで、かわるがわる様子を見に行きました。ほとんど寝ずの番です。

笑いごとではございませんよ、ご両人。そりゃあまあ、あの先生らしい話だといえばそうですけれど。

いちど、僕が廊下で寝ずの番についておりましたとき、ふいに座敷から名を呼ばれた。ご無礼いたしますと言うて障子を開けましたところ、文机《ふづくえ》の上には何やら難しい書物が堆《うずたか》く積み上げられておりまして、先生は灯芯をかき立てながら太筆で手習いをしておられた。一筆書きおえてから、じっと腕組みをして僕に訊ねるのです。

「永倉。俺は下手か」

「いえ、ご立派なものです」

僕は愛想を言える質《たち》ではありません。先生の筆はたしかに立派なものでした。だが先生は、僕の言葉を容易に信じようとはせず、疑わしげにじろりと睨み返した。

「百五十石取りの倅から見れば、子供のいたずら書きだろう。ちがうか」

「滅相もございませぬ。先生は何か勘違いをなさっておられます」

「勘違いではない。俺は怒りがさめてから重々考えた。いかに強くとも、俺の剣には品位がないのだ。出自が出自なのだから仕様があるまい。しかし仕様がないではすまされぬ。俺の才を見込んで養子に迎えて下さった大先生にも申しわけない。ましてや天然理心流の祖宗に対して、このていたらくを何と詫びればよいのだ。のう、永倉。下手なら下手と言え」

いかがですか、ご両人。なるほど切実な話でござりましょう。僕も相当に融通のきかぬ気性ではありますが、あの先生とは較ぶるべくもない。近藤勇という人物は、ともかく誠実さが羽織を着ているようなものです。しかも、あろうことかこのご時世に。

そのような暮らしぶりが、かれこれ半年ばかりも続きましたろうか。その間、出稽古などは師範代の沖田が務めておりましたが、あれは強いばかりで教え方が乱暴なので、出先の門弟たちは怖がって仕方がない。怪我人も出るし、近藤先生はどうなさったのだと様子を見にくる者もいる。試衛館の内弟子で免許皆伝は沖田ひとりだから、井上源三郎や土方では弟子たちが納得せぬし、ましてや他流派の僕などが出向くのは先生が許さぬというわけで、多摩の出稽古で飯を食うておる道場はまったく往生してしまいました。

そんなとき藪から棒に、面白い話が舞いこんできたのです。

公方様が朝廷から攘夷決行の勅許を得るために上洛する。ついては将軍警護の浪士組を募るゆえ、腕に覚えのある者は申し出よという幕府のお触れです。

道場がそんなふうですから、藪から棒というより渡しに舟でございますな。実のところを申しますと、僕には攘夷だの憂国の志だのというたいそうなものはなかった。一人あたま五十両という給金に目がくらんだのです。その点につきましては、先生にもぶっちゃけたところを申し上げましたよ。みなで相談したうえのことを。

京にどれほどとどまるかはわからぬが、僕ら若い者は往復の路銀を含めても二十両あれば十分。残りの三十両は奥方様にお納めして、大先生のお薬代にしていただこう、と。

まあ、それくらい試衛館はにっちもさっちも行かなくなっていたのです。食客の僕らにしてみれば、道場を食い潰してしまったような気もしておりましたし、何よりも塞ぎこんでいる先生が、この旅を機に立ち直って下さればよいと思った。ましてや将軍警護という大義名分があるのだから、道場を畳んで上洛することによからぬ噂がたつはずもない。

しかし今となってみれば、妙な話ではございましたな。いかに物騒な世の中とは申せ、公方様をお護りするのは御徒士《おかち》衆のお役目ですし、それでは手が足らぬというても、江戸には暇をもて余している御家人が大勢いる。だのになにゆえ五十両もの大枚を支払うて浪士を集めねばならぬのか。

京に上ってからじきに、そのあたりの謎は解けましたけれど。

ところで、この渡し舟を僕にもたらしたのは、先にお話しいたしました野口健司です。やっと僕とはかつて百合元昇三先生の道場で誼《よしみ》を通じておりまして、久しぶりに行き合うて一杯飲んだとき、そういう事情ならば一緒にどうだと誘われたのです。

愚痴をこぼした覚えはないのですが、こちらは何しろ酒代《さかて》にも不自由する身で、真冬にも単衣《ひとえ》物の着たきり雀なのですから、よほど見るに見かねたのでしょう。

さらに話を聞けば、かねてより見知っている神道無念流の仲間たちもこぞって参加するという。芹沢鴨、平山五郎、新見錦といえば一門ではそれぞれ名の通った達者でありましたし、これは力強いと思うた。

　やはりそのときもふと、妙な話だと思うたのです。水戸者の彼らが将軍警護のお役目をおおせつかるのはおかしい。水戸藩は長州のようにあからさまな反幕勢力ではございませぬが、攘夷の急先鋒にはちがいない。御大老を血祭りに上げた連中を、幕府が採用するのは合点のいかぬ話です。

　そのことを率直に訊ねると、野口はあの子供じみた口調で言い返した。

「いよいよ攘夷の勅命が下るのだから、われら水戸衆がお伴をするのは道理でしょう。何の不都合があるものですか」

　なるほどそうかもしれぬ、と思いました。どうもあの野口という男は、齢が若いうえに子供っぽくて、物事を簡単に考える。もっともあんまりさらりとそう言われたので、僕もさほど考えずに納得してしまったのですが。

　試衛館に戻ってもその件は口に出さず、一晩じっくりと考えました。で、翌る日に井上源三郎の紋付を拝借いたしまして、九段にある神道無念流の練兵館を訪ねたのです。

　神道無念流の本流といえば戸ヶ崎道場ですが、このごろでは斎藤弥九郎先生の練兵館が威勢を誇り、江戸三大道場のひとつに算えられております。芹沢以下の居所は知らぬが、練兵館に行けば誰かしらに会えると思うた。要はあの野口が信用しきれなかったのですな。

案の定、練兵館では平山五郎が荒稽古の真最中で、僕を見かけるとあの隻眼の怖ろしげな顔を和ませて寄ってきた。

余談ではございますが、練兵館の門弟の多くは長州と水戸の者たちで、さながら攘夷過激派の巣窟《そうくつ》のごとくでありました。あるいはそこを蝶番《ちょうつがい》として、東西の両藩に尖鋭なる攘夷思想が育《はぐく》まれたのやもしれませぬ。

さて、平山を庭に誘い出して、かくかくしかじかと昨晩野口から聞いたことを問い質《ただ》せば、たしかにその通りと言う。試衛館の面々ならば腕にまちがいはなし、御公儀も大歓迎であろう、と。

ただし、と平山は付け加えた。

「おぬしも知っておるだろうが、こたびの上洛には芹沢さんが加わる。あれは水戸天狗の一味で、いわば尊皇攘夷の金看板を背負っている豪の者だ。われわれとは、そもそも世間の見る目も、貫禄もちがう。近藤先生は不本意かもしれぬが、芹沢さんの顔は立ててやってくれ。頭ごしに物を言うようなことのないよう、くれぐれもな」

僕はそれまで、芹沢鴨の人となりはよく知らなかったが、何度か手合わせをしたことはあり、その貫禄も威名も、むろん免許皆伝の腕前もわかっていた。芝居でいうなら、ともかく花のある千両役者で、野にあるのがふしぎなほど派手やかな侍です。

「承知いたした。近藤先生は物わかりのよいお人柄ゆえ、その点は僕から言い含めておきましょう」

と、了簡《りょうけん》いたしまして、足どりも軽やかに牛込へと戻りました。それは浮かれもいたしますよ。わが試衛館は生まじめが昂じて神経病に罹《かか》った先生と、三度の飯にも事欠く有様の門弟たちが待っている。神道無念流や水戸者の下に置かれるのは本意ではなかろうけれど、この際背に腹は替えられませぬ。

ここで問題といえば、近藤先生を了簡させる言い方ひとつでありまして、まさか一人あたま五十両の給金が出るからとは言えぬ。そこで説得は、まず土方歳三に任《た》せました。あの男は薬の行商などをしていたせいか口は達者で、銭勘定にも長けております。むろん近藤先生の気性も知りつくしている。

はたして僕から話を聞いたとたん、土方はまるで一の富でも引き当てたかのように興奮いたしまして、善は急げと相成った。

先に申しました給金の配分につきましても、土方が言い出したことですが誰にも異存はなかった。近藤先生以下これに従う者は、土方、沖田、井上、山南、藤堂、原田、斎藤、そして僕の九人。しめて四百五十両といえばまさに一の富籤《とみくじ》に相当するほどの大金で、そんなものは誰だって拝んだためしもない。そのうちの百八十両を、路銀と京での滞在費に当て、残りの二百七十両は道場にお納めしようということになった。この配分は土方の発案です。あれはただ銭勘定に長けているばかりではなく、つまりそういう人柄なのですよ。肚の底ではいやなやつだと思いつつもみなが従うのは、あの利発さの芯にある、一本筋の通った誠実さに逆らうことができぬからなのです。

さように門弟たちの総意をまとめてから、土方と僕とで、いよいよ近藤先生に進言いたしました。

あのときの先生の表情は忘られませぬ。腕組みをして平静を装いながらも、秀でた眉の底の金壺まなこは、「助かった」と言うておりましたな。

お笑い下さりますな、ご両人。僕らにしてみれば笑いごとではござりませぬ。

僕らはみな、むろん近藤先生も含めて、進退きわまっていたのです。落ちこぼれて世間に身の置き場のなくなった侍と、成り上がろうにも身分の壁を越えられぬ百姓が、あの試衛館道場に追い詰められていた。

まこと、いじらしい限りです。

ひと通りの説明をおえたのち、僕は平山五郎から言われたことをお伝えしました。

すると先生は神妙に肯いて答えた。

「芹沢という人の噂は、かねがね耳にしている。なに、尽忠報国の士に上《かみ》も下《しも》もあるまい。それほどの人物ならば、俺は喜んで配下になるよ」

金のためなら、というのが本音ではありましょうけれど、僕はほっと胸を撫で下ろしました。この人は大人だな、とも思った。

まあ、その辺はおなご方にはなかなかわかりますまい。

上の下のと申しますのは、人物を言うておるわけではないのです。近藤先生が芹沢の下に服《まつろ》うということは、天然理心流が神道無念流の下に座るということ、試衛館が練兵館の下手に立つということでござりましょう。たしかに、流派の規模や世評は較ぶるべくもありませぬが、宗家として道場主として、それはなかなか了簡できることではございますまい。そのあたりの不本意さを呑み下して京に上る決心をなすった先生は、やはりひとかどの人物でございましょう。

ところで、僕は平山からもうひとつ、釘を刺されていた。そのことは土方に言うても始まらぬと思うていたので、先生に直接申し上げました。

「聞くところによれば、この浪士組徴募の件は清河八郎の建言になるそうですが、あやつは策士であるとの風評がござります。先生はどのように思われますか。本来ならば将軍家のお伴は御徒士衆が務めるところを、あえて浪士を募るなど、少々気にかからぬでもござりませぬが」

清河八郎のことは覚えておいででしょう。京に着いたとたん、わけのわからぬことを言い出し、浪士組のほとんどを引き連れて江戸に帰ってしまった、あの男です。やつは才子と策士の評判が相なかばする、まこと捉えどころのない江戸の有名人でした。

近藤先生はしばし考えるふうをなさってから、ははっと笑った。

「向こうは才で来る。この方は誠実を以てこれに向かう。はっ、はっ、はっ、けだしおしまいには、軍配はいずれに上がるものであろうかね」

これ、お笑い召さるな、ご両人。

たしかに近藤先生は、ときおり意味不明のことをおっしゃる。しかも物言いは自信たっぷりなので、僕らもとまどうのです。そういうときには、わけがわからずとも一緒に、はっ、はっ、はっと声を合わせて笑えばよいのです。

というわけで、試衛館一同の肚は定まり、その翌る日には九人が打ち揃って、この件の奉行役である松平主税介様の御屋敷に意気揚々と出かけました。

御屋敷は試衛館とはほど近い、牛込二合半坂です。一同は上機嫌で笑いながら歩きましたが、ことがあまりにも順調にすぎるので、言い出しっぺの僕はかえって不安になり、笑い声のあとからあれこれ思いめぐらしつつついて行った。いつもみなとは肩を並べて歩こうとせぬ斎藤一が、振り返って僕に語りかけました。無口で偏屈者の斎藤が自分から口をきくのは珍しいことです。

「どうした、永倉さん。元気がないじゃないか」

すでにお気付きとは思いますが、左利きの斎藤は妙なことに刀を右の腰に差しています。しかも鯉口《こいぐち》を切った落とし差しで、屈んでも刀が抜け落ちぬよう、まるで棒きれでも脇に挟んだようにしている。やつは居合の達人なので、鯉口を切る一瞬の間さえも考えてそうしているのです。

京に上ってからは僕や沖田もそれを真似て落とし差しにしておりますが、平穏な江戸でそんなふうにしている斎藤は、いささか気味が悪かった。

右腰の落とし差しの左側に並ぶのはいやですから、僕は斎藤と刀の鞘《さや》を合わせるようにして歩いた。

「いや、あんまり話がうまく運びすぎるのでな。大丈夫かなと、少々気がかりになった」

斎藤はあの、何を考えておるのかわからぬ睡たげな二皮目を僕に向けて、蔑むような笑い方をしました。

「永倉さん。君は先生が何をお考えなのか、わかっているのか」

知れ切ったことです。建前は尊皇攘夷、しかし本音は金だ。むろんそんなことは問われて答えるべくもありませんが。

「わかっておるよ」

「いや、君はちっともわかっちゃいない。だから不安になっている」

「ならば君はわかっているのか」

牛込のそのあたりは、狭い道を挟んで御家人の小屋敷が建てこんでおり、どこに耳があるかわかりませぬ。仲間たちがいくらか遠ざかるのを待って、斎藤は小声で言うた。

「先生は天然理心流の名を挙ぐることしかお考えではない。ほかには何もない」

それだけをぼそりと告げて、斎藤は行ってしまった。

何だか抜きがけの一太刀を浴びせられたような気がいたしました。つまり先生が上洛を決心なさった理由は、銭金に困窮しているからではなく、尊皇攘夷の大義名分でもなく、一にかかって講武所教授方の選に洩れた屈辱を晴らすためなのだ、と斎藤は言うたわけなのです。

それにまちがいはなかった。言われたとたん、はっと立ちすくむほどの急所でしたな。

不逞浪士の犇《ひしめ》く京に上れば、必ず人を斬る機会がある。天然理心流の威名を轟《とどろ》かせることができる。田舎剣法の汚名をすすぎ、百姓の出自も一挙にして挽回《ばんかい》できると先生はお考えになった。そうにちがいございませぬ。

その真実に気付いていた者は、おそらく斎藤ただひとりでありましたろう。齢はいまだ二十歳《はたち》ばかりだというに、あれはまことに浮世ばなれした、妙な侍です。

そういえば先日、久しぶりに稽古で手合わせをいたしましてね。面垂れの隙間の咽元《のどもと》に、みごとお突き一本をくらった。僕は沖田と立ち合うてもそうそうお突きを許すことはないのですが、少々油断をいたしまして斎藤の剣先を躱《かわ》しそこねたのです。

気を失うているうちにふと考えました。あの斎藤一というやつは、剣士ではなく剣そのものだな、と。強い弱いではありませぬ。技とか力とかを越えたどこか遠いところで、あの男はおのれの体と剣とがひとつになってしまっている。

そういう侍だからこそ、近藤先生の胸中をわがことのごとくに覗き見ることができたのでしょう。僕らがみな薄気味悪く思うている斎藤を、なぜか先生ひとりが可愛がるわけも、そう考えれば合点が行きまする。

さて、松平主税介様の御屋敷に参りまして浪士組参加の来意を告げまするると、先方は大喜びいたしまして、まだ日の高いうちから歓待の酒宴と相成った。そのうち浪士組に関わる幕府の役人なども何人かやってきた。試衛館一門がこぞって加わるとは、百人の味方を得たようなものだというわけです。しかしさように歓待されればされるほど、僕らはいやな気分になった。

つまり、近藤勇の強さは幕府の役人さえちゃんと知っていたということです。ではなにゆえ教授方の選に洩れたのだと、誰もが問い返したい気分でした。

先生の強さなら僕ら食客が一等よく知っている。山南にしても原田にしても斎藤にしても藤堂にしても、むろん僕にしても、あちこちの道場を渡り歩き、どこも物足りずに試衛館にとどまったのです。近藤先生の強さが他流派の道場主の誰よりもまさっていることは、ほかならぬ僕らが承知していた。

短慮者の原田左之助などは、「ばかばかしい」とひとこと呟いたなり帰ってしまいますし、山南敬助は「暑い暑い」と言うて箱膳を廊下に引き出し、霜も溶けぬ庭を眺めながら手酌を始めるという有様。

なるほど、選に洩れたとき先生のおっしゃったことは中《あた》りだったかと、僕も考えたほどでした。さよう、「百姓の出だから選に洩れた。そのほかに何の理由があるものか」というわけです。

旧来の壬生郷士であられるご近在のみなさまは、身分の貴賤などさほどお考えにはならぬやもしれませぬ。いや、そもそも身分の差別は武家が勝手に定めましたることゆえ、京に住まう人々はみな、それほどに捉われてはいない気がいたしまする。

江戸はちがいまするぞ。御公儀のお膝元で、何はさておき身分の上下、出自の貴賎が問われるのです。

　近藤勇がいかに強くとも、多摩の百姓家から養子に入ったという身上書きを、ぺたりと背に貼られている。その伝で言うのなら土方も井上源三郎も同じ出自で、そのほかの者はみな武家とはいうても妾腹の庶子やら部屋住みやらで、一人前の将来などない。要するに卑賤なるものの寄せ集めでござりまする。そのような道場に幕府講武所の竹刀《しない》を取らせるわけには参らぬが、強さは強いのだから京に行って働けと、御奉行様はじめ幕府の役人たちは言うているのも同じなのです。

　かたわらに座る斎藤は、役人たちが先生を褒めたたえるたびに、あの睡たげな二皮目をちらりと僕に向けて、ふんと嗤《わら》った。わかったろう永倉さんと、その目は言うているようでした。

　宴も果てるころになって、役人からとんでもない話が切り出されました。

「ときに、尽忠無私の士である諸君には、あえて申し上ぐるべくもござるまいが、ひとつ承知しておいていただきたいことがある。浪士一名につき五十両と触れた給金の件なのだが――」

　いったい何を言い出すものやらと、一同は耳を欹《そばだ》てました。

「そもそもこたびの件に関する公儀勘定方の予算は二千五百両ということで、要は五十名の頭数を予定しておったのだが、少々目論見がはずれてしもうての。そこもとたちを含めて、すでに二百五十名もの応募者が殺到いたしておるのだ。それぞれの腕前を判別するだけの時はなし、むろん数が多いに越したことはないゆえ、全員を採用する運びとなった。ついては、給金を一人あたま十両とするが、了簡願いたい」

これには一同、あいた口が塞がりませぬ。無体《むたい》な話にはちがいないが、さんざもてなされ、「尽忠報国の志」なるものを開陳させられたあとでは、文句の言いようもございませぬ。今さら引っこみがつかぬとは、まさにこのこと。

「いやいや、尊皇攘夷の志篤く、身を挺して国に報いんとする諸君らにとって、銭金のことなどどうでもよいというのは、むろん承知いたしておる。どうか無礼とお思い召さるな。たしかにどうでもよいことではあるが、当初の触れを改むるにおいては、ひとこと言い添えておかねばなるまい、と思うてな」

どうでもよいはずはない。そっちは目論見がはずれても腹は痛まぬが、こちらはたまらぬ。

とうとう土方が、ずいと膳を押し出して気色ばんだ。

「あいや、しばらく。尽忠報国の士がさほどに多くあるのは、御公儀にとって喜ぶべきことでござりましょう。ならばその志に報いて、一万両の予算を用意なされるのが御威光というものではござりますまいか」

返答やいかに、と思いきや、役人どもはふいに面相を改めて土方を睨みつけました。おそらく言い返されるとは思うていなかったのでしょう。しばらくは睨むばかりで声がなかった。

ややあってのち、御奉行様がどうしようもないことを呟いた。

「金が、ない」

そのとたん、凍えた風がひょうと座敷を吹き抜けまして、折あしく薬王寺の六ツの鐘が、ごおんと通いましてな。冥界のごとき静けさの中で、ただひとり寒晒《かんざら》しの廊下で飲んでいた山南が、「ああ、ああ」と断末魔の声をあげた。

腰を浮かせて言い返そうとする土方を、近藤先生は太い腕で制して言った。

「われらは尽忠報国の士を以て任ずる者なれば、銭金のことなど言うて下さるな。給金などははなから念頭にはござらぬ。それにしても、御金蔵に金がないとは、御奉行様も洒落たお方じゃ。はっ、はっ、はっ」

沖田が師範代らしく、はっはっはっと声を合わせて笑い、僕らも笑った。役人たちも救われたように大笑いいたしました。で、ことはうやむやのうちに盃の応酬で落着と相成った。

御屋敷の長屋門を出たときの一同の落胆ぶりというたら、見るも哀れでございましたよ。近藤先生だけは麻裃《あさがみしも》を着ていたゆえ少しは様になってはいたが、ほかの門弟たちは単衣物に古羽織で、いかにも冬の夜風が懐を吹き抜けるふうでした。

沖田がくすくすと笑いながら、僕の背を刀の柄《つか》でつついた。

「みんな、嘘ばっかし」

笑うな、と僕は叱った。すると沖田はさらに笑いながら言った。

「永倉君よォ、元はと言やァぜえんぶ君のせいなんだぜ。腹切って死ね、このばかたれ」

身のちぢむ思いがいたしましたよ。言われてみればたしかに、僕のせいでこんなことになってしまったのですから。

ひとり十両の給金では、奥方と大先生にお納めする余裕もない。さりとて近藤先生が大見得を切ってしまったからには、今さら止めにするわけにもいかぬというわけで、金の足らぬ分は土方が日野まで走って、何とか工面して参りました。こうして僕らはこの二月八日、小石川の伝通院山内に集合して上洛の途についたのです。

有象無象《うぞうむぞう》の二百数十名に幕府の役人を加えて三百人ちかく、中山道《なかせんどう》を上る道中はさまざまの出来事がござりました。芹沢鴨の乱暴狼藉にはほとほと手を焼きましたし、清河八郎という謎の策士は、行列の後ろを少し離れてついてきていた。

で、話は相当に端折《はしょ》りますが、ともかく二月二十三日に京に至り、壬生村のみなさまの御屋敷に分宿する次第となりました。

到着いたしました当初は、何ぶん大人数のことゆえ混乱をきわめ、何がどうなっているのやらさっぱりわからぬ。むしろ多くの浪士たちが初めての上洛で、物見遊山のような気分でございました。

何日か経ったころ、あの清河八郎という侍が大きな顔をし始めたという噂が流れました。あやつは出羽庄内の造り酒屋の倅で、昌平黌《しょうへいこう》と千葉道場に学んで私塾を開いていたということですが、そもそもが幕臣ではない。幕府の役人に指図されるならかまわぬが、いくらか名の通った攘夷論者だというだけで、やつに従ういわれはございませぬ。ましてや僕らは上洛の道中において、近藤先生すらも平隊士の扱いを受けていたのですから、この期に及んでまで清河のような俄侍《にわかざむらい》に四の五の言われたくはなかった。

何でも清河は、京に着いた翌日に上表文をしたため、畏《かしこ》くも朝廷に奉ったという。その文書の内容につきましても、僕らの間では議論がかわされました。

芹沢はあれであんがい学問があって、その言うところは実にまっとうでした。清河の草したという上表文とは、「われわれは皇命を戴いて攘夷に身を挺する志士であるから、どうか赤心を信じて存分に使うてくれ」というようなものでしたが、その内容は概《おおむ》ね良しとしても、ひとつだけどうしても気になるところがある。

「幕府御世話にて上京仕候得共《つかまつりそうらえども》、禄位等は相受不申《もうさず》」

という一行です。たしかにこれはちとおかしい。幕府は浪士たちを雇ったわけではなく、上京の世話をしただけだという。役職も給金も貰っているわけではないのだから、遠慮なく朝廷の家来として使ってくれ、というふうに読めるわけです。

「どうやら清河は大芝居を打ったようだの」と、芹沢は僕ら一同に向かって言うた。さよう、ちょうどそこの床柱を背にして芹沢が座り、僕らはこの座敷にみっしりと居座っておったのです。

「五十人のところを二百五十も集めよったのは、あやつの画策だ。御公儀からは二千五百両の上は出ぬと見越して、二百五十も募りおった。さすれば給金は一人あたま十両。これではたしかに禄とは呼べまい。路銀のお世話をしてもろうただけとも言える。第一、御公儀の目的は追って御上洛なさる将軍警護であるのに、清河はその浪士たちをおのれの私兵のごとくに扱い、攘夷の勅命をおのれが受けようとしておるのではないのか。いや、反幕府の長州と手を結んで、幕府を倒さんとする先兵とするつもりやもしれぬぞ」

上表文の一行から推測した芹沢の言うところは、おそらく的を射ておりましたな。応募から道中を経て京に至るまで、僕らが妙に感じていた出来事の逐一は、それですべて説明がついてしまうのです。酒の入っていないときの芹沢は実に明晰《めいせき》で、あの見映えのよさがけっして張子の虎ではないと、僕は思い知らされました。

権謀術数《けんぼうじゅつすう》の類いが生来大嫌いな近藤先生が激怒なさったことは言うまでもございませぬ。かつて僕が清河八郎についての危惧を申し上げましたとき、「向こうは才で来る。この方は誠実を以てこれに向かう」とおっしゃった意味不明の意味が、早くも目の前に示されてしまったのです。はっはっはっと笑うどころではなかったが、ここはどうあってもこちらに軍配を上げねばならぬと、先生はお考えになったのでしょう。

「おのれっ、奸賊ばら。容赦できぬわ、叩ッ斬ってくりょう」

と、早くも羽織の紐を引きちぎって立ち上がる先生を、みなで押し潰すようにして座らせました。

「まあまあ、そうことをせくな近藤さん。人を斬るにはころあいのときというものがある。君はまだ生身の体を斬ったことはあるまいが、ことほどさように簡単ではないぞ」

低い声で芹沢が言うと、一同はしんと静まってしまった。

芹沢が水戸天狗の一味であったころ、潮来《いたこ》の宿で無礼のあった三人の手下を叩き斬ったというのは有名な話でした。

さてそれから数日後、浪士組は全員そろうて新徳寺に集合せよとの触れがあった。がやがやと本堂に集まりますと、刀の柄を握って独壇場に立ったのは、御奉行でのです。

も取締役でもない。清河八郎が壮士然たる白羽織もものものしく、一同を睥睨《へいげい》した

「われら浪士組は畏くも夷狄攘斥《いてきじょうせき》の朝命を尊戴《そんたい》し奉り、すみやかに東下《とうか》いたすこと

と相成った。今般横浜港へ渡来せる英吉利《イギリス》軍艦は、昨八月武州生麦における薩人斬

夷の一件につき、三ヶ条の難題を呈示いたし、いずれも聞き届け難きにおいては兵

端を開くやも計り難く、われらこぞりてこの敵に立ち向かい、以て攘夷の魁《さきがけ》たらん

とする所存である。一同、尊皇攘夷の御叡慮《えいりょ》をよく体し、粉骨砕身のご覚悟をなさ

れよ」

その胆力たるやまことに堂々たるもので、一同はみな気圧《けお》されてしまいました。

僕などもその演説を聞きながら、この男は策士にはちがいないが、徒に小策を弄し

ているのではなく、やがて国を動かすような大策士なのではなかろうか、ならば言

う通りに動くのもやぶさかではない、と思うたほどです。おそらく、それまで清河

に反感を抱いていた誰もが少なからずそう思うたはずです。

ところが、その胆力に気圧されぬ者がひとりだけいた。

「あいや、異議あり。清河殿に物申す」

そう言うて満座の中から立ち上がったのは、やはり壮士然たる白羽織の芹沢鴨で

した。浪士たちの中でもひときわ抜きん出た巨軀を巌《いわお》のごとく定め、芹沢は仁王立

ちに立ってやはり刀の柄に両掌を置いた。静まり返る浪士たちの頭上で、清河と芹沢はしばらくの間じっと睨み合うておりました。

やがて、芹沢はあの腹の底にびんびんと響き渡る破《わ》れ鐘《がね》のような声で言うた。

「われら浪士組は、御公儀より将軍家護衛の大任を授かっておるのではござらぬのか。しかして、公方様いまだ御上洛ならぬ今、朝命を奉じて再び東下の途につくとは、断じて武家たるものの本末を踏みたがえておる。いわんや横浜が風雲急を告ぐると申しても、江戸には八万騎の旗本直参が控えおり申す。われらが東下して、万々が一、行きちがいに上洛なされた将軍家に不慮のご災難あらば、そこもとはその策士腹ひとつを切って詫びるご所存か。この議の軍配、拙者と清河殿とのいずれにありや、あえてご一同にお訊ねいたす」

何人かの声が、「そうだ」と答えました。僕もいったんは清河の演説に取りこまれそうになった気分を引き戻されて、「さよう、同感」と声をあげた。

たちまち清河が応酬する。

「横浜における攘夷は御叡慮である。そこもとは畏れ多くも天朝の御叡慮に逆ろうて、京にとどまるおつもりか。ご返答ねがいたい」

おう、と芹沢が答えた。

「そこもとが御叡慮を奉ずると申すのなら、思うところに順《したご》うがよい。拙者は将軍家の御台慮《たいりよ》に順う」

「あいや、しばらく。そもそもわが国は万世一系の天朝これを統《す》べる神国にして、征夷大将軍とて天子の臣にござろう。主の意に逆ろうて臣の命に順うとは、順逆の行いにてござるぞ」

「黙らっしゃい。われら武門の棟梁は頼朝公の昔より征夷大将軍をさしおいてほかにはおられぬ。造り酒屋の小倅はどうか知らぬが、この芹沢はいやしくも父祖累代の武家にて、将軍家の臣にござる。かくなるうえは同志の者相募り、御守護職会津肥後守様に申し出でて、将軍家警護の任を全ういたす。しからばこれにてお暇《いとま》つかまつる。ごめん」

芹沢は二尺五寸はあろうかという長刀の鐺《こじり》でがつんと床を叩き、そう言うてとっとと本堂から出て行ってしまう。新見、平山、平間、野口といった江戸以来の芹沢一味がそれに続き、ほかにも数人が従った。

清河は苦虫を嚙み潰したような顔で彼らを見送り、芹沢一味が去ってぽっかりと座のあいたすぐうしろに座る近藤先生を睨み据えた。僕らはそのあたりに集まって座っていたのです。

「近藤殿。そこもとの御一党はいかがなされる」

いったいに近藤先生は、よほどの怒りにかられぬ限りにおいては、ことに臨んでとっさには動かぬ質《たち》なのです。必ずいったん肚の中で熟慮なさる。そのときも腕組みをして瞑黙《めいもく》し、僕らが気を揉むほど考えこんでいた。かたわらから土方が何やら助言する。先生は黙って肯く。本堂を埋めた二百数十人の目は二人に注がれています。

どう考えても理は芹沢にあるのですな。しかし江戸を発《た》って以来、芹沢の酒癖の悪さや型破りの気質に怖れをなしている人々は、そうは思っても同調はしない。言わんとするところはともかく、人格からすれば清河のほうがまだしもましというわけです。しかも、どのような根回しをしたものか、正面に居流れる幕府の役人たちも、清河に異議を唱えてはいない。つまり浪士組の総意としては、すでに江戸東下と決まっているのです。

長考ののち、近藤先生はようやく言うた。

「拙者つらつら惟《おもん》みるに、理は芹沢殿にありと思料いたします。ご無礼つかまつる」

ていねいに頭を下げて、先生は立ち上がった。僕らもみな同様に座を立ちました。

こうして、芹沢鴨以下五人、近藤先生率いる試衛館八人、そのほかに九人のつごう二十二名が、清河らと袂《たもと》を分かって京に残る次第と相成ったのです。ちなみに、偏屈者の斎藤一は、自前の路銀で勝手な道中をいたし、このときはまだ京に到着しておりませんでした。

浪士組の東下は三月の十三日であったと憶えておりますゆえ、それからはまだ半月ちかくの日があったわけですな。はて、その間にどのようなやりとりがございましたか。

僕ら離脱者は朝命に背いたのだから腹を切らせろという者もおり、いやそれ相応の理はあるのだから、望み通りに守護職様の差配にお任せしろという意見もあったようでござりまする。さりとて御奉行様以下の役人たちは、さほど物を考えているわけではなく、こうなったからには無用の悶着は避けたい一心で、お勝手になされよということであったらしい。いやはや、いかにも腐れ切った役人どもでありますな。上は幕閣から下は小役人に至るまで、みながみな悶着を起こしたくない一心で、おのれの意志というべきものが何ひとつござらぬ。

たしか浪士組の東下については、何度も日延べになったと憶えておりますゆえ、おそらく役人たちの間でもさまざまのとまどいがあったのでしょう。朝命と幕命の板挟みというところでしょうか。聞くところによればおめおめと江戸に戻ってから、御奉行以下の役人にはきついお咎めがあったそうですが、それは当然のこと。

ところで、このように出立が日延べになっている間、僕ら残留組は前川さんと南部さんと、ここ八木御本家に宿替えをいたしまして、江戸帰還組とは分離させられました。なるほど、これでご両人も、僕らがご厄介になることとなったいきさつについて得心がゆかれましたか。ともかく、要らぬ悶着は避けたいという役人どもの考えで、いわばご両家が貧乏籤を引かされてしもうたという次第にござりまする。

それにしても、あのころの芹沢は実に正気でござりましたな。さすがにここが正念場と心得ておりましたのでしょう。酒の入っていないときのあの男は、まさしく尽忠報国の士、さすがは水戸天狗と思わせる尊皇攘夷の権化なのです。今さらかばい立てするわけではございませぬが。

勝手にせよと言われても、芹沢にしてみれば理の通らぬ策士ばらが、目と鼻の先の新徳寺にいつまでも滞留しているというのが癪に障ってならぬ。その気持ちは僕らとてみな同じです。

そんなある日、清河八郎が大仏寺の本陣に土佐の山内侯を訪ねるという噂が流れた。で、この機を逸さず、斬ってしまえということになったのです。まあ言わば、これが僕ら壬生浪士組の初陣《ういじん》ですな。

ただし、清河には取締役の山岡鉄太郎が同行する。これは幕府の役人なのだから斬るわけには参りませぬ。二人はともに北辰一刀流の玄武館にその人ありと知られた達者でござりますから、斬り合いになればこちらが返り討ちにならぬとも限りませぬ。

そこで、素手の膂力《りょりょく》にてもいささか自信のある僕が、まずまっさきに走り出て山岡を引き倒し、「そこもとにお手向かいはいたさぬ、しばしご容赦」と叫ぶを合図に、清河を屠《ほふ》ってしまおう、と、そのような細かな手筈まで決めました。

大仏寺から壬生に戻る道筋なら、四条か綾小路か仏光寺通のいずれかにちがいないので、こちらは二手に分かれて、芹沢以下が四条堀川に、近藤以下が仏光寺堀川にて待ち伏せることと相成りました。

清河ひとりを斬るのに十三人というのは、ちと大げさですな。そこで芹沢が言うのには、

「なあに、清河の道場剣など拙者ひとり尋常の立ち合いで事足りるが、いったい人を斬るというのがどのようなものであるか、道場しか知らぬ諸君らに見学させておく要もござろうよ。手出しは一切無用。奸賊ばらの首級が京師《けいし》の闇に飛ぶさまを、しかと見届けられよ」

というわけです。

さて、上弦の月も朧《おぼろ》に霞み、ころあいの闇となった当夜、手筈通りに仏光寺堀川の辻で待ち伏せていたところ、大仏寺の近くまで物見に出ていた藤堂平助が、清河と山岡は四条通を戻ってくると伝えにきた。で、僕らは路地を抜けて芹沢らに合流し、四条堀川の夜陰に紛れて息を詰めていたのです。

腕にこそ覚えはあるものの、もとより僕らは生身の人間を斬ったためしがない。それにひきかえ、芹沢はわかっているだけでもすでに、潮来宿で三つの首を飛ばしている。その夜の芹沢は誰の目にもことさら大きく映ったものです。ましてや、生まれついて武士道の根を持たぬ近藤先生の胸中たるや、いかばかりであったでしょうか。

息を潜めて待つうちに、寝静まった四条通の先から提灯《ちょうちん》のあかりが近付いてきた。やがて丸に土佐柏の紋所が見えまして、どうやら土州の送り中間《ちゅうげん》が道を照らしている様子です。

常に芹沢のかたわらにあって、冷静沈着な平山五郎が忠告をした。

「芹沢さん、中間を斬ってはなりませんぞ。面倒なことになりますゆえ」

提灯の御家紋も、と平山は言い添えた。この期に及んで、先の見えるやつだなと感心したものです。素性は一切不明ですが、平山もまたこれまでには、人を斬ったことがあるにちがいないと思いました。

芹沢は僕を近くに呼び寄せ、「手筈はよいな、永倉」と念を押した。お恥かしい限りですが、「はい」と答える声も裏返ってしまいまして、いったんやり過ごしてから山岡鉄太郎を引き倒す手筈を、両手をもぞもぞと動かしながら思いめぐらしたものです。

辻の物陰に屈んだまま、芹沢は無念無想に腕組みをして目をつむっている。

「じきに参りますよ」と僕が言えば、「わかっておる」との落ち着き払った答え。

「闇夜に剣を交じうるときは、かように目をつむっておるのがよいのだ。ましてや相手は提灯にあかあかと照らされた足元を見続けておる。灯りを投げ捨ててあたりが闇に返ったとき、それまでつむっていた目には相手がありありと見える。向こうには黒洞々《こくとうとう》たる闇があるばかりだ」

なるほど、人を斬ったことのある者はちがいますな。ううむと、僕は思わず唸り声をあげたものです。

清河が来た。山岡と語らいながら、いくらか酒も入っている様子です。

いったんやりすごし、ころあいを見計らって躍り出ようと腰を浮かしたとき、芹沢が僕の肩を摑み寄せた。待て、というふうに顎を振る。

とっさに考えました。いったい何を待てというのだろう。ここまで手筈を斉《ととの》えて、不首尾は何もないというのに。

芹沢は僕を制したまま、辻向こうに身を潜める近藤先生や土方に向けても、しばらく、というように掌を押し出した。

そうこうするうちに、清河と山岡は堀川を渡って闇に消えてしまった。いやはや、何とも拍子抜けです。

「どうしたことですか、芹沢さん」

と、近藤先生が近寄ってきました。当然のことながら、集まってきた者たちの目付きはみな胡散臭《うさんくさ》げです。しかし芹沢は少しも動ぜず、清河を見逃したわけを口にしました。

「拙者は大変なことを忘れておった。浪士取締役の山岡殿の懐中には将軍家の御朱印がござる。御朱印に向こうて剣をかざすは将軍家に弓引くと同じこと、あやういところでよう気付いたものだ。いやはや、とんでもない不忠をいたすところであった」

そう言うて、芹沢はさっさと行ってしまった。手下どもはみな後に従い、先生以下の僕らが辻に取り残されてしまいました。

「そういうものか」

と、熟慮しながら先生。

「さあ」

と、狐につままれたように土方。

「早い話が怖気《おじけ》づいただけだろう」というのが原田の説で、「いや、山岡殿のお立場を斟酌《しんしゃく》したのであろうよ。それを御朱印にこと寄せたのだ」と、山南はなかなか思慮深い。

沖田と藤堂は刀を抜いて、「天誅《てんちゅう》じゃ」「卑怯者ッ」などとふざけ合っておりました。

「源さんはどう思いますか」と僕が訊ねると、齢かさの井上はばかばかしいというふうに歩き出しながら、「要するに人を斬るというのは、ことほどさように簡単ではないのだろうよ」と、捨て鉢に言いました。

僕ですか。いや実のところ、あの一件で芹沢という人物がまったくわからなくなった。胡散臭いのはたしかですが、怖気づいたのではないと思う。あの男は豪放磊《らい》落《らく》に見えますが、あんがい心の細やかなところがあるのではなかろうか。気が小さいわけではけっしてなく、思慮深いのともちとちがう。何と申しましょうか、ともかく実物の印象とはかけはなれた、いわばいたずら小僧の餓鬼大将のようなものですか。つまり、思いつきでみんなをずんずん引っ張って行くかと思えば、ふいに「やあめた」と投げ出してしまう。よく言えば天真爛漫、悪く言うなら若様育ちの身勝手さがあるのではないでしょうか。

ともかく、世の中の常識にはかからぬ、破天荒な人物であることはたしかです。

結局、その数日後に浪士組は僕らを残して江戸に帰ってしまい、守護職様は僕らの願いを聞き届けて下さり、壬生浪士組が晴れて誕生した次第でございます。

江戸に戻ってほどなく、清河八郎は闇討ちに遭うて死んだそうです。斬ったのは浪士組にも同行していた佐々木只三郎とその一味で、闇討ちは幕命であったゆえ、何のお咎めもないということでした。その報せを聞いたとき、芹沢は「何だ。そういうことなら俺がやっておけばよかった」と口を滑らせ、またしても僕らの頭の中を混乱させたものです。

聞くところによれば、清河は蔵前の商家を強請《ゆす》って莫大な金を手中に収め、いずれはその軍費を以て横浜を鎖港して小田原城を奪ったうえ、長州土佐と呼応して幕府を転覆せんという、怖ろしい計画を立てていたそうです。

もし芹沢鴨という強力《ごうりき》の輓《ひ》き馬がいなかったら、いったい僕らはどのような運命をたどったか、知れたものではありませぬ。その点、近藤先生おひとりであったら、あんがい清河の口車に乗せられてしもうたような気もするのです。

僕らが壬生のみなさまにお世話になることとなった次第、芹沢、近藤はじめ壬生浪士組の主だった隊士たちの関わり等々、ご両人にはこれでおわかりになったでしょうか。

それにつけましても、ご両家が詳しいいきさつを何も存ぜずに僕らをお世話下すっておられたとは、今さら何と申し上げてよいやら下げる頭もございませぬ。

いずれは相応の手柄を立て、しかるべき屯所を構えますゆえ、今しばらくご辛抱下さりませ。芹沢、近藤に成りかわりましてこの永倉新八、切にお願い申し上げます。

また何かお訊ねの儀がございましたら、気兼ねなさらずお声をおかけ下さい。裏表のない気性ばかりが取柄《とりえ》ゆえ、何事も忌憚《きたん》なくお答えいたしましょう。

五

八木家の細長い表庭には、隣家との垣根に沿って珊瑚樹《さんごじゅ》が列《つら》なっている。幹は硬く太く、葉も厚くみっしりと生い茂るその常緑の木が、お勝はあまり好きではなかった。いかにも南国渡来のたたずまいは、京の風に似合わぬと思う。

万事に趣味のよい八木家の、表庭にも裏庭にもその木がめぐっているのを奇《あや》しく思って、お勝は当主の源之丞に訊ねたことがあった。

ほんまに見映えの悪い木ィやけど、火移りがせえへんのや、と源之丞は言った。

水菜と稲の一面の田のただなかに、壬生寺を囲むようにして住人士の屋敷が建ち並ぶこのあたりは、まるで家の詰んだ離れ小島のようなもので、どこかで火が出ればひとたまりもない。燃えにくい珊瑚樹が梲《うだつ》となって防火に役立つということであるらしい。

そこまで用心深い源之丞が、得体の知れぬ浪士組に屋敷を貸したのは、筋向かいの前川家から頼みこまれたゆえである。前川はもともと守護職会津藩の金銀御用を務めているのだから仕方ないが、八木の家にはそのような義理は何もない。せいぜいひと月かふた月のはずが半年になり、八木の家に顔向けができなくなった夫は、六角のお店《たな》に逃げ出してしまった。

珊瑚樹の葉は虫が食う。目を凝らせば、瀬戸物のように厚い葉は、どれも網の目のように食い散らかされている。蠢《うごめ》く虫の気配が伝わるようで、お勝は怖気《おぞけ》をふるった。

こんなことをしていると、八木も前川もあの虫どもに食い潰されてしまうのではなかろうか。

長屋門を抜けて、永倉新八の後ろ影が遠ざかってゆく。辻に出るとき、見送る二人に気付いてていねいなお辞儀をした。

「わての思うてた通りや。永倉はんはおひとりだけ毛並がちごたはる」

頭をもたげて、おまさが言った。百五十石取りの嫡男といえば立派な若様で、たしかにほかの浪士たちとは毛色も毛並もちがう。だからこそおまさに理詰めで問われれば、洗いざらい話さねばならぬという気にもなったのであろう。

「そやけどおまさはん、それはそれでご苦労したはるのやないのどすか。わての目ェには、永倉はんだけがどっちつかずに、いつもおひとりでいたはるように見えるのどすけど」

「そらそうやけど」と、おまさは珊瑚樹の虫食い葉を素手でちぎって、お勝をおのかせた。

「どうして自分がどちらさんからも仲間はずれにされてるのんか、あの人にはわかってへんのやろ。腕が立つから一目置かれてるのやと思うたはるのがせいぜいのとこや。百五十石取りの毛並のよさがお仲間との垣根になってるいうことに、永倉はんは気付いてへんのや」

なるほどとお勝は得心した。そう言われてみれば、音羽太夫の弔いに行かせる人物としては永倉のほかに思いつかぬ。これが仇の一味やと白い目で見られても、おのずと備わった礼儀正しさと居ずまいのよさで、いらぬ悶着も起こさぬだろう。

「うっとこの主人かて、山科まで連れだって行くお相手が永倉はんやのうてほかのどなたかやったら、お断りしてますがな。土方はんは、そこまで見越さはって永倉はんを選ばはったのとちゃうやろかと、わては見てます」

まさかとは思ったが、あの土方ならばあるいはそこまで考えるかもしれぬ。心細ければ八木さんのご主人に同道してもらえと、土方が永倉に知恵を授けたとしてもふしぎはない。

「もしその通りやとすると、土方はんはわてら住人士をごたごたに巻きこむ元凶やいうことになりますけど」

「わてはそないに思てます。怖いお人は芹沢先生やのうて、土方はんや。あのお人だけは、浪士たちそれぞれのお人柄を見抜いたはる。永倉はんがわてらに話さはったことは、まあまちがいではあらしまへんやろけどな、人間いうもんはそないに簡単な、見たままのはずではあらしまへんやろ。土方はんはお店奉公やら薬の行商やらしやはって、世の中の人をようけ見たはります。そやから永倉はんのご気性も、うっとこの主人の気性も、ちゃんと見抜いたはるのんや。あのお人は、まわりにいてる人間を手駒のように動かすことのでける、怖いお人やとわては思てます」

屋敷の庭に宵闇が迫っていた。蜩《ひぐらし》の声にかわって虫がすだき始め、むっとする夏の夜湿《よしめ》が肌をくるむ。

「こないなこと、こそこそと間者《かんじや》の真似をしてるようで、わては気ィが進みまへんなあ」

前川の屯所に凛《りん》と向き合うおまさの横顔に、お勝はおそるおそる語りかけた。

「壬生住人士の女房が、そないな弱気でどないしはるのや。ええな、お勝さん。これはわてらの存亡にかかわることなんやで」

「わてらからいろいろ訊かれたいうて、永倉はんは土方はんに言わはるのとちゃいますか」

「かまへんやないか。わてらは住人士の女房として、当たり前のことを訊《たん》ねたまでや。もっとも、永倉はんは誰にも言わはらしまへんやろ。当たり前のことを訊ねられたいう道理は、永倉はんがいちばん承知したはるさけな。わてらはほんまのことを知りたいだけや。間者はわてらやのうて、永倉はんや」

おまさは鉄漿《かね》を引いた歯を剝いて笑った。

裏木戸から前川の屋敷内に入ると、竈《かまど》の煙が紗《しゃ》をかけたように蟠《わだかま》っていた。四百四十坪の敷地は住人士の屋敷の中では頭抜けて広いのだが、周囲を二階建の蔵と焼杉の板塀が高く繞《めぐ》っているせいで、八木家のように風が抜けない。

広座敷では隊士たちの夕餉が始まっているらしい。食うことだけが娯《たの》しみといわんばかりの若者たちの歓声が、合戦さながら蔵の壁に谺《こだま》している。

三度の飯の仕度が斉うと、当番の隊士が「飯じゃ、飯じゃ」と呼ばわりながら、坊城通の辻で拍子木を搏《う》つ。南部の家からも八木の離れからも、待ち受けていた隊士たちが飛び出てきて、前川の屯所に犇《ひしめ》くのである。贅沢な献立はふるまえぬが、夕飯には二合徳利の燗酒を添える。座った順に酒盛りの始まる無礼講である。それでも感心なことには、割り当てられた二合の先に酒を無心する者はいない。飲み足らぬ者は飯を平らげてから、必ずお勝に礼をひとこと述べて居酒屋へと繰り出す。厄介者にはちがいないのだが、ひとりひとりがその厄介を気にかけている若者たちを、お勝はこのごろ可愛いとすら思うようになった。

八木家のおまさも、おそらく同じ思いでいるのだろう。新入りの隊士たちの中には、八木の子らとさほど齢のちがわぬ若者もいた。六角のお店にいるお勝の息子も、いずれはこんな若侍になるのかと思えば、夕餉のひとときだけは毒性やと嘆くことを忘れた。

竈の煙がたゆとう裏庭に人影があった。昏《く》れなずむ空のいろが、屈みこんだ白い羽織の背を瞭《あきら》かにしている。

蔵の軒下に立ち止まって、お勝はおずおずと声をかけた。

「ご無事で何よりどしたなあ。心配してましたんえ」

忍び寄ったわけでもないのに、芹沢鴨は言われて初めて人の気配に気付いたようだった。羽織の肩をぎょっとすくめるふうをして、屈んだままお勝を見返った。

「いやはや、面目次第もござらん。守護職屋敷から黒谷《くろだに》の会津本陣に預けられて、柄にもなく写経などさせられておりましてな。ご心配をおかけ申した」

会津藩は黒谷の金戒光明寺を本陣としている。島原での一件はかまいなしとなったあとも、さすがに屯所に帰すことは憚《はばか》られたのであろう、数日は酒を絶って謹慎せよと守護職から命じられたというところか。

それにしても、酒気のすっかり抜けた芹沢はまったくの別人である。

「お膳は、すまさはったのどすか」

「いや、先刻戻って参ったのですが、若い者たちに合わせる顔がなく、そこの蔵にこもっておりました。酒の匂いも毒ゆえ」

「ほしたら、お蔵にお膳を運ばせまひょか」

「いえ、お内儀様にはお気遣いなく。明朝、帰隊の挨拶を済ませれば、元通りの勤務に戻ります。当分の間は飯を食うつもりもござらぬ」

「そないなことしやはったら、お体に障りますえ。お蒲団とぶぶ漬けでもお持ちしますさけ、きょうはゆっくりお休み下さい」

「ご当家のお心添え、痛み入り申す。どうかおかまい下さるな」

お勝には、芹沢鴨という人物が二人いるように思えてならなかった。もしや双児の兄弟でもいるのではないかと疑うほど、しらふの芹沢と酔うた芹沢は別人だった。

日が高くなるまで朝寝をして、隊士たちの撃剣の気合で起き出してくるときの芹沢はむろんしらふである。邸内で行き合えば必ず立ち止まって挨拶をし、気のきいた時候や陽気の言葉を添えることも忘れない。寝起きであっても身なりの乱れていたためしはなく、いかにもいちど手鏡を覗いてきたというふうである。

剣術の稽古は前川の庭と八木家の離れにしつらえた道場で行われるが、芹沢は必ず襷掛《たすきが》けで両方を回り、時には立ち合いもする。近藤の気合は肚の底に響く声だが、芹沢のそれは天に衝き抜けるように甲高く澄んでいて、この二人が竹刀を握ったときは見ずともそうとわかった。

ところが、午《ひる》を過ぎればもういけない。飯も食わずに冷や酒を飲み始め、再び姿を現したときはすでに別人となっている。挨拶どころか、目が一間先の宙に据わってしまう。口もめったにはきかぬ。声より先に手足が出る。そうした悪い芹沢が夜更まで続くのだから、時間の配分からすれば良いほうの芹沢はほんのわずかということになる。この有様ではどちらが生来正真《しょうしん》の芹沢鴨なのか、誰にもわからぬ。

裏庭の井戸端に蹲《うずくま》って、何やら手を動かしている芹沢の後ろ姿は、三十四の年齢すら感じさせぬ青年にも見える。

「まあまあ、お手植のお花どすか」

手元を覗きこまれて、芹沢はふと恥じらうふうを見せた。

「黒谷の塔頭《たっちゅう》の坊さんから分けていただきましてな。この蕾《つぼみ》も秋口には開くのでしょうが、ここでは陽が足らぬやもしれませぬ」

「何のお花どすやろ」

「イギリスから渡来した、ろうずという花です。ほれ、刺《とげ》がございますな。茨《いばら》や枳《からたち》の仲間ゆえ、うまく育てれば生垣にもなると坊さんは申しておりました。僕の生まれ故郷には野茨の垣があって、花も咲けば風もよく通り、刺が人を寄せつけぬのでまことに重宝なのです」

「ろうず、どすかいな。聞いたこともない名ァどすな。どないなお花が咲くのどすやろ」

「牡丹《ぼたん》のごとき赤い大輪だと、坊さんは言うておりました」

お勝は八木家の珊瑚樹のかわりに、赤い大輪をたわわに咲かせた垣根のめぐるさまを思い描いた。刺のある茎の撓《しな》り具合からすると、このろうずという花は蔓垣《つるがき》になるのだろう。

「火除けにはなりますやろか」

「さて、それはどうでしょうか」

「もうちょっと陽当たりのええ表の庭に植えはったらええのに」

苔の生えた井戸端では、とうてい育つまいという気がする。芹沢は手桶で指先の泥を洗いながら、はにかむように笑った。

「若い者たちの手前もあり申す。僕が花をこしらえるなど、物笑いでございましょたしかに似合わぬことではあるけれども、芹沢の土の扱いは妙に手慣れているようにも見えた。

「芹沢先生は、土いじりがお好きどすか」

かたわらに屈みこんで、お勝は訊ねた。

「まあ、好きや嫌いではなく、僕のような郷士の三男坊は、百姓と同じことをせねばならんので」

「若様がお百姓どすかいな」

「部屋住みとはそういうものです。二人の兄はともに仕官が叶いましたので、知行地は僕が継ぐことになったのですが、幼い時分は百姓をやれ、長じては家を継げという親のご都合が気に食わぬ」

芹沢はその先を口にしなかったが、それからのいきさつはお勝にもおよその察しがついた。

「お仲間のみなさんは、芹沢先生のそないな生まれ育ちを、知っといやすのか」

「べつだん語ることではござりますまい」

何と不器用な男だろうとお勝は思った。近藤や土方とまったく同じ根を持つというのに、芹沢はことさら領主の若様を演じていることになる。選良を気取った立ち居ふるまいも、酒に溺れる理由も、みなその無理ゆえなのではなかろうか。

芹沢を弟のように近しく感じはじめたおのれを、お勝は訝《いぶか》しんだ。

「あんなあ、芹沢先生。ひとつお訊《たん》ねしたいことがおすのやけど」

肩を並べて屈んだまま、芹沢の身構える気配が感じられた。

「菱屋のお梅のこと、先生はどないしやはるおつもりどすのんか」

芹沢は濡れた掌を拳にくるんで頬に当て、困り顔になった。

「先生を責める気ィはあらしません。そやけど、わてにしてみれば菱屋は里どすのんや。先生がお梅をもて余したはるんなら、わてから身を引くよう言うてきかせます」

「いや、そのようなことはない」

「ほしたら、菱屋を出て先生と所帯を持つよう、弟を納得させまひょか」

「それも乱暴な話ですな」

「いえ、どちらもでけることとどす。先生もご存じの通り、お梅は菱屋の女房やあらしまへんのや。わてとしましてはな、どちらでもええからはっきりさしていただきたいのどす。お力になりますよってな、肚をお決めになったら、遠慮のうわてに言うておくりゃす」

言ってしまってから急に怖くなって、お勝はそそくさと立ち上がった。今の芹沢は話をまともに聞いているだろうが、酒の入ったときに思い出して憤慨するのではなかろうか。

「しばらく考えさせていただきたい」

「無礼者や思わんといとくりゃす。わてにでけることならお力になりますいうだけやし、ついつい物の勢いで言うてしまいました。ごめんやしとくりゃす」

勝手口に走りこんで振り返ると、芹沢は縞紋様に煙の蟠《わだかま》る庭の隅で、じっと膝を抱えていた。


「へえ……あの芹沢はんが、お花の苗を植えたはったて。こったいの供養でもしたはったんやろか」

「いえいえ、おまさはん。べつだんそないなふうでもあらしませんのや。何やこう、妙に手慣れたはりましてな、いかにもお花こさえたり土をいじらはったりするのがお好きなように見えましてん」

「思いもよらへんことどすなあ。それがあのお人の正体かもしれしまへんけど」

「ほんで、わてがお竈《くど》さんに入りましたら、ちょうど平間はんがお膳下げに来やはりまして」

「爺やの平間重助はんどすな」

「へえ。芹沢はんを探したはりましたんで、お蔵の前の井戸端にいたはりますいうたら、勝手口からひょいとひとめ覗かはりまして、何やらいかにも爺やのお顔でにっこりとしやはりました。平間はんにしてみれば、そないな芹沢はんのお姿が嬉しかったのとちゃいますやろか。わては平間はんのその笑顔を見たとたん、芹沢はんの正体がはっきりとわかったような気ィがしましてん」

「お花を植えたはる芹沢はんなあ……お勝さんはその目で見やはったからええけど、わてはどないしても思いうかばしまへん」

前川のお勝が八木家にやってきたのは、壬生寺の明け六ツの鐘が鳴って間もなくである。さてはきのう永倉新八を問い質した件が悶着の種にでもなったかと、おまさはひやりとしたのだが、そうではなかった。お勝は垣間見てしまった芹沢の一面を、朝早くからおまさに報せてきたのだった。

源之丞はまだ寝ている。二階の様子を窺ってから、お勝を奥の十畳間に招き入れて話を聞いた。

おそらくゆうべはまんじりともせずに考え詰めたのであろう、見た通りのあらましを語ったあとで、お勝はなかなか堂に入った推理を開陳した。間者のような真似は気が進まぬなどときのうは言っていたのに、どうして立派な間者ぶりである。

「みなさんのお膳があらかた済まはったあとで、平間はんをもいちど捕まえてお聞きしましてん。芹沢先生はご自身のご出自《しゅつじ》について、かくかくしかじか、ようわからんことを言わはったんどすけど、実のところはどないどすのんやろて。そしたら、平間はんは何やらしみじみとしやはりましてな、お勝どの、このことはいっさい口外なさりませぬようになと釘を刺さはった。あんな、おまさはん。芹沢はんはたしかに根ェはお百姓どすのや。上にお二人も兄さんがいたはるさけ、いずれ養子縁組の話でもない限りはご領地の田畑を耕すほかはないいうことで、小作の子ォらと一緒くたに鋤鍬を覚えはったそうどす。ところが、水戸藩が例の攘夷騒動で人足らずになりましてな、郷士格の兄様もその下の兄様も、お抱えにならはることになった。そやさかい、三男坊の芹沢はんが、おうちを継がはることになったんどすけど、ご本人にしてみれば家の都合であれやこれやと生き方を変えられるのはたまりまへん。ましてや天下の風向きがどないになるか見当もつかへんのやし、兄さんのどちらさんかがおうちに戻って来やはったら、それこそ芹沢はんの居場所がのうなる。そんならいっそのこと家など捨ててまえいうわけで、算《かぞ》えで十七の齢に江戸へと出やはったそうどす。それにしても、あの平間はんいうお人は忠義なお方どすな。お父上がお齢やさけ、郎党の平間はんがしばしば江戸に通うて、あれやこれやと芹沢はんの面倒を見たはったようどす。そうこうするうちにお国元でも剣術の心得のあった芹沢はんは、江戸の何やらいう道場で腕を磨かはって、早うにお免状なども取らはってな、同門の水戸様の御家来衆と連れだって、あの天狗のお仲間に入らはったそうどす。そないないきさつを平間はんからうかごうて、わてはなるほどなあ思いましてん。あのお人は十七の齢までお屋敷の長屋門に住まはって、お百姓とおんなし野良着を着たはりましたのや。上の兄さん方とはお齢もようけ離れた、みそっかすのようなお子ォやったと平間はんは言うたはりました。土いじりに手慣れたはるのも、白羽織と縞袴でいっつもおめかししたはるのもな、みいんなその生まれ育ちのせいやろとわては思てます」

おまさは腰を浮かせて、廊下ごしに奥の様子を窺った。台所では使用人たちが、忙しく立ち働いている。

「ちいとお声がおっきいおすえ。わてらは京雀やおへん。壬生住人士のお家のために、あのお方らの正体を調べてるのや。わてとお勝さんの内緒事やいうことを忘れてはあきまへんえ」

へえ、とお勝は叱られたようにうなじを垂れた。

前川のこの嫁は利発なしっかり者だが、やはり住人士の女房とは素性がちがう。齢は三十もなかばを過ぎているというのに、いまだ町娘の気性が抜けず、武家の嫁としての節度に欠けていると思う。

「ええな、お勝さん。ここはわてらの正念場なんやで」

おまさはことさら背筋を伸ばして、今度はぴしりと叱った。

三十年前に家屋敷と住人士の株を前川に売り渡したのは、八木の分家であるという。その後に伏見の医者の家から嫁にきたおまさは没落の経緯を知るよしもないが、表札を替えた前川の屋敷には、筋向かいの八木家をいまだに「御本家」と呼ぶ習慣が残っていた。この際、お勝をよそものの女としてではなく、分家の嫁として向き合おうとおまさは思った。

あるはずのない血の繋がりも、あるものと信じて付き合うていかねば、壬生住人士の格式を守り通すことはできぬ。

「そうは言うても、あんたはんの見聞きしやはったのは重大なことや。きのう永倉はんがお話ししやはったことと繋ぎ合わせると、いろんな事実がうかび上がってくるな」

お勝はしおたれていた顔を起こした。

「そうどっしゃろ、おまささん。そやからわては、一刻も早うこのことをおまささんに報せんならん思て、まんじりともせずに六ツの鐘を待ってましたんや」

「寝ずに考えはったわりには、読みが浅い思いますけどな」

おまさは膝を滑らせてお勝ににじり寄った。

「あのお人が土いじりに手慣れたはるのも、ことさらおめかししやはるのも、根が百姓やからやいうあんたの推理は中《あた》っている。そやけどそないなことなら、子供かてわかりますえ」

おまさの囁きに頰を合わせるようにして、お勝の咽《のど》がごくりと鳴った。

「ええかお勝さん。二度とは言わへんさけ、ようお聞きや。芹沢はんのそのご出自は、壬生浪士組の肝やで。それでみな説明がついてしまうのんや。あのお人らの、ぎくしゃくした関係いうもんのすべてがわてにはわかってしもうた。近藤先生も土方はんもお百姓の出ェや。ほかのみなさんも、同じ俄侍《にわかざむらい》かお武家の次男三男の部屋住みで、つまりあの人らは実のところほんまに似た者ばかりいうことになる。たまたま芹沢はんだけが水戸天狗の看板を背負わはって、名を挙げはった。尊皇攘夷の金看板や。歩《ふ》が金に成り上がれば、わしはもともと金やったと言いたい。そやさかい大言壮語を言うて、鉄扇をふるうて、白羽織なんぞでおめかしをしやはる。その正体を知ったはるのは、爺やの平間はんだけやろ。おろおろしたはるのも道理や。ほかのみなさんは、誰ひとりとして芹沢はんの正体を知らへん。人を見る目ェのある土方はんだけは、あるいはいくらか気付いたはるかもしれまへんけど、それかて何やらおかしいな、いう程度のところやと思う。芹沢はんに侍の根はないのんや。根ェがない木が、なりゆきで枝ばかり大きく拡げんならんことになった。今では奉行所の町役人も所司代様も腰の引ける、京都守護職会津侯お預かりの壬生浪士組やで。その局長に祀り上げられた芹沢はんは、内心どないしてええもんやらわからへんようになったはる。酒でも飲まんことには、怖ろしうてならへんのやろ。飲めば気ィがおっきなって、わしは成金などではない、もともと金やったんやとおのれに言いきかす。そないなことのとどのつまりが——こったいを無礼討ちや」

　聞きながら、お勝の体が震え出した。それほどまでにおののくわけを、おまさは知っている。知ってはいるが、さすがに口に出すことは憚られた。はたして、少し考えこむふうをしてからお勝は言った。

「おまさはんは、芹沢はんとわての里のことは知ったはりますか」

「揃羽織の掛金のことやろか」

　と、おまさはそらとぼけた。

「いえ、そのことだけやのうて、芹沢はんとお梅のこと」

　ようよう口にしたとたん、お勝は恥じ入るように肩をすぼめた。

　二人の逢引の場所にこの座敷を使われているのだから、おまさが知らぬわけはない。畳の目の中にまで男と女の臭いがしみついているような気がして、おまさは胸が悪くなった。

「まあ、あらましは知ってますけどな」

「芹沢はんは、お梅を手籠めにしやはったんどす」

それも、この座敷での出来事である。子供らの頭を夜具にくるんで震えたその夜の恐怖を、おまさはありありと思い出した。

「お梅さんは今も三日に一夜はうっとこのこの座敷で、芹沢はんと仲良うしたはる。お蔭さんで、そのつど子供らを新家《しんや》に追い立てんならんのや。あんたはんにそないなこと言うても始まらんけどな」

申しわけなさそうにお勝は頭《こうべ》を垂れた。

「芹沢はんがお梅に無体をしやはったのも、無礼討ちとおんなしことどすやろか」

「おんなしや」

吐き棄てるようにおまさは言った。言葉の繋がらぬ分、悔し涙がこみ上げてきた。

芹沢の正体は見切った。かえすがえすも、男とは不自由な生き物だと思う。しかし、だからといって同情のできる相手ではなかった。男の威勢を誇らんがために、芹沢は人を斬り、女を犯し、商家にねじこんでは金を奪っている。

芹沢の狼藉が悔しいのではなく、その許し難い狼藉の理由が、おまさには涙の出るほど悔しかった。

「芹沢はんにも、おかあさんはおいやすのやろなあ」

同じようなことを考えたのだろうか、お勝がしみじみと呟いた。

「そら、あのお方かて石から生まれはったわけやあらしまへんやろ」

「こないな有様を見やはったら、きっと泣かはりますやろ」

わが子の悪行を見れば父親は叱るだろうが、母親はその悪行に走らねばならなかった子の心情を憂うる。おまさの嘆きは、その見知らぬ母の情に似ていた。

「どうして男はんは、おのれの分をわきまえてじっとしてることがでけしまへんのどっしゃろ。そしたら、学問も剣術もせえへんほうが男はんは幸せやいうことになりますけど」

お勝は陽の射し始めた裏庭に目を向けながら言った。わが子らに対するお勝の身の入れようは、近在でも噂の種だった。郷士の子は家と田畑を守るのが務めだから、ことさら他《はた》と競ってまで文武に精励する必要はない。だが前川の家では、子供らを世評の高い道場や寺子屋に通わせていた。

芹沢ばかりでなく、近藤やそのほかの隊士たちも、なまじ剣の腕が立ち学問もあるからこそ、生まれ故郷に身の置き場をなくしたのであろう。努力が仇になったともいえる。

「学問や剣術のせいではあらしまへんやろ。男はんはお子ォを産めへんさけ、おうちにじいっとしたはることがでけしまへんのや」

心にもないことを口にして、おまさはお勝を慰めた。

努力が仇になってたまるものかと思う。もしそのようなことがあったとしたら、世の母親は子の育てようがなくなってしまう。学問も剣術もたいがいにしておきとは、母ならば口が裂けても言えまい。しかし、きのうの永倉新八の話と、お勝が垣間見た芹沢鴨の正体とを繋ぎ合わせると、それぞれの努力精進やら向上心やらが、親の嘆き悲しむような人生に彼らを導いているとしか思えなかった。

「会津さんは、浪士組のみなさんをえろう頼りにしたはるそうどす」

庭ごしの水田の先に目を向けて、お勝は小声で言った。彼方には二条城の壮麗な甍《いらか》が望まれた。そこは古くから、京における幕府の鎮台なのだが、本来集うべき旗本御家人の姿はない。飾り物となった二条城にかわって、守護職会津侯が黒谷の本陣に着任したのは、去年の閏《うるう》八月のことである。

「会津さんはようけ御家来がいたはるやないか。黒谷の御本陣と千本の御屋敷に、千人は下らぬお侍が詰めたはるいう話やけど。そのうえ浪士組を雇わはるいうのんが、わてにはようわからしまへん」

前川の六角の店は会津藩の御用を務めているのだから、女房のお勝の耳にもそのあたりのいきさつは入っているのではないかとおまさは思った。もっとも、知ってはいてもそこまでは口に出さぬかもしれぬが。

「会津の勘定方が言わはるのには、それくらい浪士組のみなさんは腕が立つのやと」

たしかにそう聞いたのだろうが、お勝の口ぶりは疑わしげだった。

芹沢と近藤に率いられて京に残った浪士は、たかだか二十三人である。いかに腕が立つとはいえ、氏素性もわからぬ彼らを天下の守護職が頼みにするとは思えぬ。

「あんたはんは、どないに思たはる」

「何が、どすか」

「腕が立つから雇わはったいうのんは、お勝さんかて合点がいかしまへんやろ」

「そら、妙やなァとは思いますけどな。それくらい浪士組のみなさんはつわものぞろい、いうことどっしゃろか」

会津様の噂はお店の不都合とばかりに、お勝の口は急に重くなった。

おまさは去年の夏に目にした会津の上洛を思い出した。会津という奥州の大名については、その名すら知らなかったが、何でも三代大猷院《だいゆういん》様の弟君につらなるお血筋の殿様がお上りになるというので、三条の蹴上《けあげ》のあたりまで見物に行ったのだった。

京の人々は会津の読み方すら知らず、「かいづ」と呼んでいた。

誰もが目を瞠《みは》るほどの軍勢であった。瓦版の報じた五百騎は大げさにしても、徒士《かち》のあたま数は千人を下るまい。千五百、いや二千人を超えるかもしれぬ。そののち京の町に目立って二本差しの侍が増え、奥州訛も耳につくようになった。

会津二十三万石が国を挙げて上洛したような守護職にとって、強いばかりの浪士組などはむしろ足手まといではないのか。

「六角のうっとこの店でも、会津さんはお気の毒や言うてます。金貸しがそないなこと言うのもおかしいのどすけど」

お勝は慎重に言葉を選んでいるように見えた。

「何がお気の毒なんや」

「へえ。大猷院《さんだい》様のお血筋いうことで、貧乏籤を引かされはったて。公方様の御威光もすっかり地に堕ちはって、この先どないな世の中になるかもわからへんときに、京の市中取締いうお役目はのちのち恨みを買うばかりで何の得もおへんやろ、いうことどすわ」

「そらまあ、たしかにその通りやな。そやけどそないな損を承知で大役を引き受けはった御殿様は、大したお方やないか」

「御役料も、幕府からはろくに出えへんそうどす」

「そないな阿呆な話があるかいな。ほしたら会津さんは、自前の金銀で御役を務めたはるいうのんかいな。そら、勘定方のかけひきどすやろ。遠回しに泣きを入れて、おたくさんのお店に無理を言うたはるのや」

笑いながらおまさは、ひやりとした。きのうの永倉新八の話の中の、浪士組の給金についてのくだりを思い出したのである。幕府の役人は当初の触れを翻《ひるがえ》して、

「金がない」と言った。

もし江戸城の御金蔵が尽きてしまっているのだとしたら、会津藩は文字通りの貧乏籤を引かされたことになる。

「会津さんは相当にお苦しいのんか」

「そらまあ、おっきな声では言えしまへんけどな、うっとこの主人も往生してます」

おまさは改めて、お勝の立場を忖度《そんたく》せねばならなかった。

壬生住人士の存亡に関わることやと言って話を持ちかけたのはまちがいではあるまい。しかし前川の家は、壬生住人士の存亡をうんぬんするより先に、一家の身代がかかっているのだった。

万がいち徳川の世が終わるようなことになれば、会津藩ももろともである。その金銀御用を務める前川の家など、ひとたまりもなく没落する。

「あんなあ、おまささん。うっとこの主人は、そら壬生のみなさんに顔向けでけへんいうこともありますけど、商いのほうが忙しうてお店を離れられへんいう事情もありますのんや。会津さんもご上洛から一年たたはって、近ごろでは御用も細こうならはりましてな。急な物入りのときなぞ、それこそ夜討ち朝駆けで勘定方がうっとこに来やはりますのんや」

「えらいこっちゃ……」

目先のことしか見えていなかった自分を、おまさは恥じねばならなかった。ことは浪士組と住人士の関わりだけではないのだ。すでに守護職と一蓮托生の間柄である前川家は、どのような無理も聞かぬわけにはいかぬ立場に立たされている。

おまさの顔色を窺いながら、お勝はさらに声をひそめた。

「あんなあ、おまささん。もひとつ、間者のようなこと言うてもよろしおすやろか」

「言うてみなはれ。なに言われたかて、わての胸にしもうておくさけ」

「会津さんが浪士組をお預かりにならはったいうのんは、みなさんがお強いからいうことだけやのうて、ほかにわけがあるのやないかて思うんどす。会津さんはお手を汚しとうはないのとちゃいますか。のちのち恨みを買うたらかなんさけ、人斬りのお務めは浪士組にさせはるのとちゃいますか。もし、そないな心積りでいたはるのなら、浪士組はとことん町衆に毛嫌いされる悪者のほうが都合ええのんどすやろ。芹沢はんがあないな無体をしやはったのにお構いなしいうのんは、悪者のほうがええいうこっちゃと、わてには思えますのやけど」

もやもやとした胸のうちを、お勝が晴らしてくれた。そう考えれば、合点のいかぬことは何もない。

「なるほどなあ。そやけど、会津さんにしてみればご無理もあらしまへんやろ。もとを糺《ただ》せば、公方様がせなならんことを、会津さんがかわりにしたはるわけやし、おんなし道理で御家中に代わって浪士組にさせるいうのんも、人情やとわては思うのどす」

「もひとつ、よろしおすか」

お勝はいっそう膝を乗り出した。

「ゆんべ、芹沢はんのお姿を見て、ふと思いましたんどすけどな。もしやあのお人は会津さんのそないな肚積りまでお見通ししなんやないかて」

「どういうこっちゃ。わからへんえ」

「そやから、押し借りをしても、おなごを手籠めにしてもお雇い主の会津さんは何も言わへんやろ。どや、言えるもんなら言うてみいいう面当てで、悪さをしたはるのとちゃいますやろか」

「こったいを斬ったのもか」

「へえ。いかに酒癖の悪いお人やいうたかて、芹沢はんは文武に秀でたひとかどの人物どすえ。非道にはちがいないやろけど、非道なりにそれなりの理屈がのうては、あすこまではでけしまへんどっしゃろ。よろしおすか、おまささん。わては二人の子ォを道場やら寺子屋やらに通わして、文武の道を修めるいうことがどれほど難儀なことかわかってるつもりどす。剣術のお免状もろうて、読み書きもたいそうご立派にしやはる芹沢はんが、一分の理もないご無体をしたはるとはどないにしても思えへんのどす。そら、たしかに大人げない言えばそうどすわ。そやけど、あのお方の生まれ育ちや、世の中の仕組みやらご気性やらをあれこれ考えますと、どうもそないなことやないかと思えますのやけど」

「実はそれほど酒乱ではない、言わはるのやな」

「多少は悪いお酒かもしれしまへんけど、ことさらお酒のせいにしたはるのやおへんか」

「そんなら、芹沢はんはご同輩も誰も彼も、みな謀《たばか》ったはるいうことになるのとちゃいますか」

「へえ。そないなことになりますな。もしそこらまで気付いてはるとしたら、爺やの平間はんは、あるいは」

おまさは底知れぬ淵を覗きこむような気分になった。むしろ肚の中をすっかり吐き出してしまったように、お勝のほうが安らいだ顔色に見える。

「お勝さんの言わはることは、一理も二理もおますな。うっとこの主人もぼちぼち起き出してくるやろし、このぐらいにしときまひょか」

「ご主人にも黙っといとくりゃっしゃ」

「それはおたがいさまや。わてら女房ふたりの内緒やさけ、あんたはんもわてにだけは何なりと言うとくりゃす。ともかく、ここはおなごの力でできることはせなならんのや」

梯子段の軋む音がして、亭主の源之丞が降りてきた。

「ほな、わてはこれで」

と、お勝は立ち上がった。引き付けの四畳間の衝立《ついたて》をめぐって勝手口に消えたと見る間に、源之丞がのそりと起き抜けの顔を廊下に現した。八木の屋敷は梯子段のぐるりを、六つの座敷が取り巻くかたちになっている。

「朝のはよから、どなたさんや」

源之丞は肥り肉《ふとじし》の体を庭に向けて伸ばしながら訊ねた。

「前川のお勝さんどす」

「わしが起き出してきたからいうて、こそこそ帰らはることもないやろ。子供の隠れんぼやな、まるで」

「あんたはんが山科までお弔いに行かはったことを、申しわけないいうて来やはったんどす。合わせる顔もおへんのやろ」

「べつだん前川に詫びを入れられる筋やあらへんがな。わては永倉はんに頼まれたさけ、道案内さしてもろただけやし」

「へえ。道案内だけしやはって戻らはったんどすか」

「そうはいかへんやろ。弔いに伺うたからには、線香ぐらいは上げさしてもろたわい」

「よもや、音羽太夫《こったい》のおなじみさんいうわけやあらしまへんやろな」

「誰がや」

「あんたはんが、どす」

「阿呆くさ」と吐き棄てるように言い、源之丞は廊下に座るおまさの膝を跨いで厠《かわや》に入った。

「前川のお内儀は、ほかに何や言うたはったかいな」

しばらく考える間を置いて、用を足しながら源之丞は言った。

「お詫びだけどす」

「さよか。あまり要らん口はきくなや。前川と関わりおうて、ええことはないさけな」

おまさは手拭を持って厠の戸を開けた。裏庭に向いた廊下のつき当たりに、二枚の杉戸を隔てた厠である。外側の戸を開けると一畳ばかりの板敷で、手水鉢《ちょうずばち》ごしに裏庭を見通すことができた。

築山に三つの灯籠《とうろう》を配した風流な庭である。苔むした石組は水のない飾り井戸で、そういうものを小体《こてい》な庭に設《しつら》えたりするのは、いかにも源之丞らしい趣味だった。

ほんの半年前までは、安穏を絵に描いたようなお庭やったのにと、おまさはしぼむような溜息をついた。

「おお、始めはったな」

手水をつかいながら、源之丞が顔を上げる。塀の向こうから、激しい撃剣の気合が伝うてきた。浪士組は前川の屋敷に向き合った八木の離れ家にも住もうており、その隣の空地に道場まで建ててしまった。

「芹沢先生は、いてはらへんようやな」

「お声だけでわかりますのんかいな」

「このごろは誰々が稽古をしやはってるのか、気合だけでわかるようになった。芹沢先生の声は甲高いさけ、わかりやすいのや」

これほどまでに迷惑を蒙りながらも、夫は浪士たちに愛着を抱いている。人が好いのはたしかだが、それだけでは割り切れぬ情を感ずる。

「いつまで壬生にいやはるおつもりどっしゃろか。ぼちぼち会津さんにどうとかしていただかんことには、うっとこも身ィがもちまへん」

「世智弁《せちべん》なこと言わんとき。前川はともかく、うっとこが酒や飯やとそうそう世話してるわけでもないやないか」

「そら、前川は会津さんの御用したはるのやさかい仕方ないどすけどな、うっとこはどてらい迷惑《やくたい》なことどすえ」

諍《いさか》いごとの嫌いな夫は、いつもこのあたりで黙りこくってしまう。おまさがいくら焦《じ》れたところで、源之丞のふくよかな笑顔の前では赤児が駄々をこねているようなものだった。この人は世の中がひっくり返って罪を着せられ、お縄を打たれるようなことになっても、やはり笑うているのではなかろうかとおまさは思う。

「やくたいやァいうのは、鶏《こかこ》のせりふやろ」

と、源之丞は手拭で顔を拭きながら、庭の隅の鶏小屋に目を向けた。道場で稽古が始まると、鶏たちは怯え騒ぐ。

「ほんなら、わては鶏とおんなしどすか」

「鶏やないんやったら、しょもないことは言わんとき」

鶏《とり》の鳴き声を真似てお道化てから、夫は行ってしまった。

人の好さは底抜けだが、けっして思慮の浅い質《たち》ではない。しょもないこっちゃと口では言いながら、その実は二人の女房が話し合っているようなことを、夫はすべて承知しているのではなかろうかとおまさは思った。

だからこそ、浪士たちに愛着の情も湧くのかもしれぬ。

六

常の年ならば、盆灯籠《ぼんどうろう》が終《しま》いになるとたちまち秋がくるのに、夏雲は京の空にでんと居座ったままである。

日ざかりの三条を往き来する人々も、みな暑さにへたっているように見えた。打ち水は陽炎《かげろう》になって立ち昇り、二階屋の窓から辻を覗き見る糸里の鼻先にまで、むっとした土腐れの匂いが伝ってくる。

「そうびくびくしなさんな。ここは会津様のご紹介だから、まちがいはないのさ」

糸里のかたわらに椅子を引き寄せて、土方は微笑みかけた。

「そやかて、何やら居ずまいが悪うて落ち着かしまへん。こちらさんは会津さんの御典医様どっしゃろか」

「御典医というほどのものじゃあない。医者かどうかも怪しいもんだが、ともかくまちがいはないんだ」

土方と三条小橋の袂《たもと》で落ち合ったのは午《うま》の刻である。いつもならば輪違屋の門口にまでやってきて誘い出すのに、大門の番人に付け文を託したのは、あの騒動のあとでさすがに気が引けたからであろう。

土方を責める言葉はみちみち山ほども考えてきたのだが、いつに変わらぬ笑顔に向き合ったとたん、嘘のように忘れてしまった。おのれの口元から思わずこぼれる笑みが、糸里は呪わしくてならなかった。

わけも聞かずに訪れたのは、室町の小間物屋である。罪ほろぼしに櫛簪《くしかんざし》でも買うてやるという了簡《りようけん》ならば、もうこれきりにしようとまで肚をくったのだが、土方はお店の品物など見向きもせずに二階へと上がった。

蘭方の書物が堆《うずたか》く積み上げられた薄暗い部屋に、白衣を着た医者が待っていた。羅紗《ラシャ》張りの椅子に向き合って座り、ひどく無愛想な物言いでいくつかの質問をしたあとで、三間ばかり先の壁に掛けられた軸を読めと医者は言った。いろはの仮名文字が縦に三行、下がるに従って小さく書かれた奇妙な軸である。言われた通りに片方ずつ目を瞑って、医師の指さす仮名を読んだ。霞んだ目にかろうじて読めたのは、一番上の大きな字だけである。二段目となると、それが「う」であるのか「ろ」であるのか、「わ」であるのか「ね」か「れ」であるのかの判別もつかなかった。

不自由やなあ、と医者は言い、隣屋敷に消えてしまった。

「あんなあ、土方はん。島原天神がめがねかけて、どないしますのんや」

「そりゃあ、お座敷でめがねというわけにはいくまいがね。おそるおそる梯子段を昇り降りすることもなし、そこいらで躓つまずいて転ぶ心配もあるまい」

たしかに目が悪いせいでそういうことはよくあるのだが、まさかおなごが帳場の番頭のようなめがねをかけるわけにはいくまい。妙なところに来てしまったものだと、糸里は悔やんだ。

「罪ほろぼし、いわはるわけやないどすやろな」

往来を見下ろしたまま、糸里は訊ねた。

「そう言われては返す言葉に困る。もっとも、俺は後始末をしただけで、罪ほろぼしをするいわれもないがね」

「芹沢先生の罪の後始末をしやはったのは、立派な罪やとわては思てます」

土方は息をついて、窓辺の糸里に肩を並べた。単衣羽織の胸元から、汗と香の入り混じった男の匂いが漂ってきた。鍛え上げた二の腕が薄物の地を通してぴたりと寄り添うと、糸里の胸は轟《とどろ》くほどに鳴った。このまま何も言わず、じっとしていてほしいと思う。

「おいとは、俺が憎いか」

「いえ――」

その先を口にすると涙がこぼれそうで、糸里は声を呑み下した。音羽の臨終《いまわ》の言葉は忘れようにも忘られなかった。

恨むのやない。だあれも恨むのやない。ご恩だけ、胸に刻め。ええな、わてと約束しいや。

解けぬ呪文から遁《のが》れるように、糸里は土方の腕に身を寄せた。

「こったいは、土方はんとわてのことをえろうお気にかけていなましたえ」

ふしぎそうに、土方は糸里を見返った。

「何だい、そりゃあ。俺とおいとのどこが心配だってんだ」

「さあ……わてもようわからしまへんのどすけど、お寺さんにおともしたり、お昼のお膳立てしやはるのに、取り越し苦労しやはったんとちゃいますやろか」

ははっと土方は往来の人々が振り返るほどの高笑いをした。

「つまり、俺とおいとがどうかなってるんじゃないかってわけかい。そりゃあいい。大した気の回しようだ」

捉えようとするそばから、土方は糸里の腕をすり抜けていく。どうしてこの人だけが、自分を一人前のおなごと見てはくれないのだろうと思う。

「輪違屋のおかあさんが、ぼちぼち太夫あがりせえへんかて、言うとくりゃすのやけど」

思い切って水を向けたつもりが、土方は「ほう」と聞き流しただけだった。

医者が襖を開けて出てきた。両の指先にめがねの玉をつまんでいる。

「こないに分厚うなってしまいますなあ。縁をこしらえるには日ィがかかります」

いやや、と糸里は小声で言った。めがねをかけたおのれの顔など、考えるだにおぞましい。

「まあ、そう言わずに試してみろ」

と、土方は医者から丸いめがねの玉を受け取った。糸里の背に回り、肩を抱くようにして両の手を頰に当てる。ひんやりとしたガラスが触れると、糸里はきつく瞼を閉じた。

「いやや。こないなもんかけて、よう見んわ」

身をよじって遁れようとする糸里を、土方の両腕がしっかりと抱きすくめた。

「見てみろ、おいと。おまえ、世の中を何も知らんだろうが」

耳元に囁かれて、糸里はおそるおそる目を開いた。

とたんに、きっぱりと象《かたど》られた京の町が拡がった。かたちばかりではなかった。

お店の暖簾の藍は青く、辻を往く花売りが頭に載せた海老色の花は、燃えるような赤であった。仰ぎ見れば、縹色《はなだいろ》の空はつき抜けるような空色に澄み渡っていた。

「どうだ、おいと」

囁く声に返す声すらも失って、糸里は遥かな夏雲を摑もうと手を泳がせた。それはふるさとの若狭の浜の空高くたゆとうていた、真白な夏の雲であった。

「おいとは、俺のことが好きか」

土方にいきなりそう訊ねられて、糸里は素直に「へえ」と答えた。

柳の葉を踊らせて心地よい風が吹き抜けてゆく。堀川の流れに沿うた道は、そこだけが秋の気配を感じさせた。土方の影を踏んで歩くうちに、愛しさばかりが胸を被ってしまった。

照れもせぬ答えがよほど意外だったかのように、土方は足を止めて振り返った。

「おいやどすか」

「おなごに惚れられて、いやという男はいないさ。ただ、ちょいとびっくりした。あんまりあっけらかんと答えるものだから」

こんなとき、いくらかは気を持たせるのが恋の懸引《かけひき》というものなのだろうと糸里は思った。好きかと問われて「へえ」のひとことを返したのでは、二の句の継ぎようもあるまい。同じ十六の町娘でも、も少しましなあしらいをするにちがいなかった。

口で言うほど、土方の表情に驚きはない。傍目《はため》も気にせずに、白い歯をこぼして笑っている。幼い禿《かむろ》に向けるのと同じその顔が、糸里の癇に障った。

「土方はんは、わてのことを子供あつかいしたはります。おぼこい娘がお好きなんやったら、祇園の舞妓さんでもお連れにならはったらよろしおすのに」

糸里は土方の脇をすり抜けて歩き出した。

「すまんすまん、そう臍《へそ》を曲げるな」

「一人前《いっかど》のおなごや思たはるのんどしたら、昼日なかの往来で好きか嫌いかなんぞと訊《たん》ねはるはずあらしまへん。わては島原の天神どす。輪違屋のおかあさんかて、ぼちぼち太夫あがりせえへんか言うてくれたはりますのや」

先刻聞き流されたことを、糸里は遠回しに蒸し返したつもりだった。

太夫に出世するためには、五百両もの大金を投げてくれる旦那がいなければならぬという。むろん、おおきにのひとことですむはずはなかった。

糸里の意を汲んでくれたのかどうか、土方はしばらくの間、肩を並べて歩いた。

堀川の道筋には大名屋敷の海鼠壁《なまこかべ》が続いている。門番や出入りする侍たちは、物珍しげに二人の道行きを眺めていた。男女の誰であるかは誰も知るはずはないが、よほど似合いの絵姿なのだろうと糸里は思う。十六の自分は三つ四つも齢かさに見えるし、二十九の土方は逆に若い。身丈もころあいである。

「浪士組は、この先どないなふうにならはるのどすか」

屋敷の門前をやり過ごしてから、土方は小声で答えた。

「そうだな。めでたく公武合体がなって、攘夷の実が挙がれば、近藤芹沢の両先生は旗本にお取立てだろう」

「土方はんは」

「俺か。俺は近藤先生の家来でいい。旗本直参などという堅苦しいものは、こちらから願い下げだよ」

「御旗本の御家来どしたら、ご立派なものどっしゃろ」

「まあ、今よりはずいぶんとましだろう。江戸に戻って、近藤先生のご采地を預かりながら百姓でもやりたい。俺の夢といえば、せいぜいそんなものさ」

「お国を立て直さはって、身をお引きにならはるのどすか」

「人間にはそれぞれの器というものがあるからな。俺にふさわしい人生といやあ、そんなところだろう」

糸里はまた少し、土方の懐に引き入れられたような気分になった。世の中のことをよくは知らぬが、もしふさわしい人生がおのれにも叶うのなら、そういう男に添いとげることだろうと思う。

「近藤先生のご采地いうたら、どこぞにいただけますのやろか」

拳を口元に当てて、土方は咳《しわぶ》くような笑い方をした。

「そうとなれば、近藤先生も俺も多摩の出身だから、そのあたりの御天領をいただくことになるのだろうな」

「たま、いうところどすか。何や可愛《かい》らしい名ァどすなあ」

「ああ。江戸の西にある、豊かな土地だ。多摩川という大きな川が流れていて、甲州道中に沿うている」

公方様の御天領ならば、よいところにちがいない。見渡すかぎりの青田や、百姓家から立ち昇る夕餉《ゆうげ》の煙や、川原に遊ぶ子らの声をありありと思い描いて、糸里はうっとりとした。

「多摩に、海はありますのんか」

歩きながら、糸里は訊ねた。

「海か。多摩川をずっと下れば海には着くが、ちと遠いな」

「そしたら、おかあさんはその遠い海まで行かはって、子ォを産まはるのどすな」

思い描いたままを口にしてしまってから、糸里は愚かしさに気付いた。

ふるさとを離れて十年の歳月が経っても、心の平安は小浜《おばま》の海にしかなかった。

母のぬくもりは知らぬが、幼いころ日がな膝を抱えて籠っていた松林の産屋《うぶや》は、たしかに母のぬくもりに満ちていた。

「何だい、それァ」

「いいえ。すんまへん、しょもないこと言うてしまいました」

夢を夢見ているだけでは仕方がない。おのれの力でたぐり寄せなければ。

おなごにとって一番大切なものは、好いたこの人にもろうてほしいと、糸里は切実に希《ねが》った。そして、太夫あがりさしてもろたなら、舞も唄も、お琴も琵琶もお茶のお手前も一所懸命に精進して、音羽に負けぬほどの全盛《ぜんせ》の太夫と呼ばれるようになろう。銭金ばかりではなく、島原の街と輪違屋に恩義を返しおえる日がいつになるかはわからないが。

「多摩いうところに、わても行ってみたい思います」

糸里はようやくそれだけを言った。思いがどれほど通じているものやら、土方の横顔には何を考えるふうも見受けられなかった。

「太夫になる、か。そりゃあけっこうな話じゃないか。そうとなれば祝儀のひとつもはずまねばならんな」

やはり何ひとつ通じてはいない。糸里が落胆するそばから、土方は追い討つように言わでものことを言った。

「音羽の後釜というわけだな。だとすると、芹沢さんにはむしろ礼を言わねばなるまい」

冗談にはちがいなかろうが、江戸前の洒落はきつすぎる。とっさにつき上がる怒りを嚙み殺して、糸里は言い返した。

「たしかにわては、音羽こったいの後釜どす。そしたらあんたはんも、芹沢はんを斬らはったらよろしおすやろ。あの獣が亡《の》うなれば、みぶろは近藤先生の天下や。何もかもがあんたはんの思い通りになりまっしゃろ」

引き止めようとする土方の手を振りほどいて、糸里は陽ざかりの道を駆け出した。夢は嘘のようにかき消えてしまった。

「転ぶぞ、走るな」

土方の声だけが追ってくる。翻る柳の葉を無闇に払いながら、糸里は走った。やはりおめがねなどかけたくはない。梯子段を踏みはずそうが、蹴つまずいて転ぼうが、世の中が瞭《あきら》かに見えて得をすることなどないような気がしてならなかった。


「みなさんお揃いで、何したはんのやろ」

下帯もつけずに、平山は莨《たばこ》を吹かしている。

無口な男に飽いて二階の窓に倚《よ》り、簾《すだれ》の隙間から外を窺うと、浅葱《あさぎ》色《いろ》の揃羽織が大門のあたりに屯ろしていた。

「なあ、五郎はん。浪士組のみなさんが、けったいなことしたはりますえ」

「俺たちのすることは、何でもけったいにはちがいなかろう」

「大門におっきな貼紙したはります」

「当分の間、廓内《くるわうち》の商いを差し止める、か。まさかな。芹沢さんもそこまで乱暴はするまい。どれ」

平山は煙管《キセル》をくわえたままにじり寄って、吉栄《きちえい》に頬を並べた。

かつて角屋《すみや》の座敷で芹沢が暴れ、勝手に七日間の商い差し止めを申し渡したことがあった。そのときもたしか、翌《あく》る朝に隊士たちがやってきて、角屋の門に大きな紙を貼った。

「せんとは事情がちゃいまっしゃろ。そないなことしやはったら、今度こそ世間が許しまへんえ」

「安心せい。芹沢さんもそれほど馬鹿ではない」

柳の下に腕組みをして、あれこれと指図をしているのは副長の山南《さんなん》敬助である。

齢かさの井上源三郎が両手で捏《こ》ねる握り飯を、若い沖田総司と藤堂平助が指先でつまんで、大門の板にのし付ける。半畳もありそうな半紙を、原田左之助がぺたりと貼った。

様子を覗き見ながら、平山は鼻先で嗤《わら》った。

「恥知らずどもが、みっともない真似をするもんだ。副長と助勤が五人も出揃って、銭儲けの宣伝をしている。ああまでして恥を晒すぐらいなら、芹沢さんと一緒に押し借りでもしたほうがなんぼかましだろう」

「銭儲けて、何どすか」

「ばかばかしうて話す気にもなれぬわ。壬生寺の境内で大坂の力士に相撲をとらせて、木戸銭を取るのだそうだ」

平山はいかにも呆れ返ったように、ごろりと身を横たえてしまった。

夏のかかりに、浪士組が大坂相撲の力士たちと悶着を起こし、乱闘の末に死人まで出したのは吉栄も知っていた。その後、仲に入る人があって両者はめでたく手打ということになったらしい。

「お仲直りの相撲興行いうことどっしゃろ。ほんならけっこうなことやおへんか」

平山は不愉快そうに、隻眼《せきがん》を天井に向けたまま言った。

「けっこうなことなら、人寄せの貼紙なんぞは下の者にやらせればよかろう。木戸銭を集めて江戸の貧乏道場に送ると聞けば、手を貸す者などいるわけはあるまい。やつらとて下の者にすら頼めぬのだ」

吉栄は肩をすくめて笑った。そこまで聞けば、ことの次第はすべて知れたようなものだった。他《はた》から笑うのも気の毒だが、顚末《てんまつ》を想像すればするほど笑わずにはおられない。

しばしばお座敷に呼ばれて、浪士組の面々の気性はよく知っている。ときには妓《おんな》たちの前でも、あからさまにたがいを責め合うことがあった。芹沢の一味と近藤の弟子たちは酒席もきっぱりと左右に分かれていて、いっけん似た者でありながらその実は水と油である。

浪士組は京大坂の商人を脅しては、盗っ人同然の押し借りをこととしている。しかし話を聞けばそれは水戸天狗連の遺り口で、芹沢の独壇場であるらしい。近藤以下はしぶしぶ巨魁《きょかい》局長の後に従っているだけなのだが、内心はいやでたまらぬ。

われら尽忠報国の士に、商家が軍費を拠出するは当然、と芹沢は言う。

いやいや芹沢さん、そういうことも度を過ぐれば理に適《かな》いますまい、と近藤はやんわり言い返す。

われらがやらずとも、長州の不逞浪士どもが同じことをする。きゃつらの機先を制するためにも、商家をわれらの手の内に入れておく要はある。これは立派な国事だ、と芹沢。

あいや、それは詭《き》弁《べん》というものでございましょう。われらは京都守護職お預かり浪士組、軍費ならば会津様にお願いするのが筋ではござらぬか、と近藤。

おいおい近藤さん、その会津中将様のお蔵のどこに、われら浪士組の軍費があるというのだね。上洛以来半年も経とうというのに、屯所の用意もできぬばかりか、三度の飯まで壬生郷士の厄介になっておるではないか。もっとも、われらは天下のお役に立っておるのだから、軍費は幕府御公儀が出すのが筋で、自前の予算にて京《けい》師《し》にご出張の会津様に無理を申すのも筋違いといえばその通りだ。ならばそのあたりの事情を酌んで、われらも自前で軍費の調達をするのが理というものであろう。ちがうか。

——と、毎度このような議論になれば、言い負かされるのは決まって近藤のほうであった。

理はどちらにあるとも言い難い。ただし、どのような理屈であれ、芹沢の押し借りした銭が正しく軍費に使われているとは思えず、またその金で近藤らが夜な夜な島原に遊んでいるのもたしかなのである。

一方、近藤とその弟子たちだけのお座敷では、しばしば世《せ》智《ち》弁《べん》な話が耳に入る。近藤は下戸で、土方歳三は飲んでも酔わぬから、ほかの弟子たちが浮かれ騒ぐほどにこの二人だけが至極まじめな話を始めることがあった。

ところで先生——と土方が真顔を向けると、近藤はいかにも聞きたくない話を切り出されたかのように、いやな顔をする。

この月はかくかくしかじか、これだけの金子《きんす》を江戸に送らねば、道場は立ち行きませぬ、と土方は算盤《そろばん》を頭の中ではじくように細かな計数を並べて口にする。奥方のお台所にいくら、大先生の医者代にいくら、道場の修繕費にいくら、講にいくら無尽にいくらと、書きつけを読んででもいるかのように、その口ぶりは立て板に水である。

道場のことは勘定方には言えぬよ、と近藤は進退きわまった溜息をつく。

しかし先生、それでは僕らが上洛した意味がありますまい。芹沢さんたちはどうか知らんが、道場あっての僕らでしょう。せめてかくかくしかじか、これだけのことはしなければ申し開きのしようもありません。

わかったわかった、何とかする。芹沢さんに頭を下げるのは本意ではないが。

頼みますよ、先生。銭金のことを僕から言うと角が立つ。芹沢局長はあれで、近藤先生にだけは一目も二目も置いているのですから。――浪士たちが京にとどまることになったいきさつを、吉栄は知らない。だがそんなやりとりをいくども聞かされるうちに、大方のところは察しがついてしまった。芹沢一味にせよ近藤らにせよ、尊皇攘夷だの天下国家などはみなお題目で、つまるところは金を稼ぎに京へと上ってきたのだろう。どうして侍たちは銭金を不浄なものと決めてかかるのか、吉栄にはわからなかった。

わからぬだけに、男たちは滑稽である。島原で遊ぶ金があるのなら、言い争うことも悩むこともないはずなのに、湯水のごとく金を使いながら金の算段をしている。

「近藤先生とお弟子さんらは、働き者いうことどっしゃろか」

何も知らぬそぶりで、吉栄は平山に訊ねた。

「働き者か。まあ、それにはちがいない。出稽古をして百姓町人から月謝を集めたり、薬の行商をしたり、手内職をしたり、ともかく額に汗して金を稼いできたやつらだ」

「感心なお侍さんやと、わては思いますけどなあ」

「町人から見れば感心な侍も、同じ侍たちから見れば物笑いの種よ」

「五郎はんは、感心したはるのどすか。笑うたはるのどすか」

平山が少し考えこんだように、吉栄には見えた。

「わからんでもないが、俺とて武士のはしくれだ。とても褒める気にはなれん」

「褒めはったら、五郎はんが笑われるさかい」

図星だったのだろうか、仰向いて目をつむったまま、平山は機嫌を損ねたように口を噤《つぐ》んだ。

大門の貼紙をおえると、隊士たちは何やら相談をしてから二手に分かれた。若い三人は握り飯と貼紙の束を持って島原の街なかに入って行く。

「山南はんと井上はんがこっちに来やはりますえ」

「声などかけるな。面倒くさい」

何をするつもりだろうと見ているうちに、二人の隊士は丹波街道まで続く堀ぞいの家々を、一軒ずつ訪ね始めた。

「お頼み申します」と、隣家の軒下で山南が大声をあげる。

「昼日なかよりお騒がせいたします。手前、壬生浪士組の副長を相務めます、山南と申します。さてこのたび――」

一軒ずつ門付けをするとは畏れ入る。驚くよりも、吉栄は口を被って笑いを噛み殺した。山南の口上はいかにも丸覚えのせりふである。

聞き耳をたてるうちに、今度は井上源三郎の声が梯子段の下から届いた。

「お頼み申しまする。どなたかおいでか」

へえ、と曖昧宿の老婆が答える。

「こないなおうちにまで来やはった」

吉栄は平山の体を乗り越えて、廊下に首をつき出した。平山も身を起こし、四つん這《ば》いになった吉栄の乳の下から顔を覗かせる。階下の薄闇から伝ってくる井上の声は、山南よりももっとこわばっていた。

笑うな、と平山が吉栄の乳首をつねった。

「ええ、昼日なかよりお騒がせ申しまする。手前、壬生浪士組副長助勤を相務めます、井上源三郎と申しまする。さて来る八月十二日十三日の両日、壬生寺境内において大坂人気力士による奉納相撲を取り行います。つきましては近在のみなさまより興行の御納志を賜りたく参上つかまつりました。よろしくお願い申し上げまする」

大坂相撲の興行は祇園北林で催されているはずである。晴天七日間の予定であったものが五日で打ち切られることになったと、千穐楽《せんしゅうらく》の見物を楽しみにしていたお客さんが愚痴をこぼしていた。

「なるほど。土方も考えたものだな」

平山が小声で言った。

「土方はんが、何を」

「祇園の興行を五日で打ち切らせて、壬生寺に持ってきたというわけだ」

だとすると土方も凄腕である。浪士組と大坂力士の悶着事はとうに手打がすんでいるはずだが、その義理をからめて恒例の祇園興行を壬生に持ってきたというのだろうか。そんな強談判《こわだんぱん》ができる者といえば、土方しかいない。

「それも大したものだが、木戸銭を取らずに近在から納志を募るというのが、いかにも土方らしい。あれはまったく頭のいい男だ」

なるほど妙案である。浪士組が町人から木戸銭を集めるのは露骨すぎるが、前もって奉納興行の寄付を募るのならば、譏《そし》る者は誰もいない。他から見る分には、浪士組は善意の世話人ということになろう。

階下から聞こえてくる井上源三郎の口上は棒読みで、これも土方の書いた字面の丸覚えであるらしい。声ばかりで姿の見えぬ分だけ、二人のやりとりがあれこれと目にうかぶ。

曖昧宿の老婆は、窮するふうもなく答えた。

「一口二分《にぶ》言わはったかて、そないな大金うっとこにはよう払えしまへん。主人が亡うなるまではみやげ物を売っといやしたけど、今ではごらんの通りの仕舞屋《しもたや》どすのんや。ましてやうっとこは中堂寺さんの檀家で、壬生寺さんとはご縁もあらしまへんことやし」

「そこをまげてお頼み申す」

と、井上は食い下がる。いかにも百姓が袴を着けたふうのある井上源三郎が、ひたすら頭を下げる姿が目に見えるようだった。一方の老婆は口が達者である。

「まげてと言われましてもなあ。ご寄進いうもんは進んでするもんで、そないに手ェ出されてするもんとちゃう思いますけど。揚屋さんやら置屋さんなら、浪士組のみなさんに頼まれてご寄進をせんならん義理も、そらおすやろけど、うっとこはそないなお義理もあらしまへんし。いやァ、難儀やなあ。まさかお断りしたら、お手討ちやいうことにならしまへんやろな」

吉栄と平山は掌を握り合って笑いを嚙み殺した。逢瀬のたびに平山は金を置いていくのだから、老婆が浪士組に義理のないわけではない。それはそれとして、きっぱりと断る老婆の肚の据わり方がおかしくてならなかった。

「さようでござるか」

と、井上は絶句してしまった。むろん、隊士と妓の密会の場になっているなど、知る由もなかろう。

「お気を悪うせんといとくりゃす」

「では、ご近所には二分の寄進をしたと言うて下さい。どこそこは払うた、いや払うてないというのでは、世話役としての立場に困りますゆえ」

「へえ。そんならたしかに二分のご寄進はいたしました、いうことで」

「お騒がせいたした。ごめんつかまつる」

駄目でもともとというところであろうか。井上はあんがいあっさりと引き下がった。あまり無理は言うなと、土方から指図されているのかもしれぬ。

五人の隊士たちの役回りも、あらかじめ決まっているのであろう。大門の中の揚屋や置屋はすんなりと寄進に応ずるだろうが、廓外の家はそうはいくまい。だから若い助勤の三人は貼紙の触れをあちこちに貼りながら島原の堀の内をめぐり、齢かさの井上と山南が花街の近在を回る。

「どことなく、いじらしい気もするの」

平山は座敷に戻ると、衣桁《いこう》に架けた揃羽織の袂《たもと》から巾着を取り出した。二分金を一枚、懐紙にひねって簾を上げ、往来を見下ろす。

「何をしやはりますのんや」

吉栄が訊ねる間もなく、「一口、ご報謝」と大声を上げて、平山はおひねりを投げた。

「いやあ、五郎はん。わてらのこと、知られてしまいますやんか」

苦い笑い方をしながら、平山は身を翻して吉栄を組み伏せた。

「かたじけのうござる」と、井上の朗らかな声が返ってきた。

「知れはせん。知れたところで、どうということはあるまい。おなごと会うのは罪ではないが、勝手に金策をするは局中の法度《はっと》だ」

「そしたら、あのみなさんはご法度をしたはるのどすか」

平山のうなじを抱き寄せながら、吉栄は訊ねた。

「土方が定めた局中法度なのだから、まさか罪を問うわけにもいくまい。だが、芹沢さんの耳に入れれば一揉めするぞ」

「一揉めいうたかて、揉めようもあらしまへんやろ。土方はんのおかげで、芹沢先生もお首がつなごうたはるんやし」

抱き合ったまま、二人は声を立てて笑い出した。

浪士組はすべてが滑稽であった。むろん笑いごとではない。だが笑いごとではないからこそ、おかしくてならぬ。

芹沢がこのことを知ったら、いったいどうなるのだろう。怖ろしい想像を思いめぐらすほどに、吉栄は平山の背をかきむしって笑った。

七

時ならぬ半鐘の音にお梅ははね起きた。

蚊帳《かや》から這い出て床の間の和時計に目を凝らす。九ツの夜更けである。襖を開けると、雨戸ごしに常ならぬ騒擾《そうじょう》が伝ってきた。

「どないしたんや。火事か」

太兵衛も起き出してきた。朝は叩いても目を覚まさぬのに、小心者の亭主は半鐘の音にだけは敏《さと》い。

「近いようですねえ。ちょいと物干しに上がってきます」

肌襦袢《じゅばん》の上に浴衣を羽織って、お梅は内廊下のつき当たりの梯子段を駆け上がった。太兵衛も後を追ってきた。物干しの板戸を開けると、さほど遠くはない西の一角に、夜空を赤々と摑む火の手が見えた。

「えらいこっちゃ。すぐそこやないか」

「いえ、堀川の向こうですよ。風もないし、そうあわてることもないさ」

「さよか。こっち側やないやろな。西陣やないやろな」

あちこちのお店《たな》から出てきた番頭手代が、火事場の様子を目で確かめようと、山名町の辻を西に向かって走って行く。

人々の中に元締番頭を見つけて、お梅は物干しから声をかけた。儀助は寝巻の尻を端折《はしょ》って、襷《たすき》鉢巻のものものしい姿である。

「心配せんといとくれやす。堀川の向こう岸でっさかい」

「火元はどこだね」

「へえ。葭《よし》屋《や》町の大和屋《やまとや》さんどす」

大和屋は京でも指折りの糸問屋である。堀川通のさらに一筋西だから、こちらに火が及ぶことはあるまい。お梅がほっと胸を撫で下ろすそばから、儀助は両掌を口に添えておののくことを言った。

「みぶろが、火矢を打ちこみましてん。うっとこでお誂《あつら》えしただんだら染めのお羽織を着て、大勢のみぶろが大和屋さんを取り巻いてます」

「何やて」

　と、太兵衛が手すりから身を乗り出した。

「わてはついさっき、この目で見てきました。こともあろうに芹沢はんは、お蔵の屋根に登らはって、酒飲みながら笑うたはりました」

　ひどい嫌味に聞こえて、お梅は大声で言い返した。

「浪士組が火付けなぞするわけないだろ。火消しに駆けつけたんだ」

「そうやないのどす。大和屋さんのぐるりを取り囲んでしもうて、所司代様やら町火消しやらを通せんぼしたはるのどす。信じられへん言わはるのどしたら、お梅さんがその目ェで見て来やはったらよろし。大和屋さんが何をしやはったかはよう知らしまへんけどな、押し借り強盗に無礼討ち、ほんで今度はお店に火付けまでしよった。みぶろは人間やあらしまへんで」

　亭主の腕を振り払って、お梅は梯子段を駆け下りた。いかな芹沢の狼藉でも、この目で見るまでは信じられぬ。

　丁稚《でっち》や女中までが起き出してきた店の中を走り抜けて、お梅は往来に出た。

「かかわりおうたらあかんで、お梅。わても行くさかい、余計なことはせんときや」

　太兵衛の手渡した帯揚で、お梅はようやく浴衣の前を斉《ととの》えた。

思い当たる節があった。ゆうべ壬生の八木屋敷を訪ねたとき、芹沢がえらい剣幕で土方を叱りつけていたのだ。

何でも近藤と土方が世話人になって、壬生寺の境内で相撲の興行を打ったという。しかも近在からご寄進の名目で金を集め、壬生寺にも力士たちにもびた一文渡さずに、そっくり懐に収めてしまったというのだから、こればかりは芹沢の憤りのほうが正しく思えた。

壬生浪士組の面汚しだ、武士の風上にも置けぬ所行だと芹沢は激怒した。しかし当の土方歳三は、いつに変わらぬ白面で落ち着き払っていた。いかにも芹沢の憤りまで見越していたふうであった。

貴公では話にならぬ、近藤を呼べ、と芹沢が言うのを、いやこの件は近藤先生のまったく与《あずか》り知らぬこと、僕が山南君はじめ助勤らに命じて独断にてなしたることです、と土方は言い返す。

局中法度には勝手に金策いたすべからず、とある。それを違《たが》えたのだから腹を切れ、と芹沢は怒りにまかせて迫った。それでも土方はいっこうに怯《ひる》まない。

相撲興行が勝手な金策と申されるのなら、押し借りはちがうのですか。ちがうと申されるのなら、芹沢局長の御裁断と承って、腹を切ります。僕はかまいませぬ。されど僕が死んで、困る人はおりましょう。芹沢さんは困らぬのですか。

まっすぐにそう問われたのでは、土方の尻拭いで生き永らえているような芹沢には返す言葉がなかった。

どうなることかとお梅が気を揉む間に、土方はさほど悪びれもせぬ詫びを入れ、おまけに相応の金まで芹沢に渡してさっさと立ち去ってしまった。

酒だ、と芹沢は言った。ひやりとするひとことだったが逆らうわけにはいかぬ。お梅は八木の台所に頭を下げて、酒を貰ってきた。芹沢は苛立ちながら、しばらく断っていた酒を冷やのまま呷《あお》った。飲むほどに、芹沢の目は据わっていく。

こうなると人は誰も芹沢に寄りつかぬが、お梅は他《はた》が思うほど怖くはない。むしろ、ふだん洩らすことのない本音を口にする芹沢に、親しみすら感じた。

何ひとつ、思うようにならぬ、と芹沢はくり返し言った。慰めの言葉は思いつかぬが、お梅にだけは芹沢の心のうちがわかっていた。

武士の矜持《きょうじ》も見栄もなく、額に汗して金を稼ごうとする隊士たちを、芹沢は羨んでいるにちがいなかった。また、寺にも力士たちにも上手な根回しをして、芹沢にすら物を言わせぬ土方の才気ぶりを嫉《ねた》んでいた。そして、留守道場や家族のために働くそうした弟子たちを持つ近藤は、芹沢にとって羨ましく嫉ましい男だった。

この人はひとりぼっちなのだとお梅は思った。孤独な男は他人を謀《たばか》って生きるほかはないことも知っている。しかし、この八方破れの芹沢という男には、ふしぎなくらい嘘がなかった。

——歩くほどに、葭屋町の火が近付いてくる。

「なあ、お梅」

半歩さがって歩きながら、太兵衛はおずおずと言った。

「お羽織の掛けは、もうあきらめようやないか」

芹沢と縁を切れと、太兵衛は言っているつもりなのだろう。

「なあ。おまえ、ゆんべも壬生に行ってたんやろ。もう掛金などどうでもええから、あないなとこに行くのはやめにしいや」

どうしてこの人は、面と向かって文句を言うことができぬのだろう。大方の男は同じだけれど。

「ゆうべは掛け取りじゃあないよ。前川の姐《あね》さんと話しこんでいただけさ。どうすりゃあ菱屋の借金が減るかって」

「身内のことやさかい、前川もそうごてくさ言わへんやろ。銭金ならわしとねえさんで話するよって、おまえはもう行かんとき。なあ、お梅」

「あんたに任せた日にァ何ひとつ埒《らち》があかねえから、あたしが出てかにゃならんのじゃあないか。たいそうなことをおっしゃるんだったら、その口で女と別れてきない」

夜空を焦がす火が、芹沢の胸の炎に思えてきた。潔く燃えるつもりが、何ひとつ思うままにならずに燻《くすぶ》り続けているのだろう。そしてとうとう、京の町に火をつけてしまった。

京に上った浪士組はほとんどが江戸に戻ってしまったのに、芹沢と近藤の一味だけが壬生に残ることになった。そのいきさつをよくは知らぬが、二人の局長の胸の内はまるでちがうのではないかとお梅は思う。少なくとも、芹沢には嘘がない。

閨《ねや》のむつごとの合間に、芹沢はときおりひどく正気のことを言う。

異人は打ち払わねばならぬ。言うなりになっていたのでは、わが国も早晩、清国と同様に国土を蹂躙《じゅうりん》されてしまう。尊皇か佐幕かなどという議論をしておる場合ではないのだ。すみやかに公武合体し、強力なる挙国一致の政府を樹立して、諸外国の干渉に抗《あらが》わねばならぬ。

難しいことは何もわからぬけれど、そうした話をふと耳にするたび、この人だけがまともに国を憂えているのではなかろうか、という気になる。その芹沢が何ひとつ思うようにならずに自棄《やけ》を起こすのは、芹沢が悪いのではなく、世間が悪いのかもしれぬ。

世間のせいでおのれの人生がねじ曲げられていく理不尽を、お梅は身にしみて知っていた。

堀川の通りに出ると、筋向かいの家並の奥から、怖いほどの炎が突き上がっていた。野次馬の人垣をかき分けて、お梅は葭屋町の筋をめざした。

大和屋庄兵衛は間口二十間余、広大な本宅に風雅な別邸を誂え、七つの土蔵がぐるりを囲む大店《おおだな》である。頑丈な蔵と漆喰《しっくい》の囲い塀には火が回っていないが、店と邸からは轟々《ごうごう》と炎が噴き上がっていた。

ただの火事ではない。焼打ちという世にも怖ろしい仕業を、お梅は初めて目のあたりにしたのだった。

揃羽織に白襷をかけ、白鉢巻を巻いた壬生浪士は三十人余りもいるだろうか。ある者たちは板切れに火を移し取っては次々と塀の内に投げ入れ、ある者たちは店の中から引きずり出した反物や家財を、路上のあちこちに投げ散らしている。またある者たちは、長槍や棒の先に糸束をつき刺し、それに火をつけて幟《のぼり》のように天高くかざしていた。そのさまは闇夜に突如舞い降りて悪さをする、烏天狗の群に見えた。

「ああ、世も末や」

ひとめ見たとたん、太兵衛は腰が摧《くだ》けて座りこんでしまった。

たしかに守護職や所司代の手の者にちがいない火消し装束が駆けつけてはいるのだが、抜身をひっ下げた隊士たちが大手を拡げて立ち塞がっている。葵《あおい》御紋の徽旗《しるしばた》も、浪士たちの目には入らぬかのようであった。輪の中に躍りこもうとする火消しを、浪士は本気で斬り立てた。

　火消しと隊士が罵り合うところに、高札《こうさつ》を掲げた侍がやってきた。身丈がある上に高下駄をはき、怪物めいて見える副長の新見錦《しんみにしき》である。火に怯える馬の鼻づらに立ち、高札を馬上の役人の目の高さに立てて、新見は鍛え上げた声を張り上げた。

「大和屋庄兵衛、右の者、洛中にて和物、絹糸、縮緬《ちりめん》の類買い占め、異国交易に相かかわりて不当なる蓄財をいたし、さらにては洋物羅紗、毛氈《もうせん》、獣皮の類を売り捌《さば》き、衆人甚だ迷惑、よってわれら壬生浪士組、かくのごとく天誅《てんちゅう》を加うる次第である。御守護職、御所司代、並びに諸藩火消し役方の皆々様にては、奸物賊商の金銀財物の一切が灰燼《かいじん》に帰するまでお手出しは無用でござる。お控えめされよ」

　抜身と高札を両手に持った新見の気魄《きはく》に押されて、役人たちは一斉に後ずさった。火に怯える馬の手綱を引き絞りながら、火事装束の役人がかろうじて言い返す。

「あいや、しばらく。かくなる狼藉は会津肥後守様お預かり壬生浪士組の所行とは思えぬ。おぬしらは攘夷の名を藉《か》りて世を攪乱《かくらん》いたす水戸天狗連の一味であろう」

　役人が馬上から差し向けた鞭を、新見の刀が鮮かに切り落とした。人々の輪がどっと退いた。

「さなるお疑いあらば、水戸殿の御勤番をこれにお連れ申せ。もし水戸者ではないと判明いたさば、士道の面目において貴公を斬るが、いかがか。拙者は壬生浪士組副長、新見錦と申す。逃げも隠れもいたさぬ。いかようにも処断なされよ」

風向きが変わって満身に火の粉が降りかかっても、新見は高下駄を踏ん張ったまま動かなかった。

火の手に追われて、人垣はいっそう後ずさった。頭を抱えて震える太兵衛を引きずり上げ、お梅は火事場に跳梁《ちょうりょう》する隊士たちに目を凝らした。炎が舐め上げる店の軒下で、用水の水をかぶりながら指図をする平山五郎の姿が見えた。路上に打ち臥した大和屋庄兵衛と家族らに白刃を向けているのは、助勤の野口健司である。そのほかは平隊士ばかりで、近藤の手下は一人も見当たらなかった。

もっとも、いるはずはあるまい。近藤の一党が町家に頭を下げ回って、相撲興行を打ったきょうのきょうである。彼らがその足で焼打ちに加わるはずはなかった。

お梅はあたりの屋根に、芹沢の姿を探した。煙が顔を被う。人々が煙を除《よ》けてちりぢりになる路上に、お梅は太兵衛の袖を握って取り残された。

「辛抱でけへんわ。わしは去《い》ぬで」

太兵衛はお梅の手をふりほどいて走り去ってしまった。

煙に巻かれながら、筋向かいの軒下を伝い歩く。すると、いまだ火の移らぬ南の土蔵の屋根に、ぽつんと蹲《うずくま》る白羽織が見えた。

あの人は土蔵と一緒に焼け死ぬつもりではなかろうかとお梅は思った。

芹沢は火事を肴に酒を飲んでいるわけではなく、笑ってもいなかった。切妻屋根の棟に腰を下ろし、子供のように膝小僧を抱えて、ぼんやりと火を見つめているのだった。

あのまま炎に巻かれて、焼け死んでしまえばいい。

心からそう希《ねが》ったのは、憎しみの心ではなかった。そうした死にざまが、芹沢には一等ふさわしいと思った。幸せな生き方ができぬ人間は、ふさわしい死に方をするのがせめてもの幸せだと、お梅は思ったのだった。

あの人には嘘がない。嘘をひとつもつかずにおれば、人はみなああいう生き方をするほかはない。手籠めにされたあとも芹沢に寄り添うおのれは、少しもふしぎではなかった。体が、芹沢の内なる誠を探り当てたのだった。

莫連《ばくれん》女に身を堕としたのも、女房を追い出して菱屋の奥帳場に収まったのも、そもそもは人並の嘘がつけなかったからだとお梅は悟った。そういう生き方しか方途はなかった。

惚れてはいても、太兵衛と死ぬことはできぬ。だが芹沢とならば、ともに地獄に堕ちてもよい。

ひとしきり煙に煽られて、お梅は立ちすくんだ。涙に霞む目をしばたたいて業火に歪む空を仰ぎ見れば、芹沢も膝の間に顔を埋めて、行き昏れた童《わらし》のようにじっと蹲っていた。

おまさとお勝が大和屋の火事見舞いに出かけたのは、翌る日の午下りである。

大和屋は壬生寺の檀家ではないが、大店の務めとして神社仏閣の祭礼に納志を欠かしたことがなかった。

本来なら檀家総代の源之丞が行かねばならぬところだが、何しろ火付けをした浪士組の大家である。合わせる顔がないうえ、壬生寺の功徳《くどく》が仇返しになったようで、とうてい行く気にはなれぬという。女房ひとりの火事見舞いも格好がつかぬから、おまさは出しなに前川のお勝を誘ったのだった。

むろんお勝にしても気は進まぬだろう。それでも二つ返事でおまさに従ったのは、きのう一日の出来事について、みちみち語り合わねばならぬと考えたからにちがいない。

はたして坊城通を歩き出すとじきに、お勝が語りかけてきた。

「まあまあ、とんでもないことをしやはりましたなあ。無礼討ちならお侍さんとして申し開きのしようもある思いますけど、火付けやいうたら、他からのかばいようもあらしまへんどすわな」

いったい何から話し合ってよいものやら、二人はしばらくの間、溜息ばかりつきながら歩いた。

　芹沢の乱心した原因が、壬生寺の奉納相撲にあることは疑いようがなかった。興行の当日まで、前川の蔵の中で謹慎していた芹沢は知らずにいたらしい。

「今さら芹沢先生の肩を持ってもしゃあないどすけどな」と前置きをして、お勝は毒を吐くような言い方をした。

「芹沢はんは、ほんまに改心したはりましたえ。三日三晩いうもの、厠《かわや》に行かはるほかはお蔵を一歩も出んと、三度のお膳も運ばせましてな、じいっとご本を読んだはりました。そやからわてては、鬼のいぬ間にこれ幸いと、銭儲けの興行相撲なぞしやはったみなさんのほうが、えげつのう思いますのやけど」

　芹沢の弁護をするのは、まことにここだけの話である。誰にも聞かせてはならぬと思い、おまさは見舞いの荷を背負って後に従う男衆を遠ざけた。

「まあ、どなたはんが悪いかは別として、わてが思いますのには、芹沢はんが肚に据えかねたわけは、ほかにもあるのとちゃいますやろか」

「ほかの理由、どすかいな」

　と、お勝は興味深げに顔を寄せてきた。

「ご納志集めに走り回っといやしたのは、山南はん、井上はん、沖田はんに原田はんに藤堂はんや。近藤先生はよきにはからえで、土方はんはお相撲さん方やお寺さんへの根回しをしたはった。つまりやな、興行は近藤先生の子飼いのみなさんだけでしやはったことになります」

「へえ、それはわかってます。お身内の中でも、芹沢はんに通じたはる永倉はんや、偏屈者の斎藤はんは仲間はずれにしやはりましてん」

「そやけど、ほかのみなさんが知らへんわけはおへんわな。ということはやな、どなたはんも興行は知ったはったのに、芹沢はんのお耳に入れなかったいうことになります。芹沢はんがおつむに血ィを昇らせはったのは、興行そのものより、おのれひとりが当日まで知らへんかったいうことやないのどすやろか」

「へえ。なるほどなあ。そやけど、新見はんにしても野口はんにしても、平山はん、平間はんにしても、ご注進せえへんかったことに悪気はないどすやろ。屯所の中でごてくさしとうないさけ、あえてお耳に入れへんのやっただけやと、わては思いますけどな。そないなことより、鬼のいぬ間に洗濯やいうて銭儲けしやはった近藤先生らのほうが、やはりえげつないのやおへんか」

芹沢は手下に裏切られた、と思うたのではなかろうか。もともと取り巻きにちやほやされていなければ気のすまぬ質《たち》である。ひとりでおられぬ芹沢が、三日三晩も蔵にこもっていたのは、たしかに改心の覚悟があったからで、その間におのれの手下が何の注進もしなかったことには、よほど裏切られたと感じたであろう。あるいは、みながみな近藤らに手を貸さぬまでも、見て見ぬふりをしたことが芹沢には許せなかったのか。

それにしても暑い年である。秋の気配は毛ばかりも感じられず、この暑さの中で土蔵に寝起きしていた芹沢は、いったい何を考えていたのだろうとおまさは思った。

話しながら二人の女房は、昨夜の噂で持ち切りの葭屋町を北にたどった。

「わては、近藤先生らがえげつないとは思われしまへん」

上洛した当初から離れ家を近藤一派に貸していたせいか、おまさはどうしても芹沢の肩を持つ気にはなれなかった。一方のお勝には、芹沢らとひとつ屋根の下に暮らしてきたという親しみがあるのかもしれぬ。

「あんなあ、お勝さん。相撲興行の世話人など、たしかに町衆の稼ぎの横取りや思いますえ。そやけど、押し借りをしやはるよりはよっぽどましどすやろ。ましてや近藤先生らは、ほかの隊士のみなさんには何もさせはらんと、副長と助勤の方々だけでこっそりとしやはりましたのや。いじらしいやおへんか」

「いじらしい、どすか。わては、いじましい思いますけど」

うまいことを言うものだと、おまさは感心した。いじらしいといじましいは一字のちがいだが、意味も紙一重であろう。可愛らしい子供も、見ようによっては意地汚い。

「はて、どないになりますことやろ」

「ほんまに、どないなるのどっしゃろなあ」

「秋の来やへん夏はおへんどすやろけど」

「明日のことがわからへんいうのんは、困りもんどすなあ」

愚痴をこぼしながら歩くうちに、焦げ臭い匂いが漂ってきた。胸の悪くなるような異臭である。絹や麻ではなく、羅紗の焼ける獣の匂いであった。

「大和屋さんは、異人と物の売り買いをしやはって、えろうお金儲けしたはるいう噂どすな」

言ってしまってから、おまさは自分が芹沢か近藤かではなく、壬生浪士組の肩を持っていることに気付いてはっとした。

「何でも、大和屋さんは天誅組にお金を出さはって、浪士組には出さはらへんかったいうことどす」

お勝の物言いも、道理は壬生浪士にあるというふうに聞こえた。

大和屋は土蔵の形骸だけを残して、ほとんど焼け落ちていた。夜通し燃えてもまだあちこちに火屑《ほくず》が立っているのは、さすが洛中屈指の大店だと、野次馬たちは妙な褒め方をしていた。

人に訊ねても大和屋の家族らの行方は知れず、これでは見舞いのしようもない。

帰りかけようとすると、ふいに南のほうから群衆が次々と土下座を始めた。

「かいづの殿さんや。守護職さんのお出ましやで」

見知らぬ野次馬に背を叩かれて、おまさはぬかるみに膝を折った。

葵御紋の徽旗と、白地に赤く「會」の一字を染め抜いた旗が近付いてくる。先触れの役人が声をあげながら走ってきた。

「松平肥後守様、直々のご検分である。大和屋庄兵衛の係累、もしくは当家の番頭手代はおるか」

人ごみの中から、大和屋の番頭らしき男がよろめき出て、おまさの目の前に平伏した。

「大和屋の番頭にござりまする」

「さようか。御守護職様は直々にご訊問なされるであろう。その場にて待て」

恐懼《きょうく》して蹲る番頭の姿に、おまさの胸は痛んだ。泥と煤《すす》とを浴びて、まるで味噌樽から這い出てきたような有様である。おそらくは家族や使用人たちがどこぞに避難したあとも、この番頭はわれを失って焼け跡をさまようていたのであろう。齢のころは四十を過ぎているであろうか。丁稚から叩き上げた老番頭にとって、大和屋はおのれのすべてであるにちがいなかった。

かしこまるおまさの指先を、馬の影が被った。

「大和屋はじめ、難儀を蒙った者は無事か。怪我人はおるか」

甲高く澄み渡ったお声に、おまさは思わず馬上を仰ぎ見た。細面のお顔に高烏帽《えぼ》子《し》を冠り、胴鎧《どうよろい》に白羅紗の陣羽織を着た若いお殿様であった。

「苦しうない、お答えせよ」と、お側の者が言った。

「主人は、九条の別宅に遁れたはります。幸い死人はいてしまへん。怪我人はお医者に参りまして、みな無事にござります」

「さようか。それはよかった」

馬飾りを鳴らして、お殿様はひらりと馬から降りた。焼け跡を検分する後ろ姿を、人々はみなわずかに面《おもて》を上げて盗み見た。

「まあ、ご立派なお殿さんやこと」

お勝が呟く。あないにご立派なお殿さんが、どうして壬生浪士組をお雇いにならはったのやろか、と言葉にならぬ声が聞こえるようである。

ふいに、徳川はしまいや、とおまさは思った。幕府にはもう金も力もないから、大猷《さんだい》院様の弟君のお血筋につらなる会津の殿様が、自ら大兵を率いて京に上ったという。おまさの目にはその会津様が、どこか物悲しい殿軍《でんぐん》の大将に見えた。

「控えおれ。無礼であるぞ」

叱咤されて、人々はまた頭を地面につけた。

お殿様のお声が近付いてきた。

「かような有様になるまで、なにゆえ止める者がなかったのじゃ。わが手の者は何をしていた。所司代の者はおらなんだか」

お声は穏やかであったが、言うに尽くせぬ憤りが人々の背をすくみ上がらせた。

お殿様が番頭の前に屈みこむ気配がした。

「もったいのうござります」とようやく言ったきり、番頭は泣き伏してしまった。

「狼藉を働いた浪士組は、かりそめにもわが守護職の手の者ゆえ、追って厳しく沙汰をいたす。主人にはさよう伝えよ」

おまさの背筋は凍りついた。会津様はお怒りになった。もはやいかな土方の弁を以てしても、釈明のしようはない。みな殺される。

再び馬に乗ると、お殿様は真に迫ったお声で番頭に向かい、「そちは忠義よのう」と仰せられた。

やがて蹄《ひづめ》の音が去り、人々が立ち上がってからも、二人の女房はしばらく身を伏したまま立とうとはしなかった。

相撲興行の賑わいがまるで夢であったかのように、壬生村は静まり返っている。

行きかう人の姿も、野良に働く影すらもない。道は打ち水もされぬまま干上がっており、夕刻になって蜩《ひぐらし》が鳴き始めると、住人士の屋敷も早々に門を閉めた。雨戸を閉《た》てきったままの百姓家などは、一家揃って村の外に逃げ出してしまったのであろう。

綾小路と坊城通の辻に建つ前川の屋敷だけが、常ならぬ早い酒宴に湧いている。

住人士の女房たちが、ことの次第を伝えるまでもなく、大和屋焼打ちの噂は村中に知れ渡っていた。

押し借りや刃傷沙汰はまだしも、焼打ちは度を越している。まかりまちがえば洛中が灰燼に帰したのである。お預かり親の会津様は浪士組には甘いが、今度ばかりはお許しになるはずがない。守護職屋敷に浪士らを呼んで詮議などする間もなく、会津の軍勢が壬生に押し寄せてくるのではないかと、村人たちは怖れたのだった。

そう思えば、前川の屯所での酒宴の歓声も、ひと戦前の気勢のように聞こえる。

壬生の人々にとって、浪士組はまったく常識にかからぬ侍たちだった。鬼と決めつけられるならよい。だが付き合うてみれば、ひとりひとりがまことに如才ない若者で、少しも憎むことができぬ。道で行き会えば誰もがきちんと挨拶をするし、笑顔も絶やさない。侍風を吹かすということがない。田植えのころなどは袴の股立ちを取って手伝いもしたし、荷運びや家の修繕なども、通りすがるそばから手を貸してくれる。

そうした行いの逐一が、命ぜられているわけではないこともわかる。みながみな、子供の時分から躾けられてでもいるように、ごく自然な振る舞いなのである。

あの人たちは出がお侍やのうて、もとは百姓やら町人やら、せいぜい足軽中間《ちゅうげん》なんやと、壬生の人々は好感を持って噂していた。

だが、常識にはかからぬ。奉納相撲の勧進元として納志を集め、当日は自ら湯茶の接待までした浪士たちが、その夜のうちに大和屋を焼打ちした。

二人の局長の手の者が、それぞれ別に行ったものであるにせよ、傍目にはどちらも壬生浪士組の仕業であった。

しかし妙なことに、焼打ちの翌る日も、そのまた翌日も、何ごともなく過ぎた。

夜更けまでうかれ騒いだ浪士たちは、いつに変わらず朝から撃剣に励み、午過ぎは隊伍を組んで市中の巡察に出かけて行った。守護職からは軍勢を差し向けるどころか、使いのひとりもやってはこなかった。

三日が経つと、村人たちも元の暮らしに戻った。つまるところ、大和屋はそれだけの悪事を働いていたのだろうと、人々は噂し合った。

八木の家では、主人の源之丞もそう言っていたが、おまさには信じられなかった。何ごとも良いほうに考えるのは源之丞の持って生まれた気性で、若い時分には随分と損もしたのだが、このごろではそれも器のうちになっている。だがそのぶん、女房は世事に疑り深くなった。

そんなはずはない、とおまさは思う。いくら大和屋に悪行があろうと、御所からも程遠くはない商家を焼くなど、許されるはずはあるまい。

会津さんのお指図かも知れへんなあ、と源之丞は言った。そう考えて安心できるのならそれでもよいが、焼跡で見た会津侯のお顔を、おまさは忘れることができなかった。

会津様はお怒りになっていた。お殿様ともなれば喜怒哀楽がそうそうお顔の色に出ることもなかろうが、思わず背筋のちぢかまるようなお怒りを、あのときおまさははっきりと見て取った。

焼打ちが会津様のお指図であろうはずはなく、浪士組がこのままですむわけはないと、おまさは思っていた。

のっぴきならぬ平穏の中で、もうひとり胆を冷やし続けていたのは、前川のお勝である。二人は日に何度も勝手口からたがいを訪ねて、八木家の離れに住まう近藤らと、前川の屯所に起居する芹沢らの様子を報せ合っていた。しかしそのどちらにも、いつに変わったところは見受けられなかった。

芹沢が三十数人もの隊士を引き連れて行った大和屋焼打ちについて、近藤らは咎めだてするどころか口にも出さぬ。また芹沢らも、近藤とその配下たちが企んだ相撲興行について、何ひとつ語らぬという。

おたがいさまいうことで了簡してはるのやろ、とお勝は言った。たしかにそうかもしれぬ。しかしおまさの目には、芹沢と近藤があの一日を境に、きっぱりと袂を分かったように見えてならなかった。

それぞれ腹心の副長や助勤らを除けば、多くの隊士たちはどちらの手下でもない。前川の屯所と八木家の道場の間を行き来している。狭い坊城通を胴体にした大蛇が、東西の前川と八木の屋敷に二つの頭を持ってしまったようなものであった。

ただし、助勤の中には二人だけ、その頭のどちらにも属さぬ侍がいた。ひとりは近藤の門弟でありながら前川邸に住まっている永倉新八で、もうひとりは南部亀二郎邸にぽつんと住んでいる、偏屈者の斎藤一《はじめ》である。どうやらこの二人は、相撲興行に加わった様子もなく、その夜の焼打ちにも行ってはいないらしい。

二人がどちらからも誘われなかったのか、どちらの誘いも拒んだのかはわからぬ。だが永倉と斎藤はたしかにあの日、相撲の始まった朝方から焼打ちのあった夜更けまで、八木の家の奥座敷でごろごろとしていた。常日ごろはさほど親しくもない二人が、話もろくにせずに日がな抱え徳利で飲み呆けていた。

二人の立場は同じではあるまい。近藤の門弟でありながら、もともとは芹沢らと同門である永倉新八は、ことに及んではまったくどっちつかずなのであろう。斎藤一はその偏屈ゆえにどちらからも遠ざけられている。たとえ誘われたにしても、従いはしなかったであろう。

芹沢にも近藤にも与《くみ》せぬ二人の助勤は、あの日からいよいよ孤立してしまったように、おまさには見えた。

二人は沖田総司と並ぶ剣術教授方であるから、朝の稽古には出てくる。しかし稽古が終わると、斎藤はすぐに南部邸へと帰ってしまう。永倉は前川の屯所には戻らずに八木家の井戸端で体を洗い、そのまま奥座敷に居座っている。巡察の時間になると、屯所から配下の隊士が、それぞれの組長である二人を呼びにくる。

会津様の肚の中がどうこうよりも、狭い壬生村の中で五十何人にも膨れ上がった浪士たちが、あの日をしおにばらばらになってしまったことのほうが、おまさにはよほど不安でならなかった。

会津様もこのままですますはずはないが、壬生浪士たちもこのような姿のままでおさまるはずはない。

見知らぬ侍が八木家を訪ねたのは、焼打ちから四日が経った八月十六日の夜更けである。

「かいづさんのご家来やいわはるお侍さんが」

と、門まで出た男衆《おとこし》が来客を告げたとき、おまさはひやりとした。来るべきものが来たという気がしたのだった。

「けったいやな。こないな夜更けに、守護職さんのお使いが来やはるやて」

源之丞は寝間から起き出してきて、男衆の差し出した名札を改めた。

白木の札には葵御紋の焼印が捺され、「守護職松平肥後守家来公用」と書かれていた。壬生浪士組に恨みを持つ者は多いが、まさかここまで手のこんだことはするまい。

やがて玄関に現れたのは、麻の肩衣《かたぎぬ》に半袴《はんばかま》をつけ、頭巾から目だけを出した立派な侍であった。いかに公用とはいえ、夜更けに肩衣は異様である。しかも侍は、式台を挟んで八木夫婦と向き合っても、頭巾を解こうとはしなかった。

「評定《ひょうじょう》をおえた足で参上つかまつった。夜更けのご無礼は許されよ」

「お役目、ご苦労さんでございます」

平伏する源之丞の手元に腰を下ろしただけで、侍は座敷に上がろうとはしなかった。

「ただいまお家のうちに、浪士組の誰かはおるか」

衝立《ついたて》を見透かそうとするように、侍は奥の間に目を向けた。

「いいえ、この母屋にはどなたさんもいやはらしまへん。門の外の離れには近藤先生や土方先生やらがいたはりますが、お起こしいたしまひょか」

「それには及ばぬ。ご当主からお言伝《ことづて》をお願いいたしたい」

「へえ。何なりとお申しつけ下さい」

「本来なら書状を托すべきところだが、急な評定にて決したることにて、用意がない。よろしいか」

脅すような強い目であった。おまさは思わず、背ごしに夫の羽織の袖を引いた。厄介なことに巻きこまれたくはなかった。

「そないな大ごとどしたら、お言伝やのうて直々にお伝えしとくりゃす」

女房に言われるまでもなく、源之丞は答えた。

「近藤らが離れにおることは承知しておる。呼び出せばほかの浪士が気遣う。書状では誰の目に触れぬとも限らぬ。八木殿を信じて言伝るのだが」

そうまで言われたのでは、黙って聞くほかはなかった。侍がしばらく間を置いたのは、静まった虫の音がすだき始めるのを待っていたように思えた。

「明八月十七日、昼九ツ、肥後守様におかせられては浪士組の日ごろの忠勤をお褒めになり、以下の者に昼餉《ひるげ》の膳を賜るとのお思《おぼ》し召《め》しじゃ。壬生浪士組局長、近藤勇。副長土方歳三。副長山南敬助。同助勤沖田総司。同助勤原田左之助。同助勤藤堂平助。同助勤井上源三郎。なお、これら面々は肥後守様のお選びになられた者どもゆえ、他の者より不平の儀があってはならぬ。つとめてご内密に、八木殿のお口から近藤もしくは土方にお言伝願いたい」

源之丞は伝えられた浪士の名を指折り数えていた。書き物を取りに立とうとするおまさを、侍は小声で叱咤した。

「たかだか七名じゃ。お二人で覚えればまちがいはあるまい。よいか、今いちど申す。近藤、土方、山南、沖田、原田、藤堂、井上。つごう七名を、明日の昼九ツ、守護職屋敷にお召しじゃ」

考えてみれば、難しいことは何もなかった。道場続きの離れ家に住まう七人である。あるいは近藤の門弟たちのうちから、南部家に住まう斎藤一と、前川の屯所にいる永倉新八の二人を除いた面々であった。

源之丞もそのことには気付いたらしく、二度目は指を折らずに聞いた。

「かしこまりましてございます。ほな、たしかにお伝えいたします」

「くれぐれもご内聞に。しからば、これにてご免つかまつる」

夫婦は門外まで侍を送りに出た。

月かげから身を隠すようにして、珊瑚樹の繁る木下闇《こしたやみ》にお駕籠が置かれていた。

伴の者が持つ提灯には葵の御家紋があったが、なぜか火は入れられていなかった。

離れにも灯りはない。

「みなさんお休みやさかい、お言伝は明日でええやろ」

お駕籠を見送ってから、源之丞は小声で言った。

蒸し暑い晩であるのに、おまさの体は冷え切ってしまった。使者の出で立ちも物言いも尋常ではなかった。肩衣に頭巾を被った姿は、夜更けの評定をおえたその足でやってきたにちがいない。しかも御家紋の入ったお駕籠でくるからには、千石取りの御重役であろう。日ごろ前川や八木の家を訪れる守護職の役人とは、まるで貫禄がちがっていた。

会津様はまず手始めに、七人をお仕置なさるのではなかろうか、とおまさは思った。近藤以下を守護職屋敷に呼びつけて斬り、次に芹沢らをお召しになる。軍勢を出して征伐に及ぶよりも、そのほうがずっとお仕置の理に適っている。助勤以上の浪士たちを始末してしまえば、残るは京で雇い入れた者どもばかりなのだから、自然ちりぢりになるであろう。

慣れ親しんだ浪士たちがひとりずつ土壇場に引き出され、玉砂利の庭に首が並べられていくさまが思いうかんだ。

おまさの足は月あかりの門前に凍えついてしまった。

「何ぼんやりしてんのや。わしらがあれこれ考えてもしゃあないやろ」

夫に手を引かれて、おまさはよろけながら母屋へと入った。玄関の式台を上がると四畳の畳を敷いた引き付けで、衝立の向こうに六畳と十畳の座敷が中庭までつながっている。庭囲いはしっかりとしているから、暑いうちは内廊下の雨戸を閉てることはなかった。

「寝そびれてもうたなあ」

源之丞は起き抜けの羽織を脱ぎ捨てて、奥の間の敷居に腰を下ろした。

「御酒《ごしゅ》でもおつけしまひょか」

「いや、そないな気ィにもなれへんわ」

満月が母屋の軒端を切り落としている。縁先は闇だが、苔に被われた庭の奥は水底《みなぞこ》のように明るんでいた。

右手の塀の向こうは、近藤らの眠る離れである。庭を眺めながら、ちらりと離れ家の屋根に目を向けて、源之丞はやるせない溜息をついた。

「わしは、心配するほどのことやない思うけどな」

何ごともいいふうにしか考えぬ。もっともそれは夫に限ったことではなく、男というものの習いであろうとおまさは思った。

「呑気なこっちゃ」

羽織を畳みながら、おまさは毒づいた。源之丞は答えない。

「あんたはんは、わてが取り越し苦労してるて思たはるのどすやろ」

「おまえはいつもそうや。物を悪いふうにしか考えへん」

「おなごは十月先《とつき》のことを考えるようでけてますしな。子ォを産んだあとも、物をええように考えることなどあらしまへん。おっかなびっくり育てな、やや子はひとりも育たしまへんのや」

浪士たちはみな、十月先どころか、明日の身も考えぬ愚かな男たちだった。そうしてがむしゃらに進むほかに、生きる術《すべ》を知らぬかのように見えた。

「たしかにわしは呑気者やけどな。悪いように考えたところで、得はないやろ」

浪士たちが夫の口を借りてそう言ったように、おまさには思えた。武士道だの何だのと嘯《うそぶ》いても、先の見えぬぶん命が軽いだけのことであろう。

「前川のおうちでは、お子らに剣術など習わさはって、末は立派なお侍にしょういうおつもりのようどすけどな。わてはあんたはんがどない言わはろうと、いずれは道場通いなんぞやめさせよう思てます」

「勝手言うたらあかん。八木の家は壬生住人士の総代や。前川のよな俄侍《にわかざむらい》やない」

「そやけど、命とお刀のどっちが大事どすか。浪士のみなさんかて、あんたはんかてみなおんなしや。お侍はみな、あないな金物ひとつ差したはるばっかりに、お命を棒に振らはるのやないのどすか。わてはお腹を痛めた子ォらに、そないな阿呆なことはようさせしまへんのどす。どこぞのお殿さんからたいそうなお禄でも頂戴してるいうならまだしも、苗字を名乗って二本の刀差して、ほんで浪士組と一緒くたのお仲間にでもされたんでは、命がいくつあっても足らしまへん。こうとなったら家名も刀も返上して、壬生の庄屋でええのんやないのどすか。わてはあんたはんよりせいだい長生きさしてもろて、子ォの代にはそないにしますよってな。化けて出えへんといとくれやっしゃ」

「声がおっきいで。離れに聞こえてまうがな」

源之丞は肥《ふと》り肉《じし》の体を大儀そうに這わせて、奥の間の闇に逃げ戻った。

「やれやれ、口ではおまえにかなんわ。前川の亭主も同しやてこぼしたはったけどな、どこぞに逃げ出さんだけ、わしのほうがましやろ」

「へえ。そら大したもんやと思てます。守護職さんからのお仕置のお言伝をせなならんやて、しんどいお務めどすなあ」

「逃げ出すんなら、この足や」

「逃げはりますか」

「いや、そうはでけへん。壬生に十代続いた八木の家の主《あるじ》や。前川のよな俄とはちゃうで」

何ごともいいふうにしか考えられぬのは、この際仕方なかろうとおまさは思った。

「ほしたら、心配するほどのことやないとすると、いったいどないなお招きどすのやろ」

「そらおまえ、会津の殿さんが浪士組の日ごろのお働きをお褒めにならはるのやろ。お昼のお膳を頂戴して、ご褒美の小判をいただくのや。ほんまなら芹沢先生らもご一緒しやはるところやけど、大和屋の一件で帳消しになった。そうや、そうに決まってるわ」

おのれに言い聞かせるように勝手な得心をして、源之丞はようやく腰を上げた。もう夫の吝気を責める気にもなれない。いや夫の立場は痛いほどわかっていながら、ほかに当たるあてのない自分を、おまさは恥じねばならなかった。

鴨居を腕で押し上げるような伸びをしてから、源之丞は小声で言い置いた。

「江戸は遠いさけ、この暑さではうっとこで葬いを出さなならん。棺桶も七つとなれば、男手もようけいるやろ。おまえもそのつもりでな」

翌る十七日の早朝、稽古の始まる前を見計らって、源之丞が土方歳三を母屋の縁先に呼んだ。

「ゆんべ、みなさんがお休みにならはってから、守護職さんのお役人がうっとこを訪《たん》ねはりましてなあ——」

いかにも大したことではないというような笑顔で、源之丞は話を切り出した。顔に出るのではないかとおまさは気を揉んでいたのだが、なかなかの役者ぶりである。

「ほう、七人を名指しで昼餉のご相伴ですか」と、土方は首をひねる。

「ほんまなら助勤以上のみなさんをお呼びするところやけど、ほれ、大和屋さんの騒動がありましたやろ。いくら何でも前川にいたはるみなさんをお褒めするわけにはいかしまへんのやろて、わては思いますのやけどな」

「そうですかね。何だかわけがわからんが」

縁先に腰をおろしたまま、土方は稽古着の腕を組んだ。思慮深い土方が、とっさにどのような不審を感じたかはおまさにもわかる。

第一に、使者の訪れた時刻が非常である。

第二に、永倉新八と斎藤一が名指されていないのはおかしい。

第三に、大和屋焼打ちの一件の詮議を何もせずに会津侯の陪食を賜るなど、どだい話の本末を違えている。

「まあ、行くだけ行ってみましょう。まさかわれら七人だけお仕置ということもありますまい」

土方はからからと笑い、源之丞は肩をすくめて苦笑した。

「ほしたら、肩衣とお着物をお揃えせななりまへんな」

「僕と近藤先生の分は、お借りしたままですが、あと五襲《かさね》お貸しいただけますか」

「うっとこの家紋に揃うてしまいますけど、よろしおすか」

「かまやしません。ひとめ見て事情はわかるでしょうし、それに僕らはみな八木さんの家の倅みたいなものですから」

土方の言葉に悪意はなかろうが、聞くはしから源之丞の体が縮んでいくように見えた。

助け舟を出すつもりで、おまさは口を挟んだ。

「みなさんだけ呼ばれはったと知れば、芹沢先生も内心穏やかではあらしまへんやろし、どこぞでお裃《かみしも》をお着替えにならなあきまへんな。どないしまひょ」

「そうですねえ」と、土方は豊かな鬢《びん》に手を当てて少し考えるふうをした。

「でしたらこうしましょうか。少々回り道になりますが、島原の輪違屋に着替えを届けておいて下さい。僕らは相撲興行のお礼参りに行くということで、揃うて出かけます。それなら誰も怪しみはしません」

まことと頭の良い男である。物を考えるときに迷う様子がなく、しかも口から出る答えはいつも感心するほど的を射ている。

内庭を立ち去って行く後ろ姿を見ながら、土方ならばたとえ会津様から切腹や打首の下知《げち》が下っても、免れる手立てを考えつくのではなかろうかとおまさは思った。

裏木戸をくぐろうと身を屈めたとたん、お勝は野太い声に呼び止められた。

「八木家からのお呼びたてのようだが、何のご用向きですかな」

朝から赤ら顔の芹沢が、着崩れた浴衣姿で庭に佇《たたず》んでいた。焼打ちの晩以来、いや正しくはその日の午下りからであろうか、良い芹沢は影をひそめて、酒びたりの悪い芹沢ばかりになってしまった。道場に出ることもなく、目覚めたとたんから爺やの平間重助を呼んで酒の無心をする。諫《いさ》めるたびに打擲《ちようちやく》されるのであろう、平間の顔には赤や青の痣《あざ》が絶えなかった。

「へえ。何でも近藤先生がご近在から頂戴したご納志のお礼に回らはるそうで、手伝うてくれはらへんかて、ご本家のおかあさんが」

八木の男衆から言われたままを、お勝は答えた。

「八木家のご妻女どころか、お勝さんにまでそのような手伝いをさせるとは、近藤さんもけしからん。よし、ひとつ説教をしてくりょう」

お勝は手を振って頭を下げた。おまさが自分を呼び出すからには何かしら肚があるにちがいなかった。

「いえいえ、壬生寺さんの檀家筋には、前川もお礼せんとあかしまへんのどす。そないな折にはお声をかけて下さいて、前々からお頼みしてましたんや。どうぞお気遣いせんといとくりゃす」

のっぴきならぬ静けさが、とうとう動き出したのだとお勝は思った。どう動いたのかはともかく、芹沢を絡めてはならぬ。

甃《いし》の上に踏みしめた下駄の歯がみしみしと鳴り続けるほど、芹沢の大きな体は揺れている。何日も同じ浴衣の着たきりで、髷はつぶれ、髭も伸び放題のていたらくは廃人同然である。しかしいくら酔うてもそこだけには酒が回らぬかのように、眼《まなこ》ばかりが炯々《けいけい》と光っていた。この数日の静寂に最も怯えているのは、当の芹沢にちがいなかった。

目を合わさぬようにして、お勝は裏木戸から出た。

坊城通の先の壬生寺の門前におまさが立っていた。男衆が葛籠《つづら》を背負って従っている。眉を剃り、鉄漿《かね》を引いた厳しい顔は常に変わらぬ八木本家の女房だが、焦《じ》れるような手招きの姿は不穏だった。

はたしてお勝が歩み寄ると、おまさは挨拶のやりとりもなく早足で門前を離れた。ちらりと前川の裏口を振り返り、ひとけのないことを確かめる。

「えらいこっちゃ。ゆんべ晩《おそ》うに、会津のお偉いさんがうっとこを訪《たん》ねてきはった。子《ね》の刻過ぎやで」

おまさは歩きながら昨夜の顛末を語った。

呼び出される七人は、おそらく切腹を申し付けられるか、お手打になるのだろうという。それを承知で死装束の肩衣を貸すのは、人殺しの片棒を担ぐようなものだと、おまさは袖を目頭に当てた。

「うっとこの離れにいたはるみなさんのお仕置を先に済まさはって、次はおたくさんにいたはる方々をお迎えや。お夜長のお膳にでも呼ばはるおつもりどっしゃろ」

息が詰まるほど驚きはしたものの、お勝はじきに思い直した。

会津藩とはさほど交誼のない八木家に比べて、前川の家は長く金銀御用を務めている。誠実で質朴な会津の侍たちが、謀《はかりごと》をめぐらして浪士組を葬るとは思えぬ。もしお殿様の御意《ぎょい》のままに処罰を下すとしても、正々堂々と詮議をした上での仕置しか、お勝には考えつかなかった。

「なあ、おまささん――」

おまさの帯の腰に掌を当てて嘆きを宥《なだ》めながら、お勝は思ったことを述べた。

「お殿さんのお怒りは、わてもたしかにこの目で見ましたけどな。きょうのお呼び立ては、そないにえげつないことやないとわては思います。よおく考えとくりゃす、騒動から四日も五日も経ってるやおへんか。お殿さんのお怒りのままにお仕置をしやはるのどしたら、騒動の翌る日やないとおかしい思いますけどな」

「そやから、お殿さんとご重役とで、ねちこい評定をしたはったんや」

「そらちゃいますえ。よろしおすか、おまささん。夫婦喧嘩にしたところで、ごてくさ言うのんはその日のうちどすやろ。一夜明ければ、どないな憤りかて頭《どたま》からは血ィが下がるもんどす。四日も五日も経ってからそないなお仕置など、あるはずおへん思いますけどな」

お勝には自信があった。商家に生まれ育ったうえ、前川の営む六角のお店は昔から侍相手の両替商である。ことほどさように、侍たちには策がないということは知っていた。宥めすかして付き合えば、お武家様ほど与《くみ》しやすい客はない。侍はかけひきというものを知らぬ。

「わては、そないにええように考えられへん。頼みの綱は土方はんや。あのお方なら何やらうまいことというて、腹を切らずにすまさはるかもしれへん」

おまさは神頼みでもするように、歩きながら両掌を合わせた。

八木の家での今朝のやりとりを想像して、お勝はおかしくなった。源之丞もおまさも、身を切られるような思いで言伝《ことづて》を口にしたのだろうが、当の土方はあっけらかんとしていたに決まっている。

十代も続く郷士の八木家は、実のところ侍という生き物の正体を知らぬ。郷士の株を買った商人の前川家は知っている。そして侍に成り上がった土方歳三は、まったく侍のなりをした商人だった。たしかに人並はずれて賢く、肚も据わっているが、侍を手玉に取ることのできる侍というところが、土方の真骨頂なのである。

芹沢の悪行三昧をかばい続けた土方は、会津藩の重臣たちの手の内など、知りつくしているにちがいなかった。むろん、仕置などあるはずはないと読み切っているからこそ、七人が裃を並べて出かけるのであろう。

そうは思っても、お勝の胸に不安がまったくないわけではなかった。夜更けの使者を立てて、守護職が近藤らを呼び寄せる本当の理由は、皆目見当《みずた》がつかぬ。

坊城通をまっすぐ南に下って松原の堀を渡ると、一面の水田の中にやがて島原の廓囲いが姿を現す。六ヶ町に掘割と黒塀が繞《めぐ》る巨大な花街である。壬生から島原まででは、おなごの足でも小半刻ばかりであった。

稲の穂はたわわな実りに頭《こうべ》を垂れ始めているというのに、秋の気配もなく照りつける陽射しが、お勝はふしぎでならなかった。

凶々《まがまが》しいほどに長い夏である。

三条のお医者に診てもらったあの日から、急に目が悪くなったような気がしてならない。

何か妙なことをされはしなかったろうかと思い返してみても、見本の玉を両目にあてがわれたほかには、一服の薬さえ嚥《の》んだわけではなかった。

つまるところ、おめがねの玉を通して見た三条通の瞭《あきら》かな景色が、目の奥にこびりついているのだろう。甘い菓子を食ろうてしまったあとは、何を食べても苦く感じるのと同じ道理だろうか。

分厚い玉を縁に合わせるのには、しばらくの日がかかると医師は言っていた。その日は待ち遠しくもあり、怖くもあった。めがねをかけた顔など人に見せられぬが、簞笥の小ひきだしやら袂やらに忍ばせておいて、いつでもあのきっぱりと象《かたど》られ彩《いろど》られた世界を、覗き見ることができるのである。

輪違屋の二階から、宵の島原を見たい。三条大橋の擬宝珠《ぎぼし》に顔を隠して、鴨川に群れる水鳥を見たい。この秋には、清水さんや東福寺さんやらの燃え立つような紅葉も、あるがままに見ることができるだろう。

そして糸里は何よりも、土方の笑顔を見たかった。

昼でも薄暗い輪違屋の奥座敷が、糸里は苦手だった。むしろ夜になって灯が入れば見当はつけやすいのだが、陽ざかりの外廊下を歩いてひょいと座敷に上がったときなど、右も左もわからぬ漆黒の闇が待っていた。

浪士たちの着替えを手伝えと、呼ばれて下りてきたはよいものの、しばらくは邪魔にならぬ隅に座ってじっとしていなければならなかった。

ようやく目がなじんできた。浪士たちは葛籠の中から、着物やら袢やらをてんでに取り出して身丈を合わせている。

「おい藤堂。おめえはちびなんだから、余った物でよかろう。背丈の順に合わせていかなけりゃ、みっともねえざまになるぞ」

土方が小さな藤堂平助の着物をはぎ取った。壬生浪士組は総じて大男が多いから、借着では丈が合わないのだろう。近藤だけがすでに着替えをおえて、床の間の前に胡座《あぐら》をかいていた。

土方の采配で、男たちは下帯ひとつの裸になった。いくら霞んでいるとはいえ、これでは目のやり場に困る。糸里は壁を伝い歩いて、近藤のかたわらに座った。

「これはこれは、昼日なかよりお騒がせ申す。なあに、糸里天神のお手を煩わせるほどのことではござりませぬ」

多少なりとも酒が入ればいくらかは摧《くだ》けてくるのだが、顔を合わせたとたんの近藤の物言いはいつもこの調子である。

「そやけど、おかあさんからみなさんのお着替えをお手伝いしなはいと、申しつかりまして」

「それはかたじけない。しかし何も、衣冠束帯で御所に参内《さんだい》せよというわけではござらぬ。たかだか肩衣を付けるだけのことにて」

言われて見れば、奥座敷におなごの姿はなかった。妓《おんな》たちは呼ばれてやってきたはよいものの、様子をひとめ見て戻ってしまったらしい。着物に袢を付けて白足袋《しろたび》をはくだけのことなら、手を貸すことなど何もない。

「お袢なぞお揃いで、どこぞに行かはるのどすやろか」

「御守護職会津侯が、われらの働きを賞《め》でて昼の膳をお下げ下さるのです。いやはや、勿体ないことですな」

近藤は得意満面で言った。言ったあとから少し間を置いて、からからと芝居がかった高笑いをした。どうもこの取ってつけたような笑い方は、芹沢の真似をしているように思える。

「お膳に呼ばれはるのやったら、だんだら染めのお羽織ではあきまへんのんか」

「ふむ。なかなか良い質問でござるな。まあ、町衆から見ればそのほうが改まって見えるのかも知れぬが、あれはいわば仕事着でござっての。武士たるもの、主君に見《まみ》ゆるからには、略儀にても肩衣を着用せねばなりませぬ」

「へえ、そうどすか。ほしたら、どうして輪違屋で着替えたはるのどすか」

「会津様が島原までお出ましにござります」

「いやあ、ほんまどすか」

「はっはっ、そのようなことがあるはずはござらぬ」

「からかわんといとくりゃす。お座敷かかったらどないしょ思いましたえ」

糸里は年甲斐もなく無邪気な近藤が、けっして嫌いではなかった。土方はじめ弟子たちがみな心底敬っているのは、剣術の腕前のせいではないように思える。むっつりとしていてもどことなく愛嬌があって、ひとたび口をきけば他人を笑わせる。幇間《ほうかん》でもこうは間《ま》を繕《つくろ》えまいと思うほど、外見に似合わぬ座持ちのいい客であった。

「ほんまのこと、教《おせ》とくりゃす」

近藤は太い眉をきりりと吊り上げて、袴に差した扇をおもむろに開いた。まるで密談をかわすように、糸里の耳に囁きかける。

「天神、ちこう」

「へえ」

「お膳は助勤以上のみなが賜る予定であったのだが、先日火遊びをした者には飯を食わさんということらしい。どこの家でも、火遊びを見つかった子供は飯抜きじゃ。まことに英明なるお殿様でござるな」

「へえ。せやけど、うっとこでお着替えにならはりますわけは」

「わからぬか」

「わからしまへんなあ」

「いかないたずら小僧どもとは申せ、膳を取り上げられたと知れば悔しかろう。癇《かん》癪《しゃく》を起こして、またどこぞに火をつけぬとも限らぬ。そこで、かように遠慮を重ね重ねて、着替えをしておるというわけでござる」

話もおかしいが、「のう、天神」と厳《おごそ》かに睨みつけた扇の中の顔がたまらなくおかしくて、糸里は声をたてて笑った。

褌《ふんどし》ひとつの男たちが、一斉に糸里を振り返った。目のやり場に困っていた隆々たる筋骨が目の前に六つもつらなって、糸里は息の止まるほど笑わねばならなくなった。

「先生、昼日なかから女をからかうのも、たいがいになさいよ」

ご意見番の井上源三郎の裸は、いくらかしなびている。

「ほっとけ、源さん」と、土方がぞんざいに言った。壁際の暗みにいるせいで、土方の体はよく見えなかったが、固い感じのするその大柄な輪廓が目に入ったとたん、糸里は笑い声を呑みこんだ。

「よおし、それじゃあ着丈の一番長いやつは誰だ。総司か原田か、どっちだ」

沖田総司の体は、厚みこそないが丈は高い。胸をかばうようにしている猫背を伸ばすと、原田左之助よりいくらか大きかった。丈の長い着物に袖を通しても、裾からは毛臑《けずね》が出た。

「次は、原田だな」

原田の肌は見惚《みと》れるほど白い。伊予松山の中間《ちゅうげん》であったころ、切腹をしかけてやめたという傷が、たっぷりと肉のついた下腹にたしかに残っていた。酔えば腹を剣き出して、恥とも勲《いさおし》ともつかぬその話をする。短気者だが、こうして見ると男ぶりは抜きん出ていた。

「次は、俺だな」

と、土方はころあいの着物を羽織った。もし目が人並に見えたのなら、とうてい居たたまれないだろうと糸里は思う。

「おいと。そうじろじろ見るな。おまえには遠慮ってもんがねえのか」

男たちはどっと笑った。見ようにもよう見えへんのどす、と言おうとして糸里は口を噤《つぐ》んだ。

「まだ男の体が珍しいんだろう」

山南敬助がやさしげな笑顔を向けてくれた。野卑な浪士たちの中にあって、この侍はいつもあたりに気配りを忘れない。座敷で困り果てたときなど、妓《おんな》たちはみな山南の背のうしろに隠れる。丸い笑顔と同様に、山南の体はやさしげだった。

残った着物を小柄な藤堂平助が着た。まだ幼げな顔立ちの若者だが、働きぶりは浪士中随一なのだそうだ。伊勢の藤堂和泉守という国持大名の御落胤《らくいん》だという。その話が酒席に上るたびに、人々は大笑いをするのだからたぶん冗談なのだろうが、糸里だけは頭から信じていた。

「長いの短いのと言ったたって、袴を付けちまえば同じことでしょうが」

今さら気付いたように藤堂が言い、それもそうだと男たちは笑う。近藤が膝の上でぽんと扇を叩いて、土方をかばった。

「いやいや、そうではないぞ。武士たるもの、見えぬところにまで心を配らねばならぬ。刀にたとえるならば、拵《こしら》えより本身、本身の銘よりも手入れだ。武士の身だしなみというのはそういうものだよ、藤堂君」

近藤の説教はもっともらしいが意味がよくわからぬ。男たちはやはり寸に合わぬ白足袋を、あれやこれやと往生しながらはき、揃いの麻裃を付けた。誰もが不慣れな様子である。

今でこそいくらかましになったものの、上洛した当座の近藤らの身なりは、島原の町なかで人が振り返るほど貧しいものであった。居ずまいを正して堂々と練り歩く芹沢一味のあとから、みすぼらしい浪人どもがついて歩いているふうがあった。やがて会津様から市中取締のお役目を仰せつかると、いくらか見映えもよくはなったが、それでも芹沢らに比べればどれも垢抜けない。

「永倉先生がいてはらしまへんけど、火遊びをしやはりましたのどすか」

思いついて糸里は訊ねた。浪士組の中の誰が焼打ちに加わったのかは、島原の関心事であった。

「いや。やつはまちがったことはせんよ。しかしどうしたわけか、永倉と斎藤にはお呼びがかからなかった。もしやつらが参っても、このことは内緒にして下され」

へえ、と答えはしたものの、糸里には得心がゆかなかった。永倉新八と斎藤一が加われば、近藤の門弟が揃うことになる。

「お膳が足らへんのどっしゃろか」

洒落のつもりではなかったが、男たちはどっと笑った。

ひとつだけ思いついたことがあった。京に上ったころから、近藤の門弟たちの中でその二人だけは身なりがよかった。花街の作法をわきまえていたのも、永倉と斎藤だけである。何でも永倉は百五十石取りの若様で、斎藤は幕府御家人の出であるという。

そのことが会津様の賜るお膳とどうかかわりがあるのかはわからぬが、もしお膳が七つしかないのなら、この顔ぶれで収まりがよいような気もした。

「では、参りましょうか。先生にはお駕籠をお付けしています」

刀を差しながら土方が言った。

それから七人は、八木家の紋所の入った一文字の笠を携え、近藤に付き従って座敷から出た。

輪違屋の門口に用意された町駕籠に近藤が乗り、盛装の門弟たちが前後に列ぶと、どこか垢抜けぬがそれなりに威儀を正した行列ができ上がった。

「おいと。浪士組の誰に問われても、このことは口にするなよ」

土方が釘を刺した。ひとことで糸里の浮かれ心地が塞いでしまうほどの、暗くぐもった声であった。

やがて行列は、陽ざかりの島原を去って行った。胴筋《どうすじ》まで見送りに出た糸里の目には、打ち水の陽炎《かげろう》の中に遠ざかる行列が、どこか見知らぬ世界に消えて行くように見えた。


糸里が意外な人物からの逢状《あいじょう》を受け取ったのは、その夜のことである。

差出人の名をひとめ見て、輪違屋は断った。たとえ角屋に上がっている客からの逢状でも、置屋の輪違屋には客筋を選ぶだけの格式がある。

ところが使いの者が帰ったと思う間に、今度は亭主の角屋徳右衛門が直々にやってきた。

「なあ、おかあさん。音羽こったいの災難は、うっとこかて忘れたわけやあらしまへん。そやけど勘定方の平間はんがお忍びで来やはって、どないしても糸里天神にお越しいただきたいと頭を下げはりますのんや。ぶっちゃけた話、浪士組はあちこちにぎょうさん掛けもありますしな。ここはひとつ、わしの顔を立てる思て、逢状を受けてくれはらしまへんか」

「そやけど、平間はんに逢状書かさはって、あとから芹沢先生が来やはるのとちゃいますのんか。ほしたら音羽の二の舞にもなりかねしまへんどすやろ。そないな危ないこと、うっとこではようしまへん」

「いやいや、そのあたりは重々承知してますわ。平間はんがおっしゃるのには、きょうは芹沢先生も知らはらへんお忍びなんやそうどす。平間はんご自身は、あの通り律義なお侍はんどすしな、おそらくは音羽こったいのことを、糸里天神に詫びておかんと気ィが済まはらへんのやと思います。頼んますわ、おかあさん」

あの騒動以来、角屋と輪違屋の間もぎくしゃくとしてしまった。そもそも角屋には何の落度もないが、金看板の太夫が客に斬り殺されたのはたしかなことで、置屋からすれば逢状を寄こした揚屋には苦言のひとつも言いたい。

やりとりを聞いているうちに歯痒くなって、糸里は梯子段の上から声をかけた。

「わてなら、かましまへんえ。万がいち芹沢先生がお見えにならはったら、おなかが痛うなりますさけ、心配せんといとくりゃす」

角屋もよほど困り果てているのだろうと思う。引き続く騒動で客足は遠のいてしまったし、ようようほとぼりもさめかかったところに、またしても大和屋の焼打ちである。このままではほかの客も寄りつかぬどころか、浪士組の残した莫大な掛金さえ催促のしようがない。そこに勘定方の平間重助がひょっこりやってきたのだから、角屋が無理を聞かぬわけにはいかないのだろう。

「よろしおすやろ、おかあさん。平間はんからお詫びのひとつも聞けば、わてもいくらかは気ィがおさまりますしな」

糸里は手早く仕度をすませて輪違屋を出た。

「わかったはる思うけどな、おいと。きょうの近藤先生らのことは、これやで」

と、女将《おかみ》は唇に指を当てて糸里に念を押した。


三味の音ひとつせぬ角屋の狭い一間で、平間重助はちんまりと手酌をくんでいた。

風変わりな入子菱《いりこびし》の障子を朱《あか》い壁が繞る、八景の間と呼ばれる六畳である。座っているだけで夢見心地になるこの座敷が、さまざまの意匠を施された角屋の座敷の中でも、糸里はとりわけ気に入っていた。

「すまんな、無理を言うて」

糸里が座敷に上がると、平間はそう言って頭を下げた。

「まずは先日のこと、お詫びいたします。この白髪頭を下げられたところでおさまるものではありますまいが、どうか、平に」

糸里がかたわらに座るまで、平間は身を伏したままであった。のっけからの慇懃《いんぎん》な詫びに、糸里はかえって憤りを甦らせた。忘れようと努めていた怒りを、平間が掘り返したようなものだった。

「過ぎたことやし」

と、糸里はようやく声を繕った。音羽太夫は糸里にとってかけがえのない人ではあったが、今となっては口にできる言葉もそれしかなかった。

ようやく身を起こした平間の横顔に、糸里は息を詰めた。蠟燭《ろうそく》の灯にうかび上がった頰は赤黒く腫れ上がり、片瞼は閉ざされていた。

「どないしやはったんどす」

平間は答えなかったが、糸里にはおよその見当がついた。酔うた芹沢を諫めようとして、平間が足蹴にされ、鉄扇で打たれるさまを目のあたりにしたのは、一度や二度ではなかった。

「まあ、水戸におった時分から、これがわしのお務めのようなもので」

「忠義なお方に、ひどいことをしやはりますなあ」

「殴られることのほかに、何の取柄があるわけでもなし」

平間は両手を膝に突っ張ったまま、世を儚《はかな》むような溜息をついた。身じろぎをするたびに、痩せて尖った肩がぎしりと軋みを上げた。

「勘定方というても、算盤が達者なわけでもなく、読み書きがそうできるわけでもないのです。旦那様が銭を預けるべき者が、ほかにいないというだけのことで」

旦那様とは、芹沢のことにちがいなかった。さらりと口から滑り出たその呼び方が、芹沢と平間のかかわりのすべてであった。

俯《うつむ》いたまま、お国訛《なまり》の残る間延びした物言いで、平間は続けた。

「あのときは、わしが命をかけてお諫めするべきでした。それもできず、また先日は大和屋の一件にも、仰せのままに従うてしまいまして」

平間は詫びでも悔いでもない、ほかの何かしらを訊ねようとしている。糸里にも手に取るように心のうちが読めるほどの、朴訥《ぼくとつ》な男であった。

はたして盃を乾したとたん、平間は思い定めたように切り出した。

「きょうの昼どき、使いに出ておった隊士のひとりが、妙なものを見まして」

「へえ、何どすやろか」

「島原の大門から、供揃えのお駕籠が出て行くのを見た、と」

とっさに気のきいた間《あい》の手を入れることができず、糸里は俯いた。

「あまりに妙なので、用水桶の蔭に隠れて様子を窺《うかが》っていたのですが、もし見まちがいでなければ先達《せんだつ》は土方君で、その他の伴の者も助勤であったというのです。しかもみなが麻裃に一文字の笠という出で立ちであったらしい。何かお心覚えはございませぬか」

「お昼どきいうたら、お稽古に出てましたしなあ」

「そうですか」と、平間は疑うふうもなく、それきり口を噤んでしまった。

行列が島原に戻ってきたのは、夕刻であった。輪違屋の奥座敷で平服に着替え直し、人目につかぬように、一人二人と壬生に帰って行った。

「わしは、怖ろしゅうてならんのです。大和屋の一件が、このまま済むはずはない。だのに会津様からは何ひとつ言うてこない。ここしばらくの間、ずっと考え通しなのですが」

「考えはったところで、どないなることでもおへんどすやろ」

「いや、考えねばならんのです。ですからきょうの供揃えの行列は、会津様が近藤先生らをお召しになったのではなかろうかと思いました。そのようななりで行くところなど、ほかに思いつきませぬ」

「お昼のお膳にでもお呼ばれになったんとちゃいますか」

「それならそれでかまわぬのですが、なにゆえ内密にことを運ぼうとするのか、そこがわかりませぬ。わざわざ島原のどこかに集まって、着替えをして出かけたにちがいないのです」

平間の勘働きに、糸里は驚いた。近藤の弟子たちが顚末を洩らすはずはあるまい。

「芹沢先生は知っといやすのか」

「言えるはずはありますまい。目撃した隊士にも、重々口止めはいたしました。で、考えあぐねてこちらに罷《まか》り越した次第です。土方さんが可愛がっておられる糸里天神ならば、あるいは何かをご存じかと」

話しながら、平間の体は盃を持つ手もままならぬほどに震え出した。その戦《おのの》きは薄闇を伝って、たちまち糸里の体にまでのしかかってきた。

笑い合いながら着替えをする、土方らの姿が甦った。陽炎《かげろう》の中に消えたあの行列は、あれからどこへ、何をしに行ったのだろう。

霞む目で蠟燭の炎を見つめながら、糸里は妙なことを考えた。

島原に生きる妓たちと同じに、浪士たちはそれぞれの運命を背負って、縁もゆかりもない壬生の村に集まってきた。彼らの行く手には、お手打や火付けよりもっと怖ろしい、真黒な洞《ほら》が待ち受けている。

八

いつに増して荒々しい交情のあとで、芹沢はお梅の顔を太い両腕にくるみこみながら呟《つぶや》いた。

「聞いてくれるか、お梅。誰かに話さねば肚の虫がおさまらぬゆえ、きょうは壬生寺のお地蔵様に言うてみたのだが、うんもすんもない。物を言う相手は、やはり人間でのうてはならぬ」

「お地蔵様が、うんもすんもおっしゃるもんですか。そんなことァ、いっぱしの苦労をなすった人ならわかりそうなもんですけど」

やむにやまれぬ願いならば、も少し母親のようなやさしさで答えたいのだが、あいにくお梅は母心を知らなかった。

「こう蒸し暑くっちゃ、話も聞けやしません。雨戸を開けてきます」

汗にまみれた芹沢の体をすり抜け、お梅は風を入れに立った。

逢引の場所は八木邸の奥座敷ときまっている。さぞ迷惑にはちがいないが、旅籠《はたご》や待合を使えば芹沢の身が危ないし、お梅も傍目を気にしなければならない。壬生村ならば浪士組の砦《とりで》のようなものだから、いずれの心配もなかった。

夜更けに二人がやってくると、夕涼みの隊士たちは引き揚げ、八木の女房は育ちざかりの子供らを連れて出て行ってしまう。それでもさすがに、床入りのときには雨戸を閉めた。内庭を隔てて、近藤らの住まう離れ家は目と鼻の先である。

雨戸を押し開けると、思わずほうと息をつくような夜気が流れこんだ。灯を消した座敷に月あかりが延びて、芹沢の仰向いた体をてらてらと耀《かがや》かせた。

「さあて、お話とやらをお聞きしましょうかね。お地蔵様よりァ、いくらかましですよ」

湯文字《ゆもじ》の前を斉《ととの》えて枕元に座ったお梅の膝に、芹沢は頭を乗せた。

耳元を羽音がかすめたかと思うと、芹沢の額に蚊が止まった。

「秋の哀れ蚊だ。叩かずに追うてやれ」

芹沢はそう言って目を瞑る。押入れから引き出した蚊帳《かや》は、吊るす間もなく座敷の隅に投げ捨てられていた。

お梅の膝枕に甘えながら、芹沢はまるで地蔵に語りかけるように、ぽつりと呟いた。

「大和屋の一件は、守護職様からの命令なのだ」

お梅はうろたえた。

「いきなり何をおっしゃるんですか」

「いや、正しくは会津様のお下知ではない。ご重臣の方々が考え出したことであろうがね。とんでもないことだが、誰かがやらねばならぬとあれば、わしが似合いの役者なのだから仕方あるまい」

いったい何を話し出すのだろう。お梅は黙って芹沢の声に耳を傾けた。

「大和屋が、焼打ちをされるほどの悪事を働いていたわけではない。天誅組に軍費を出したらしいが、それとて脅されてのことであろうよ。だが、理由はさようにいくらでもこしらえることができるのだから、派手に焼いてしまえというのが、会津からの密命だった。のう、お梅。おまえは信じてくれるか」

お梅を見上げる芹沢の瞳は、すがるように弱々しかった。この男が嘘をつかぬことは知っている。

「信じますとも。そりゃあまた、難儀な話ですねえ」

いかにも有難いというように、芹沢は大きく息をついた。

「会津のご重臣方は、何でまたそんなことを言い出したんですかね」

「聞いてくりょう、お梅」

「はい、聞きますとも。あたしァ、壬生寺のお地蔵様よりァ物わかりがいい」

「先だって、公方様が江戸にお戻りになられてから、俄《にわか》に京では尊皇攘夷を旗印に掲げた不逞浪士が気勢を上げ始めての。尊皇攘夷の志はわしも同じだが、やつらの腹のうちは天朝様を担いでの幕府転覆だ。一部の公家が長州と結託して、われらの悲願である公武合体の策を阻まんとしておる」

「難しいことはよして下さいな。こちとら学問がないもんでね」

「ふむ。つまるところだな、御所の警護は在京の大藩がそれぞれに仰せつかっておるのだが、長州藩は次第にその兵力を増やして、いずれは天朝様を奪わんと考えておるのだ。これに抗する大勢力は守護職の会津藩だが、この八月なかばが京都勤番の交替時期となっておる。手慣れた侍たちが国元に戻り、京の右左もわからぬ者ばかりが替わって警護につくのだ。長州藩と不逞公家との動きはいよいよ怪しく、どうもこの機を逃さずに、ことを起こさんと企んでいるらしい」

「そりゃあ大変なことでござんすねえ。下手をすりゃあ、戦《いくさ》になっちまう」

「そうだ。会津藩としては、むしろこの機会に、天朝様をお護りするばかりではなく、長州と不逞公家どもを京から追い落としたい」

「はいはい、ごもっともでござんすねえ。だけど、それがどうして大和屋さんの災難になっちまうんですかね」

「会津藩では国元からの交替がすでに到着して、御所警護に手慣れた藩士たちは、この十一日に出立《しゅったつ》してしもうた。長州は悪い画策をしておるらしいというだけで、ことを起こしたわけではないから、こちらも予定通りに交替をするほかはなかったのだ。さて、どうする。市中に膨れ上がった長州が相手では、腕ずくでこられたらとてもかなわぬ。天朝様が搦《から》め取られ、錦旗《きんき》でも立てられたらそれこそ大変なことになろう。たちまち天下が覆《くつがえ》らぬまでも、京都御守護職の会津侯は切腹を免れまい。そこで、ご重臣方は妙案を思いついた。洛中で何か大騒動を起こす。事情はどうでもよい。ともかく京の人心を寒からしむるような大騒動を起こして、下向《げこう》の中途にある会津藩兵を呼び戻そうというわけだ。一千の藩兵が早駆けで京に戻れば、長州は何もできぬ。いやこの際、こちらは余勢を駆って長州と不逞公家どもの悪行を論《あげつら》い、京から叩き出してしまおうという筋書なのだ。で、大騒動というなら火事がよい。幸い大和屋にはよからぬ噂もあることだし、浪士組の芹沢の仕業ともなれば、京の人心寒からしむることこのうえなし——」

　とつとつと、他人事のように語る芹沢が哀れになって、お梅は両掌で髭面をくるみこんだ。細い指の中で、頤《おとがい》が馬銜《はみ》を嚙むように軋んだ。

「ばかだよ、あんたは」

難しい世間の動きなどは何もわからない。だが芹沢の気性を知りつくしているお梅には、手に取るようにことのなりゆきを知ることができた。

「ばかは承知だ」

おのれの馬鹿さかげんを嗤うように、芹沢は呟いた。ひしゃげた唇は笑おうとして笑いきれずに、だらしなく緩んでしまった。日ごろの芹沢からは思いもつかぬ、呆《ほう》けた顔である。大和屋の土蔵の屋根に腰を下ろし、子供のように膝を抱えて炎を見つめていた、あのときと同じ顔であった。

芹沢は膝に甘えたまま枕辺をさぐり、脱ぎ散らした着物の底から鉄扇を摑み出した。蝶番《ちょうつがい》を音立てて開くと、墨痕が月あかりに浮かび上がった。

「読めるか、お梅」

「あいにく読める字といやァ、帳面の書きつけだけです」

「尽、忠、報、国、と書いてある。忠義を尽くして、お国に報ゆるということだ。わしは、わしの流儀で働いている。誰にも真似はできまいよ」

「それがばかだってんです」

お梅は癇癪を起こして、鉄扇を叩《はた》き落とした。

「きれいごとをお言いでないよ。あんたは根っからそんなことを考えていなさるわけじゃありますめえ。てめえの体をどこへ持って行っていいのかもわからねえ、ただの酔っ払いじゃないか。ごたいそうなお題目を唱えて、天下の志士になったおつもりかい」

とたんに芹沢はかっと目を瞠《みは》ったが、しばらくお梅の怒りを見上げてから、またもとの安らかな顔に戻った。

「おまえには、かなわん。なぜそのように、男の本性がわかるのだ」

「ちっとも褒めたこっちゃありませんよ。それだけ大勢の男に抱かれたってことです」

一瞬身をこわばらせて、芹沢はお梅の腰を抱き寄せた。今このときはおのれの女であることを確かめるように、湯文字を揉みしだき、腹に顔を埋める。

そのしぐさは、おのが命を捨てることよりも、お梅の体の来歴を怖れているかのようであった。

骨の髄まで愛されているのだとお梅は思った。

「わしは――」と、芹沢は犬のように女の匂いを嗅ぎながら言った。

「ほんの子供の時分から、この国は天朝様の統《す》べる国だと教えられて育った。水戸の学問とはそういうものだ。公方様は天朝様からこの国をお預かりして、政《まつりごと》をなさっておられる。父も兄たちも、寺子屋の先生も、みながそう教えた」

「ごもっともじゃあござんせんか。そういうけっこうな世の中をどうこうしようなんてやつらは、成敗しなけりゃいけませんよ」

「たしかにその通りなのだが、どうやらわしは、何かを護るという性分ではないらしい」

「まあ、護るよりは攻め手のご気性にはちがいない」

「いやいや、そうではなく。護るのではなく攻むるのでもなく、壊すことが好きでの」

さりげない言葉に、お梅は胆を冷やした。芹沢がおのれの性分を、ぴたりと言い切ったように思えたのだった。他人のことはともかく、人間は自分の性分をそうも簡明に言い切れるものではない。

しかしそれが本性ならば、洛中の警護に任ずる壬生浪士組の局長という務めは、その性分に合わぬということになる。むしろ幕府転覆を目論む不逞浪士の性《さが》であろう。

「わしに限らず、水戸者はみな同じだ。壊すことばかりで、作ることを知らぬ。御大老を斬ったのも、東禅寺の異人館を襲ったのも水戸者の仕業だが、壊すだけ壊して、あとのことは何も考えておらぬ。つまるところ会津のご重臣方は、わしの内なる始末におえぬ水戸者の気性を、逆手に取ったというわけだ」

　月あかりが芹沢の色白の肌を、脆《もろ》く殆《あや》うい器のように耀かせていた。学問も剣術も、武士としての嗜《たしな》みも人並すぐれて身につけているはずなのに、そうした精進はこの男の本性を何ひとつ変えてはいない。いやむしろ、すべてに人並すぐれている分だけ、器は脆く殆うい まま大きくなってしまった。

「もしや、島原の騒動も会津様のお下知ですかね」

　と、お梅は怖れずに訊ねた。

「それはちがう。わしは酒に酔うと見境がなくなる。音羽太夫にはひどいことをしたと、今も心から悔いておるよ」

　それですべてが読めた。どう考えても許されるはずのない太夫斬りの悪行が、なにゆえおかまいなしになったのか。

「なるほどねえ。あのとき芹沢先生のお命を救ったのは、土方さんのお手柄じゃあなかったたっていうわけですか」

「そういうことにしたのだ。土方はすべてを知っておる。近藤にも真実を伝えてはおるまいが」

「怖いお人だねえ」

　お梅は身慄《みぶる》いをした。あの白面の役者顔の裏に隠された本性だけは、お梅にも見透かすことができなかった。

島原での許されざる非道をかまいなしとするかわりに、会津の重臣たちはひそかに命じたのだ。大和屋を焼打ちせよ、と。

御所に近い大和屋の大店が焼ければ、一千の会津藩兵は市中警護の名目で引き返してくる。長州と公家たちは動けなくなる。

「それじゃ、どうして土方さんは焼打ちに加わらなかったんですかね。あんたひとりを悪者にしようってわけですか」

「会津はそれを望まなかった。わしと、わしの手の者だけでやれというお達しだった」

「やれやれ」と、お梅はあまりの意想外な筋書に溜息を洩らした。

つまり土方歳三は、芹沢が焼打ちに出るのを承知で、決行の日に合わせて相撲興行を打ったことになる。それで近藤とその配下たちはみな、手を汚さずにすむ。

「話がうますぎやしませんか」

お梅は遠回しに言った。土方がうまく立ち回ったのではなく、はなから会津と土方の画策したことのように思えてならなかった。

「それは考えすぎであろうよ」

お梅の肚を読んで、芹沢は答えた。そう即座に言うからには、芹沢もあるいはと考えていたのであろう。

「そうですかねえ。あたしァ、取り越し苦労だとは思えないんだけど」

「それならそれでよかろう」

「そういうところが、ばかだってんです。言うなりになっていた日にァ、あんたひとりが悪者になっちまいますよ」

「悪者なのだから仕方なかろう。はたから見ても、わしや平山や新見《しんみ》は悪人で、近藤らは善人だ。役回りがとうに決まっているようなものではないか。それに――」

芹沢はお梅の膝からごろりと転げ出て、秋虫のすだく縁先に這い寄った。廊下の敷居に掌を重ね、庭ごしの離れ家を窺う。

お梅は俯せた芹沢の背に胸を合わせた。耳を澄ませると、長屋門の屋根を越えて若者たちの酒盛りの気配が伝ってきた。

「わしはあの連中が嫌いではない。近藤は見た通りのわかりやすい男だし、土方は頭がいい。沖田の剣は神業だ。山南は好人物で、井上も原田も藤堂も真正直な男だよ。どいつもこいつも、苦労人のくせに汚れていない」

このままほうっておけば、いったいどういうことになるのだろうとお梅は考えた。その先は闇である。だがお梅は、いくら先が見えぬからといって、闇に身を委《ゆだ》ねて生きてきたことはなかった。抗《あらが》わねば死ぬというのが、不幸な星の下に生まれついたお梅の生き方であった。死なずに生きるためには、善も悪もなかった。

「ぶっ毀《こわ》しちまいなよ」

お梅は芹沢の耳朶《じだ》を嚙みながら囁いた。

「無体《むたい》を申すな」

「何が無体なもんか。あんなやつら、むちゃくちゃにぶち毀しちまえばいいんだ。太夫を斬ったり、町家に火をつけたりするよりァ、よっぽど簡単じゃないか」

こんなふうに煽り立てて、いったい何人の男を駄目にしただろうかとお梅は思った。

だが、芹沢はちょっとやそっとのことで毀れる男ではない。この男が、おのれは毀れずに他人を思うさまぶち毀すさまを、お梅はどうしても見たかった。

唇を求めながらお梅は、白くたくましい悍馬《かんば》のような男の体を、その力のありかを確かめるようにまさぐり続けた。

壬生村の住人たちが時ならぬ干戈《かんか》の音に跳ね起きたのは、翌る八月十八日の夜明け前である。

嘶《いなな》きや怒号や、武具の重なり合う金音や地を擦《す》る足音が、突然闇の底から湧き出るように聴こえてきたのだった。

「えらいこっちゃ、守護職さんの攻め手が来よった、浪士組を征伐に来よった」

二階の寝所から、源之丞が梯子段を転げ降りて、おまさと子供らの眠る蒲団を引きはがした。

目覚めきれぬまま何が起こったかもわからずに、おまさは子らの上に被いかぶさった。お梅が帰るのを見計らって、子らとともに家に戻ったのは真夜中である。寝入りばなを叩き起こされたようなものであった。

「ええい、寝呆けてたら巻き添えになってしまうがな。早う目ェ覚ませ、壬生寺さんに逃げるのや」

とにもかくにも寝床から這い出すと、勝手口の戸が叩かれて前川の女房の金切声がした。首でもくくられたような、言葉にならぬ悲鳴である。源之丞はしんばり棒に手をかけたはよいものの、お勝が攻め手に追い立てられているとでも思ったのか、戸を押さえながら訊いた。

「どないなってんのや、お勝さん」

「どうもこうもありますかいな、見とうみやす」

「守護職さんの軍勢が攻めて来よったんか」

「そやない、こっちから攻めはるおつもりや」

ええっ、と源之丞は声をあげて、毟《むし》り取るように勝手口の潜《くぐ》り戸《ど》を引き開けた。

外は闇である。戸口から戦《いくさ》ぞなえの物音がなだれこんだ。

「みなさんご一緒か。近藤先生もご一緒しやはるのか」

「芹沢先生も近藤先生も、みなさん勢揃いしたはります。かいづさんに攻めかかられる前に、こっちから打って出るおつもりや」

「えらいこっちゃ、お止めせなならん」

おまさは夫の腰にすがりついた。

「そないなことしやはったら、あんたはんが血祭りに上げられてしまうがな」

「はなせ、わしが止めずに誰が止めるんや」

しばらく、しばらく、と大声で呼ばわりながら、源之丞は裸足で駆け出して行った。

おまさも後を追った。八木の家の男衆《おとこし》が長屋門を細く開けて、坊城通の辻をおそるおそる覗き見ていた。隊士たちの掲げる松明《たいまつ》が闇を照らし上げている。

「まったく思いもよらんことどすのや。暗いうちからじゃかましいなあ思てましたら、みなさん打ち揃うての戦仕度や」

いくらか気を鎮めてお勝は言った。前川の裏木戸をすり抜けてきたのだろう、足元を見やればこれも裸足である。

源之丞の後に続いて門を出ると、坊城通も門前の道も、戦ぞなえの隊士たちで溢れ返っていた。

きのう守護職屋敷に向かった近藤らは、夕刻になって何ごともなく壬生に戻ってきた。芹沢は夜が更けてから、菱屋のお梅を伴って八木の邸に上がりこんだ。まずは一安心と胸を撫でおろしたほんの数刻後である。しかも離反しているはずの芹沢と近藤が、小具足に陣羽織をまとい、烏帽子《えぼし》まで冠った侍大将の出で立ちで馬の轡《くつわ》を並べている。

悪い夢でも見ているのではなかろうかと、おまさは門前に立ちすくんだまま目を凝らした。赤の羅紗地に「誠」の字を白く染め抜いた旗が高々と翻っている。隊士たちはみな浅葱色の揃羽織で、味方の合印《あいじるし》であろうか、黄色の木綿襷《もめんだすき》をかけていた。鉢金《はちがね》を冠っている者、長槍を立てている者、鎖帷子《くさりかたびら》の着込《きごみ》をつけている者、まさしく赤穂義士の討入りを見るようである。これは夢ではない。

「お待ちやしとくりゃす。しばらく、しばらく」

源之丞は芹沢の手綱にしがみついた。

「ご無体せえへんといとくりゃす。会津二十三万石を相手に一戦《ひといくさ》など、正気の沙汰やおへん。しょもないことしやはりますな」

一瞬あたりは静まったが、じきにどっと笑い声が起こった。

「あいや、これは暗いうちからお騒がせして申しわけない」

と、芹沢は落ち着き払って馬から飛び下りた。酒は抜け切っている。久々に見るしらふの芹沢は、合戦絵巻から抜け出たような大貫禄の侍大将ぶりであった。

「何ぶん火急の出陣ゆえ、ご尊家への言上《ごんじょう》は後回しになってしまいました。実はつい先刻、御守護職様から使いが参じまして、毛利大膳大夫に謀叛《むほん》の兆《きざ》しあり、ついてはわれら壬生浪士組はただちに出動し、禁闕《きんけつ》を守備せよとのお下知にござります」

「なんやて、長州が謀叛やと」

「さよう。攘夷祈願のための大和伊勢行幸と偽り、畏れ多くも主上《おかみ》を長州に略取せんとする陰謀が露見いたしした。われらは堺町御門より禁中お花畑に至り、身命を賭して玉体を守護し奉ります」

芹沢の声は松明を揺るがすほどに朗々と響いた。五十名に余る総出の隊士たちの目は、ことごとく芹沢に注がれていた。

酔うたあげくに島原の太夫を無礼討ちに果たし、あまつさえ商家に火をかけた狼《ろう》藉者《ぜきもの》だとはとても思えぬ。この武者ぶりこそが芹沢の正体だったのだと、おまさは胸をときめかせた。

鋼の着込をぎしりと軋ませて、永倉新八がおまさの脇に立った。

「いやはや、さすがは名にし負う水戸天狗党の金看板、いざというときの采配ぶりは大したものです。ごらんなさい、近藤先生もすっかり顔色なしだ」

なるほど、言われてみれば近藤は馬上に手綱を握ったまま、お飾りのように黙りこくっている。土方も山南も似たようなもので、隊士たちにてきぱきと指図をして回っているのは、新見錦と平山五郎であった。いざ合戦ともなれば、やはり水戸者は筋金入りであるらしい。

「会津の公用方が参りましたとたん、芹沢局長は井戸端に駆けつけて酔い覚ましの水を頭からかぶりましてな。ものの小半刻と経ってはおりません。まあ、その采配ぶりというたら、歴戦練磨のつわものというか、常在戦場の心がけと申しますか、誰もが仰天いたしました」

「長州と、戦をしやはりますのんか」

「さて、ことと次第によってはそうなりますでしょうな。われらとしては願ってもない初陣《ういじん》です」

ふいに闇の中から、斎藤一がぬっと現れて、永倉をたしなめた。

「余分なことは言いなさんなよ、永倉さん」

八木家に親しく出入りする組頭たちの中でも、永倉新八とは陰陽のちがいのある斎藤が、おまさは苦手だった。齢は若いくせに妙な落ち着きがあり、無口で、笑顔を見せたためしがない。

のだ」

「余分なことではあるまい。八木さんもご妻女も、われらを心配して下すっておるのだ」

と、永倉は剣呑《けんのん》に言い返した。

「大将の批評は、陣中の法度であろう。近藤先生が顔色なしだなどと、門弟の分際でよくも言えたものだ」

吐き棄てるように言って、斎藤は立ち去った。

「言われてみればもっともだが、どうもあやつは口のきき方を知らぬ。お気になされますな、おまさ殿」

組頭たちはそれぞれに大声をあげながら、配下の隊士たちをまとめ始めた。立ちすくむおまさとお勝の背を押し戻して、源之丞が言った。

「どうやらわしらの早とちりやな。これは立派な御公用やで」

男衆が持ってきた下駄をようやくはき、三人は門前の珊瑚樹の垣根に倚《よ》って、出陣を見送ることにした。

戦は怖ろしいが、謀叛を鎮める大義の戦なのだから、守護職の軍勢が敗れることはあるまい。浪士組がそれなりの働きをすれば、芹沢の悪行などは帳消しになり、晴れて千本の守護職屋敷に迎え入れられるのではなかろうか。

おそらく源之丞もお勝も、遠巻きに集まり始めた壬生の村人たちの誰もが同じ思いであろう。半年前に突然この村に居座った魔物が、ようやく本来あるべきところに退散してくれる。

「きのうのことも、これでやっと了簡でけましたなあ。まったくわてらの取り越し苦労どした」

こみ上げる歓びを噛み殺しながらおまさは言った。

「その通りやで。よう考えてみれば、いざというときこないに頼りになる浪士組を、片っぱしからお手打にしやはるはずはない」

と、源之丞も肯《うなず》く。

「みなさんもしや、お芝居したはったんとちゃいますやろか。芹沢先生と近藤先生が仲たがいしてはるように見せかけて、長州の間者をあざむいてはったんどすやろ」

お勝の言うことはそれこそ赤穂義士の討入りである。だが、そうであったらいいとおまさも思った。

「それにしてもお勝さん、前川のおうちにこないにたいそうな戦仕度が、ようありましたなあ。大したもんや」

源之丞は行軍の陣列を整えた隊士たちを見渡しながら、ふしぎそうに首をかしげた。

「いえいえ、うっとこには何もおへん。おたくさんがご用意しやはったとばかり思てましたんどすけど、ちゃいますのんか」

「たしかに馬はうっとこの駄馬やけど、具足やら烏帽子やら陣羽織やら、そないなもんはあらしまへんえ」

揃羽織と同じ山形の紋様に、「誠忠」と書かれた高張提灯《たかはりぢょうちん》が、隊列のあちこちに立ち上がった。

瞭《あきら》かになった隊容に、おまさはいよいよ目を瞠《みは》った。まさしく赤穂の討入りもかくやはと思われる戦装束である。馬だけはたしかに見覚えがあるが、それもきれいに泥が掃き落とされ、馬飾りなども付けられて、とうてい野良仕事や荷駄に使っているわが家の馬とは思えなかった。

会津の公用方が、これだけの戦ぞなえをとっさに運びこんだとも思えぬ。だとすると、浪士組は日ごろからひそかに、いざというときの仕度を、離れの道場か前川の蔵の中かに蓄えていたことになる。

「芹沢先生は大したお方や」

思わず声が出た。近藤はもちろんのこと、目はしのきく土方さえも、この出陣には顔色を失って右往左往している。すべては芹沢の采配で動いているのだった。

「さすがは水戸天狗や。よほどの場数を踏んだはるのやろ。尽忠報国の鉄扇が伊達《だて》やないいうのんも、よくわかったわい」

源之丞が芹沢を褒めるのは、初めてのような気がする。おまさの目にも、芹沢とその配下の組頭たちが本物の侍に見え、近藤の一味はみな俄侍《にわかざむらい》としか映らなかった。

隊列は前川の辻から壬生寺の門前近くまで、長く延びていた。芹沢が坊城通の中ほどに馬を進めて、左右を威丈高に睥睨《へいげい》しながら声をあげた。

「これよりわが壬生浪士組は、奸賊毛利大膳大夫成敗のため、畏《かしこ》くも朝旨を奉じて禁裏に向かい出陣いたす。諸君のそれぞれに配布いたした襷は、御守護職会津藩兵の合印である。黄櫨《はぜ》の染色《そめいろ》は古来天朝様の禁色《きんじき》にして、われらが主上《おかみ》の股肱《ここう》であることの証《あかし》にてござる。一同、かよう有難き鴻恩《こうおん》に対し奉り、必ずや不惜身命《ふしやくしんみよう》のお働きをなされよ。いざ」

おう、と隊士たちの応ずる声が、ほのかに明けそめた空を押し上げた。

隊列は粛々《しゆくしゆく》と動き出した。先頭を誠の隊旗と近藤が進み、殿《しんがり》は新見錦である。芹沢は高張提灯に護られるようにして、行軍の中心に駒を入れた。

おまさの胸からは、すべての不安が消し飛んでしまった。

長州の謀叛は今に露見したわけではないのだろう。会津藩はそれをいち早く察知して、きのう近藤らをひそかに招き、軍議を諮《はか》ったにちがいない。京で募った多くの隊士たちの中に、長州の間者《かんじゃ》が紛れこんでいぬとも限らぬのだから、大将の芹沢は今の今まで知らぬ顔で、酒をくらっていたのであろう。お勝の言うたことは、あながち思い過ごしではあるまい。

禁軍の将にふさわしい烏帽子を揺らして、馬上の芹沢が行き過ぎた。

ふとおまさは、この侍がことさら乱暴者なのではなく、世の侍という侍、男という男がみな芹沢ひとりを残して、腑抜けになってしまったのではなかろうかと思った。おのれも含めて、本来は正義であるものを異物に貶《おとし》める世の中に、安穏《あんのん》と住もうているのではあるまいか。

「ご武運を、お祈りしておりまっせ」

行き過ぎる芹沢に向かって、おまさは掌を合わせた。

浅葱色の死装束を黄櫨の揃襷でくくった浪士たちは、やがて槍の穂先の耀《かがよ》いばかりを残して、朝靄《あさもや》の中に消えてしまった。

九

雨もよいの暗鬱な日々が続いている。

しかし島原が静まり返っているのは、降り続く雨のせいではなかった。瓦版屋さえやってはこないから詳しいことは何もわからぬが、御所で大騒動があったという噂である。

毛利様とかいづ様の戦やと、人々は口にしている。長州と会津の不仲は、島原の客筋を見ていても明らかで、とうとう始まったかという気もするのだが、それにしては砲音《つつおと》のひとつも聴こえない。昼ひなかから雨戸を閉《た》てきり、大門も閉ざしたままの島原の町に、雨は数日も降り続いていた。

客が来ぬのは骨休めだと思えば有難いが、物売りさえこないから、三度の膳はお漬物のぶぶ漬けになってしまった。

「なあ、糸ちゃん。何ぞおいしいもんでも食べにいかへんか」

輪違屋の二階から退屈そうに雨を見上げて、吉栄《きちえい》は言う。

「そやけど、どこも商いなぞしてしまへんえ。錦の市場まで閉めたはるそうやし」

湿《し》けった畳の上に腹這ったまま、糸里は答えた。骨休めもかれこれ五日となれば、所在なさも甚だしい。ましてやこうも雨降りが続くと、置屋は牢獄のようである。

「輪違屋さんは禿《かむろ》がようけいたはるさかいええのんや。桔梗屋《ききょうや》は人使いが荒うてかなん。朝のはよから、煤払いやァ拭き掃除やァて、こき使われる。そらまあ、鹿恋《かこい》や半夜《はんや》ならわかりますけどな、いかに稼ぎが悪うても、うちかて島原天神のはしくれなんやし、暇やさけ掃除せえ言われても、へえとはよう言われしまへん」

このところ吉栄は輪違屋に入りびたりである。午前《ひるまえ》にやってきて、ぶぶ漬けも一緒に食べ、夕方まで糸里の部屋で暇つぶしをして帰って行く。

「桔梗屋のおかあさんに、叱られへんの」

「お稽古場もお休みやさけ、糸ちゃんとおさらいしてるて言うてんのや。そんなら叱りようもおへんやろ」

吉栄は糊《のり》のきいた浴衣《ゆかた》の両袖を口に当てて、あどけない笑い方をした。

きっちゃんのしぐさは禿のように可愛《かい》らしい。齢は糸里より六つ七つも上なのに、少しも姉様ぶったところがなく、むしろ体の小さいぶんだけ妹のように思えることもあった。

「なあ、糸ちゃん」

と、吉栄は窓辺を離れて、俯した糸里の背に甘えてきた。

「お三味線、教《おせ》てんか。お琴でもお茶のお手前でも手習いでも何でもええわ。お師匠《つしょ》さんたちは、わての芸事などとうに見捨てはって、きちんと教《おせ》てくれはらへんのや。なあ、糸ちゃん。わてかて、いつかは太夫あがりしたい思てる。そやけど、おちおちしてたら、太夫あがりどころか鹿恋さがりや」

糸里は体を返して、吉栄の頰を引き寄せた。

「きっちゃんは、自分のことを見下げたはる。どうしてそないなふうに考えたはるのか、わてにはわからへん」

齢こそちがうが、島原に二人とはいないこの親友について、糸里はかねがね不審に思っていることがあった。

たしかに出世は遅れたが、それは吉栄のせいではなく、桔梗屋の妓《おんな》たちの上がつかえているからである。目上の太夫や天神が同じ置屋に揃っていれば、出過ぎた真似のできぬぶんだけ稼ぎも悪くなる。

芸事に劣っているとも思わない。むしろたまに同じお座敷がかかったときなど、吉栄の舞や謡《うたい》には、はっと胸を打たれることもあった。

音羽太夫に愛された糸里は幸運だった。同じ芸の道を歩む妓《おんな》として、齢の隔たりは安心ができる。さほど齢のちがわぬ輪違屋の妓たちに、音羽が目をかけるふうはなかった。

だとすると、同じ齢ごろの太夫や天神が犇《ひしめ》く桔梗屋で、吉栄が目上の引きに与《あずか》ることはあるまい。それどころか、なまじ舞や謡に秀でているだけに、辛く当たられているとも思えた。

「糸ちゃんは大人びてはるなァ。わてはどないしても、糸ちゃんがわてより齢下やと思えへんのや。こうしていても、何やほんまのおかあさんに甘えてるみたいな気がする」

吉栄は心のやさしい女だった。おのれのことよりも他人のことばかりを考えるそのやさしさが、吉栄の苦労のすべてにちがいなかった。だから人に侮《あなど》られる。侮られた言葉を鵜呑みにして、自分を見下《みくだ》してしまう。

桔梗屋にひとりでじっとしていられない本当のわけを、糸里はうすうす気付いていた。饒舌《じょうぜつ》にはほかに何の意味もないはずであった。

はたして、仰向いた糸里の胸に頰を預けたまま、吉栄は涙声になった。

「長州とかいづさんの戦なら、浪士組は先駆けやろ」

浪士組の平山五郎と吉栄が良い仲であるのは、島原の噂になっていた。当人たちは隠しているつもりでも、お座敷でのふとしたしぐさや、平山のことばかりを話したがる吉栄の口ぶりから、二人がよほどの仲であることは糸里にもわかっていた。

客と懇《ねんご》ろになってはならぬという定めはない。だが、相手が浪士組の、しかも芹沢の腹心であるというのはうまくなかった。ましてや芹沢には恨み骨髄の糸里に、吉栄が今さら言えることではあるまい。

平山の身を案じて、居ても立ってもおられずに、輪違屋に来ては気を紛らわしているのだろう。とうとう洩らしてしまった本音を、聞いてやりたいと糸里は思った。

「きっちゃんは、浪士組の中にどなたか好いたお人がいたはるのやろ」

吉栄の涙を指先で拭いながら、糸里は言った。吉栄は救われたように肯いた。

「お名前は口にせえへんでもよろしおす。わてにはわかってるさかい」

「誰にも言わんといてや、糸ちゃん」

「戦はしてへんやろ。してるのやったら、鉄砲の音のひとつも聴こえるはずや」

「御所のどこかで、斬り合いになっててんのかもしれへん。これから始まるのかもしれへんし。そないなことになったら、あの人は組頭やし、まっさきに討死しやはるのやないかて――」

「しょもないこと考えたらあかんえ。きっちゃんは何でも、悪いふう悪いふうにしか考えへん」

「そやけど、わては怖ろしうてかなん。あの人が死んでしもたら、わても生きてはいられへんもの」

声を殺して泣く吉栄の顔を、糸里は袖のうちにくるみこんだ。小さな体のわななきは、傷ついた小鳥のようであった。

「糸ちゃんは、土方はんのこと心配せえへんのんか」

訊かれて初めて、自分は薄情なのだろうかと糸里は思った。土方が討死するなどとは、少しも考えてはいない。不安は何もなかった。

「わては好いてますけどなあ。土方はんは子供あつかいしやはって、暖簾《のれん》に腕押しなんや」

少し考えるふうをしてから、吉栄は妙なことを聞いたとでもいうように、糸里の顔を見上げた。

「ということは、もしや、なあんにもしてない」

「へえ。手ェも握ったことおへん」

「ほんまか、糸ちゃん。土方はんとはしょっちゅうあちこちにお出かけやないか。わてはてっきり懇ろの仲やろて思うてたんやけど」

糸里はかぶりを振った。まわりからそう思われていることは、むしろ嬉しかった。

「なあんや、そうやったんか」

「そやけど、好いてるのはたしかやし、ねっから心配してないかいうと嘘になりますわ。ただな、土方はんは死なへんいう気がするだけや。あの人が討死しやはるさまなんぞ、思いうかばれしまへん」

再び糸里の胸に顔を埋めて、吉栄は魂の抜けるような溜息をついた。悪いことを言うてしまったと、糸里は悔いた。たしかに土方の明るい笑顔に、死の影は似合わない。だがそういう勘働きで言うのなら、見るも怖ろしげな隻眼の平山五郎は、戦に先駆けて死んでもふしぎではないように思える。

「五郎はんはなあ――」

と、吉栄は糸里の帯紐を弄《もてあそ》びながら、親しげに恋しい男の名を口にした。

「五郎はんは、わてを嫁にしたいいうてくれはったんや。身請けするには、なんぼの銭がかかるのやて、まじめなお顔で訊かはった」

糸里は身を固くした。島原の妓たちの間で、身請け話は禁忌である。女としての幸せを手にすることは悲願であり、また成らぬ悲願であるからこそ、冗談にも口にしてはならなかった。

頭《こうべ》をめぐらせて、糸里は降りしきる島原の雨を見上げた。

きっちゃんはやはり、自分より六つ七つも齢上なのだと思った。そう思うと、吉栄の小さな顔が重みを増して、うなじを抱いた手がすべり落ちてしまった。

誰に語るというふうもなく、ひとりぽっちのおのれに言い聞かせるように、吉栄はとつとつと問わず語りに身の上を話し始めた。

今まで誰にも言わへんやったんやけどな、わての里は京やおへんのんや。島原のおなごは、京生まれの京育ちいう建前やさけ、伏見の生まれいうことにしてる。ほんまのところを知っといやすのは、桔梗屋のおかあさんだけやろなあ。おねえさんたちも知らへん。もっとも、みなさん身上《しんじょう》は似たもんどっしゃろし、里の話はせえへんのが礼儀や。

糸ちゃんのお里がほんまはどこか、そないなことはどうでもええのんや。わては、わての身上を誰かに聞いてほしい。五郎はんにはなんべんも言うてしまいそうにったんやけど、お客さんやし、どうしても口には出せへんかった。

それを言うたら最後、わては五郎はんのお嫁さんにならなあかん。組頭のお給金がいかほどのものかは知らしまへんけど、稼ぎも悪うて、おまけで天神あがりしたわての身請けなど、どだい無理な話どすやんか。もしそないな無理を通そうとしたら、それこそお店《たな》に押し借りでもせなならん。勝手に金策をしてはならへんいうのんは、浪士組のお定めやし、もし露見すればお仕置や。

おのれの幸せのために、あの人を危ない目には遭わしとうないし、せやからわては、五郎はんのこと好きやけど、そらもう、頭がどうかなってしまうほど好きでたまらへんのやけど、お客さんや思て割り切ってな、生まれ育ちのことはけっして口に出さへんと決めたんどす。

それを言えば、五郎はんはわてのお客やのうて、わての男になってしまうがな。ほしたら五郎はんは、命懸けでわてをお嫁さんにしよ思てしまうがな。わては好いたお人に、そないな危ないこと、ようさせへん。

そやけど、もし五郎はんが戦で討死しやはったら、わてはきっと後悔する思う。わてのほんまのことを、何ひとつ知らんと亡《の》うならはったら、五郎はんはかわいそうや。

わては、糸ちゃんを五郎はんや思て話させてもらいます。しょもない愚痴や思て聞いておくれやっしゃ。

わての里はな、若狭街道をずうっと北に下った、熊川いう山ん中の宿場どすのんや。今津の湊から小浜の御城下に向かう九里半街道のちょうど中ほど、そうはいうても、わては小浜も今津も知らしまへんけどな。算《かぞ》えで七つの齢に、人買いに背負われて京に上りましたさかい。

熊川の里の景色は、うっすらと覚えてる。街道に沿うて、旅籠《はたご》やらお店やら問屋《といや》場《ば》やらが、梲《うだつ》の上がった立派な軒を並べて、道の両脇にはきれいな水流れがあってな、そこに笹舟を流してよう遊んだもんや。

こんもりとした竹藪の山が迫ってた。わての生まれた家は、その竹藪の際《ねき》の、冬ともなれば降り積む雪に押し潰されてしまいそうなあばら家やった。

おとうさんは十貫目の荷を背負うて、京までの十三里を一夜で歩く背持人《せもちにん》やったけど、雪の峠道で足を滑らせて、荷運びどころか足腰の立たん体になってしもうてな。

三つ下の妹がおって、その下にもややこがいてるさけ、わてを人買いに売らななられことになってしもうた。

親からもろた名ァは、ゆき、いいますねん。熊川の里は雪の中やさけ、そないな名ァを付けはったんやろ。

いっぺんでええから、五郎はんに「おゆき」て呼んでもらいたいなあ。もし神さん仏さんが、何やらひとつだけ願いを叶えてくれはるのやったら、それがええわ。

へえ。欲がない言わはるか。

せやけど糸ちゃん、いくら何でもお嫁さんは欲が過ぎまっしゃろ。わてはそないな欲ばりはようしいしまへん。ひとことだけ、大好きな五郎はんに、「おゆき」て呼んでもらえたなら、わてはその場で息が止まってもええのんや。

　誰しも同じ思いをしやはったやろけど、どないに宥《なだ》めすかされても、里を出るときは大泣きに泣いた。京に上って、きれいなべべ着て、白いご飯を腹いっぱい食べられる。おゆきは果報者やておとうさんもおかあさんも口を揃えて言わはったけど、そないなこと言いながら二人して泣いたはるのやから、子ォが真に受けるはずはないわな。

　売られてくのやいうことはわかってた。そやからそんとき、わてはわが身かわいさにえげつないことを言うたんや。

「子ォが三人もいてるのに、どうしてわてを売らはるのや。わては姉さんやから、子守もでけるし、野良の手伝いかてでける。売るのやったら、妹や弟のほうがええやろ」

　おとうさんに叩《はた》かれた。姉さんだからこそ、妹や弟のためにならなあかんやろて言われた。

　もっともな話やし、わても泣く泣く得心したわ。そやけどひとつだけお願いした。わては売られていきますけど、妹や弟にはこないなむごいことせえへんといとくりゃす、てな。

それからのいきさつは、まあどなたはんも同じどっしゃろ。ぶきっちょで阿呆《あほ》なぶん、他人《ひと》さんより苦労しただけや。

そやけどなあ、糸ちゃん。いくら阿呆なわてでも、辛抱でけへんことがあってん。糸ちゃんが島原に来やはる前のことどすけど、この輪違屋にお菊いう禿がいてましたんや。手習いのお師匠さんのとこで初めて会うたとき、わてはひとめで、実の妹やとわかった。むろん「お菊」いう名ァも、親の付けたものとはちゃうけど、まちがいなくわての血を分けた妹やった。

おとうさんは約束を破らはった。ほんで、あこぎな人買いが、姉さんのわてのいてる島原に、知らん顔でまた妹を売ったんや。妹はわてのことなど何も覚えてなくても、わては姉さんやさかいひとめ見てぴんときた。

そうは思ても、わてはぼちぼち半夜に上がろうかいう齢やったさかい、勝手に名乗りをしてはならへんいう分別はつきましてん。ほんでな、お菊には何も言わへんと、桔梗屋に戻って、おかあさんに手ェついてお頼みした。

かくかくしかじか、妹にまちがいあらしまへんさけ、あの禿を輪違屋からもろて下さい、ひとつ屋根の下に住まわして下さい、いうた。

わての阿呆は、今に始まったことやおへんなあ。

おかあさんはびっくりしやはってな、その足で輪違屋さんにすっとんで行かはった。お菊をもろてきてくれはるのやとばっかり思たんやけど、そやなかった。じきに輪違屋のおかあさんがうっとこに来やはって、わては二人のおかあさんにきつう言われた。

　ええか、芸の道はそれほど甘うはないのやで。いっかどの妓になるまで、口がさけても名乗りをしたらあかん。あんたが黙ってたらすむ話や。ましてやあんたらは金で買われた身ィで、置屋に借金を返さなならんのやないか。芸事を修めて、太夫や天神やいう看板をしょったら、そんときは名乗りもさしたげる。

　ごもっともどすなあ。姉と妹が労《いたわ》りおうてたら、芸事など何ひとつ身ィに付かしまへん。

　島原の禿は、指の皮を何枚も赤むくれに剝いて、しまいにはほれ、こないなかちかちの胼胝《たこ》までこさえて、咽《のど》かて何べんも鶏《こかこ》のように潰してな、半夜に上がり、鹿恋に上がり、天神になって初めて角屋《すみや》さんのお座敷に上がることがでけるのや。その精進がでけへん者は、祇園や上七軒の芸妓にもなれへん。島原くずれのおなごは潰しがきかへんさけ、鴨の河原の夜鷹にでも身を落とすほかはないのんや。

　おかあさんらは約束してくれはった。わてとお菊が揃うて天神あがりしたなら、晴れて姉妹の名乗りを上げさしてくれはるて。

　そやけど、お菊はとうとう知らずじまいどした。糸ちゃんが輪違屋さんに来やはる前の年にな、はやり風邪をこじらせて、あっけのう亡うなってしまいましたんや。

もうあかんいうときに、輪違屋のおかあさんはお稽古帰りのわてをこっそり呼んで、お菊に会わせてくれはった。ここの廊下をつき当たった奥の三畳間に、お菊ともうひとりの禿が、ひとつ蒲団に寝かされておいやした。風邪の虫が胸を食ろうてしもたさかい、よう持っても一晩やろて、お医者さんは言わはったそうや。

ほいでも、寝間には入れてくれはらしまへんどした。

「ここでお別れしいや。敷居をまたいだらあかん。禿は置屋の宝物や。輪違屋はお菊をなくしてしまうが、あんたはんにまで病の虫をうつしたら、桔梗屋さんに申しわけがたたんさかい」

「輪違屋のおかあさん、わてらのこと、言わしてもろてもよろしおすか」

と、わては訊《たん》ねた。おかあさんはしんどそうに少し考えはってから、しゃんと背を伸ばしてつらいことを言わはった。

「天神あがりしてから、いう約束や」

これが島原やと、わては思うた。

恨みつらみやないで。男はんがお城に命を懸けはるように、わてらはみな、この花街に命を懸けてんのや。

「泣いたらあかん。お菊も一所懸命、島原の妓になろうとしたんや。あんたはんも島原の半夜なら、嘆くかわりに謡いなはれ」

わてはなあ、そこのお廊下にちんまり座ったまま、胡弓を弾きましてん。弾くほどに謡うほどに、ふるさとの雪景色が目に見えましてなあ。お菊とふたりきりで、熊川の里の思い出を語ろうてるような気ィになりましてん。

とうとう名乗りはでけへんかったけど、妹はわかってくれたやろて思う。桔梗屋の吉栄はんは、おゆきいう実のねえさんなんやて。

お医者さんの言わはった通り、お菊はその夜のうちに亡うなってしまいました。

わてはそんとき、初めて悟ったんや。

約束などするもんやないて。守るも約束なら、破るも約束や。人がどないにして守ろうとしたところで、神さんが約束破りをしてまう。そないなやくたいもない約束なら、はなからせんといたほうがよろしおすやろ。

五郎はんのこと、好きやねん。

朝から晩まで、頭がどうかなっててんのやないか思うくらい、五郎はんのことが好きで好きでたまらへんのんや。

そやけど、約束はようしいひん。明日のことは神さんしか知らへんさかい。五郎はんのお嫁さんになる幸せなぞ、わては信じてへんよ。五郎はんが信じられへんのやのうて、神さんが信じられへんさけな。そんなんやったら、明日のことなぞ何も考えんと、五郎はんに抱かれてるほうが幸せや。それなら神さんも文句のつけようはないしな。

かんにんえ、しょもないこと、ごてくさ言うてしもて。わては阿呆やさけ、いつもにこにこ笑うてるほかには、何の取柄もあらしまへんのや。その取柄を、長雨が塞いでしもうた。雨のせいやねん。

それにしても、ざんざんざんざん、よう降りますわなあ——。

十

八木邸の奥座敷で、斎藤一《はじめ》は朝から刀の手入れに余念がない。

「きょうは三番隊が御勤番どすか。こないな雨降りの中を、はばかりさんどすなあ」

膝元に茶を勧めながら、おまさは中庭の苔を打つ雨足を見やった。八月十八日に御所で何があったのか、詳しい話は伝わらなかった。聞き知ることといえば、長州とそれに与《くみ》する公家が京から追い出されたという噂ぐらいである。会津と長州が干戈を交えたとも聞かぬ。ただ、その日から浪士組はにわかに忙しくなった。

「畏れ多くも御禁裏伝奏より、われらが隊名まで頂戴いたしました。御守護職様配ますまい」

下として堂々と市中警護の任にあたるのですから、空模様など気にかけてはおられ

「へえ。新選組いうて、ええお名前どすなあ」

「何でも会津藩の古い軍制にある、由緒正しき名跡《みようせき》だそうです。有難いことです」

常日ごろは無口な斎藤が、おまさの問いかけに応ずるのは珍しい。これも天下の勤めについたという昂りのせいであろうか。

左利きの斎藤は右手で刀の柄を握り、左手で器用に小槌を操って茎《なかご》を露《あらわ》にした。鎺《はばき》や鍔《つば》を膝前に敷いた手拭の上に、きちんと並べる。

「前川の門に新選組の表札をお掛けにならはりましたけど、宿替えしやはらしまへんのどすやろか。壬生にいてはったのでは、何かとご不便なことどすやろ」

おまさは当面の関心事を口にした。新選組も天下の御用もけっこうだが、壬生村の住人にしてみれば浪士組の退散だけが悲願である。

「千本の会津屋敷は普請中のうえ、先日の騒動以来、交替の勤番が国元に帰ることなく詰めておりましてな。われらを迎え入れるゆとりがないのでしょう」

「ほしたら、いずれ近々には」

「さあ」と、首をかしげて、斎藤は茎を拭った。手拭にべっとりとついた汚れは錆《さび》ではあるまい。市中に潜む長州の残党を、浪士組は片端から斬っているという噂で

ある。

月代《さかやき》を青々と剃り上げ、端座した袴の筋も尖って見える居ずまいのよさが、むしろ薄気味悪かった。斎藤はもともと幕府御家人の次男坊で、浪士たちの誰とも氏素性がちがう。

「ていねいにお手入れしやはるのどすなあ。うっとこの主人などは、茎の錆が値打やいうて、めったに柄をはずすこともおへんのどす」

「拙者の刀は、見て楽しむものではござらぬ」

呑気な大あくびをしながら、源之丞が梯子段を下りてきた。

剣術は得意ではないが、夫は無類の刀好きである。高価な刀を蒐《あつ》めては、まるで盆栽でも眺めるようにして楽しんでいる。同じ刀好きの近藤と談議に及べば、夜の更けるまで尽きることがない。

「おはようござりまする」

斎藤は刀を置いて、礼儀正しく頭を下げた。とっさのことであるのに、刃はきちんとおのれのほうに向けている。身についた作法に、おまさは感心した。

「道場では埃が気になりますゆえ、お座敷を拝借しております」

「めっそもない。お気にせんといとくりゃす」

源之丞は斎藤の対《むか》いに座りこむと、刀の姿に見入った。

「前々から斎藤先生のお腰物は拝見したい思てましたのや。みなさんのお刀とは寸も反りもちゃいますな」

八木の奥座敷で刀の手入れをする隊士は多い。刀のことなど何も知らぬおまさにも、斎藤のそれがいくらか異風であることはわかった。まず寸が短い。そして反りが弓のように深かった。ほかの隊士たちの刀はみなおしなべて、長くまっすぐである。

「拙者は居合をいたしますゆえ、このような体配《たいはい》が使いよいのです」

「はあ、なるほどなあ。こう、抜きがけにばっさり、どすか。樋《ひ》を打ってますのも、軽いほうがええのんどすやろか」

「さよう。天然理心流は真向からのお突きが得意ゆえ、みな長く反りのない刀を使います」

斎藤は刀を手に取ると、左手で打粉を打ち始めた。体は頑丈であるのに、手指は細くしなやかである。まるで錺物《かざりもの》の職人の手が、繊細な仕事でもしているように見える。

「国助、どすやろか」

斎藤は手を休めて、ちらりと源之丞を見た。

「さすがはお目利きでござるな。河内守国助で当たり、と申したいところですが、当たり同然でござる」

源之丞はほうと溜息をついた。刀の銘を言い当てるのは得意であるらしいが、武士の魂を口にするのだから、相当の覚悟は要るのであろう。

「国助一門は拙者の手に合うておりますので、二代の中河内《なかかわち》か、できうれば助広が欲しいと思うておるのですが、何ぶん高価で手が出ませぬ。さて、ここまで申せば――」

若い斎藤が夫の趣味心を弄んでいるようで、おまさは腹立たしくなった。冗談半分に笑っているのならまだしものこと、ここまで示唆を与えて正しい答えが出せぬのなら、斬り捨てるぞとでも言わんばかりの真顔である。郷士を見くだす御家人の悪意を、おまさは感じた。

「ほな、国重、どすやろか」

笑いもせずに斎藤は軽く肯いた。

「当たりでござる。池田鬼神丸国重の在銘にて、切れ味は格別の業物《わざもの》です」

夫は刀の手入れをするとき、懐紙を口にくわえてけっして物を言わない。息がかかれば刀身が錆びるそうだ。しかし斎藤は気にかけるふうがなかった。それもまた「見て楽しむもの」ではないからなのであろう。

短い刀身には不釣合なほど大きな鍔を通し、茎を柄に収めて鉄の目釘を打ちこむ。

手入れをおえると、斎藤は刀を右のかたわらに置いた。左利きなのだから、そのまま抜きがけに相手を斬り倒すこともできるのであろう。冷えた茶を啜《すす》るときも、上目づかいに源之丞を見つめているのは、そういうしぐさが習い性になってしまっているかのようであった。

「近藤先生の流儀は、しやはらしまへんのどすか」

源之丞はどうしても訊ねたかったというふうに、身を乗り出して言った。伸びきった夫の頸に、今にも居合の一太刀が飛びそうな気がする。

「学んではおります。しかし先生は実戦での勝敗を重んじますゆえ、拙者の剣を改めよとはおっしゃりませぬ」

「はばかりながら、京の町なかでのお勤めには、お刀を振らはるよりお突きにならはったほうが理に適う、思いますすけどな」

斎藤はにべもなく答えた。

「お突きは敵の体に突き入れたとたん、おのれが死に体になり申す。引き抜く一瞬に別の敵から打ちかかられれば、躱《かわ》すことはできませぬ」

「はあ、たしかにそうどすなあ」

「敵より味方の数が多ければその心配はござらぬが、あいにく拙者は他人の力を恃《たの》むことのできぬ性分なのです。われひとりで二人三人を斬り倒そうと思えば、お突きは使えますまい」

おまさは怖気《おぞけ》をふるった。血腐れのした茎は、一瞬のうちに何人もの敵を斬り捨てた名残であろうか。

「そやけど斎藤先生。そないな斬り合いの折に、お突きやのうて敵に深手を負わすのは、難しいことどすやろ」

「たしかに。浅手であれば傷ついたことも知らずに立ち向こうてくるのが戦です。一太刀でとどめを刺す伎倆《ぎりょう》がなくてはなりませぬ」

「何人もの相手に、そないなことができますのんか」

「拙者は、必ず頸の脈を断ちます。仕損じたためしはありませぬ。首が落ちぬまでも、頸脈を断たれれば人は昏倒いたしますゆえ」

斎藤は眉ひとつ動かさずにそう言うと、几帳面なお辞儀をして立ち上がった。刀は右腰に差し、鯉口《こいぐち》を切る。抜きがけの一瞬をも惜しむ、落とし差しである。そのままではどうかすると、体を屈めた拍子に刀身が滑り落ちてしまうから、柄を体に添わせるように深く差し挟む。柄頭《つかがしら》はほとんど天を向いてしまっていた。

「どうか誤解なきよう。拙者は沖田君の剣よりも、おのれの伎倆がまさると言うたわけではございませぬ。武士の戦は、一騎打ちであると信ずるがゆえです」

座敷を歩むとき、斎藤が畳の縁《へり》をけっして踏まないことにも、おまさは気付いていた。十畳の奥の間から六畳を抜けて、やや擦り足で歩み去る足袋の踵裏《かかとうら》までが真白である。

玄関の引き付けまで出たところで、額に筋金入りの鉢巻を巻いた永倉新八がやってきた。

「おう、交替だ。申し送りは伍長がやっている。ぬかるなよ」

「承知した」

永倉は高下駄を脱ぎ、斎藤は草鞋《わらじ》の紐を結ぶ。玄関まで見送りに出たおまさは、背格好と育ちの良さこそ似ているが、することのいちいちがう二人の若者を面白く眺めた。

永倉の二番隊に代わって、斎藤の三番隊が市中巡邏《じゅんら》に出るのであろう。ずぶ濡れの永倉は髷も乱れ、顔色は疲れ切って見えるが、幸い人を斬ってきた様子はなかった。このところおまさの鼻は、血の臭いに敏《さと》くなっている。

「永倉さん」

斎藤は軒下に歩み出てから、肩ごしに言った。

「めったなことは、言いなさんなよ」

おまさに釘を刺したとも聞こえた。袴の股立ちを高く取り、刀の下緒で羽織に襷《たすき》を掛ける。

「おい、鉢巻をしろ」

永倉が鉢巻を差し出す。

「いらぬ」

と、ぶっきらぼうに言って、斎藤は雨の中を去って行った。

「まったく、あれの偏屈にも困ったものです。着込《きごみ》や籠手《こて》どころか、鉢巻も巻かない。斬り合うときは刀の丈の分だけ間合が近いから、いらぬというのです。まあ、腕はたしかだが、いざ斬り合いとなればそうそう都合よく運ぶわけではありますまい。そのうちあの偏屈が仇になりますよ」

「縁起でもないこと、言うたらあきまへんえ」

おまさは手拭で永倉の背を拭いた。斎藤が去り、永倉が来ると、ほっと力が抜けた。働きぶりは似たようなものであろうが、永倉には暗鬱なところがない。

「はばかりさんどしたなあ。夜通しのお勤めどすやろ」

と、衝立から源之丞も顔を出した。

「はい。河原町から祇園のあたりを、一晩じゅう探索しておりました。幸い大した捕物もありませんでしたが」

「お湯でも使わはって、ゆるりとお休み下さい。前川の屯所はやかましうて、昼には寝られしまへんやろ」

浪士たちの中にあって、永倉は最も真っ当な感じのする男である。ただひとり、というべきかもしれぬ。永倉に訊ねなければ浪士組の内情は何もわからず、また訊ねずとも気を遣って伝えてくれることも多いから、源之丞もおまさも好意を寄せていた。

「では、茶を一服いただけますか」

玄関先で羽織と鎖帷子《くさりかたびら》を脱ぎ、永倉はいかにも頼もしい感じのする大股で座敷に上がりこんだ。

おまさが茶を淹《い》れて奥座敷に運ぶと、源之丞に訊かれたものか、それとも勝手に語り出したのか、斎藤の助言などまったく意に介さずに先日の御所でのいきさつが開陳されていた。

「わても、聞かしてもろてよろしおすか」

湿った縁先に座って、おまさは永倉の話に耳を傾けた。

いやはや、芹沢局長にはしんそこ畏れ入り申した。

江戸の士学館道場におりましたころから存じ上げてはおるのですが、まさかこれほどの傑物であろうとは。神道無念流の諸先生方が、みなあの人に一目も二目も置いていたわけが、このたびばかりはよくわかりました。むろん腕前も相当のものですが、こと胆力においてはまさしく大将の器ですな。

近藤先生の道場でも、やれ尊皇攘夷だ公武合体だと談論風発いたしておりましたけれど、所詮は机上の空論で御国のために何をしたというわけではない。その間に芹沢局長は水戸天狗連の旗頭のひとりとして、異人の排斥や開国派の粛清に血刀をふるっていた。天性の大器量に、踏んだ場数が加わって、あれほどの人物となったのでありましょう。

あの人は、いわば時代の申し子でござるな。広い世界の中のこの御国の、この混迷の時代にしかいるはずのない特別の人間です。いったいあの人がこれから何をするのか、世の中がどのような使命を与えるのか、すこぶる興味のあるところです。

たしかに横紙破りの人物ではござるが、乱世の英雄がそもそも凡人であろうはずはない。はたしてこの先、御公儀幕閣がかの芹沢鴨率いる新選組をどのように活用するか、その一事によって御国の行方も定まるのではございませぬか。

それにしても、「新選組」――。ああ、こうして口にするだに身の引き締まる思いのする隊名でござりまする。守護職様も芹沢局長をどう処すべきか、さぞかしお悩みになっておられたでしょうが、新選組の隊名すなわち新選組局長芹沢鴨を認めたということでございましょう。隊名は会津藩の長沼流兵法の故述にある由緒正しきもので、それを禁中の武家伝奏方を通じて賜ったということは、われわれに対する会津侯の御執心も並々ならぬものと拝察いたします。

実は、われらが禁門に出動いたしました前日に、近藤先生以下の主だった者がひそかに守護職屋敷に向かったと聞いて、僕はぞおっと背筋の凍る思いがしたのです。呼び出されたのか、自ら進んで行ったのかは知りません。呼び出されたのであれば、芹沢局長の処断を近藤先生が命ぜられたのではないかと思え、進んで行ったのであればそれを近藤先生が自ら願い出たのではなかろうかと思った。

これは一命に懸けても仲裁せねばならぬと案じておりました矢先に、十八日払《ふっ》暁《ぎょう》の出動です。われながらいやになるほどの思い過ごしでございましたな。

そもそも前日の一件を僕の耳に入れたのは、勘定方の平間君なのです。あの人は芹沢局長の爺やですので、親御殿から倅の身を預かっているという気持ちが働いており、どうしても物事を悪いふうにしか考えない。あの切羽詰まった顔でそう言われてみれば、僕としても思い当たるふしはあるわけでして、やはり悪いふうに考えてしまったのです。

長州の悪だくみをあばき、一挙に京から追い落とす。しかし、きゃつらの勢力はことのほか禁中深くに根を張っておりますので、滅多な動きをすれば畏れ多くも天朝様の御身にご災難が及ばぬとも限りませぬ。

何しろ犬猿の仲とされている会津と薩摩が手を結び、今大塔宮と噂に高い中川宮様とも相結んで、長州と一味の公家たちの尊攘倒幕勢力を追い落としてしまおうという話なのです。策は内密の上にも内密に運ばねばなりませぬ。長州の間者がどこでどう聞き耳を立てているかもわかりませぬので、折しも起こった大和屋焼打ちの一件を隠《かく》れ簑《みの》として、近藤先生以下を守護職屋敷に召し、十八日の手筈を伝えたということなのでしょう。

むろん、芹沢局長も承知の上でしたろう。そうでなければ、前々から少しずつ武具甲冑《かっちゅう》の類を、蔵や道場に蓄えているはずはありませぬし、隊士の誰もが寝耳に水の出動を、あれほど素早く行うこともできるわけはありますまい。

時刻は明け六ツ前でありました。酒をくろうて高鼾《たかいびき》をかいているはずの芹沢局長が、具足に陣羽織、烏帽子まで冠った侍大将の出で立ちで前川の屯所の廊下を走り回りまして、「合戦じゃ、おのおの戦ぞなえにて集まれ」と叫び回った。

ただちに組長が招集されたのですが、そのときの差配ぶりの迅速正確さというたら、ただ黙って言う通りにすればまちがいないのだと思わせせましたな。出動を事前に知らぬはずはない近藤先生も山南さんも土方さんも、ひたすら芹沢局長の下知に順《したご》うばかりで、あれこれと手際のよい指図をするのは、副長の新見錦と助勤の平山五郎、やはり合戦となれば歴戦の水戸者はちがうと思った。

五十数名の隊士が坊城通に陣容を斉《ととの》えおえるまで、ものの小半刻《こはんとき》とはかからなかったのではありますまいか。ああ、そのあたりからは、八木どののもおまさどののもごらんになっておいででしたな。

さてそれから、われらは二列の隊伍を組んで足元の暗いうちは早足で歩き、烏丸《からすま》通に出たあたりからは明るくなりましたので、一斉の駆足で御所へと向かいました。

御所の近辺はそれはもう、大変な騒ぎでした。いや、騒ぎとはいうても戦が始まっているわけではない。それこそ数え切れぬほどの軍勢があちこちに屯集しておりまして、いまさに一触即発の気に満ちておったのです。

御所近くに参りましたあたりで、芹沢局長からの指図があり、僕と新見錦が物見に出ました。南の堺町御門に長門三ツ星の旗が翻っており、黒山のごとくに戦ぞなえの長州勢が集まっている。その東向こうには丸に十文字の薩摩の旗印が立ち、西のこちら側には三葉葵《みつばあおい》の会津勢がいる。つまり堺町御門の長州を、薩摩と会津が挟みこむかたちで睨み合うているのです。会薩の兵は前に鉄砲隊を並べ、大砲を向き合わせているという有様で、いつ何どき合戦の火蓋が切られてもおかしくはない。

会津の侍が申しますのには、長州の軍勢は二千七百余、勅命により御所警護の任を解かれて堺町御門から締め出されたとたん、河原町の藩邸からどっと押し出した者どもが加わって、開門を叫んでいるという。長州がそれほどの大兵を京に上《のぼ》せていたのも驚きです。河原町の藩邸でひそかに養うていたにしても数が多すぎますから、やはり良からぬ企みがあって、市中のそこかしこに兵を潜ませていたのでしょう。

しかし、守護職会津藩はさきの大和屋焼打ちの一件で、勤番交替のため国元に戻りかけていた藩兵を京に呼び戻しており、幸いなことに勢力は二千に近い。これに薩摩を加うれば総勢は長州の二千七百を凌ぎます。さらに、在京の所司代、因州、備前、越前、米沢等々、会津に呼応して御所に馳せ参じた各藩兵があるのですから、戦わずして勝敗は知れたようなものでした。

物見から戻るみちみち、ふと妙なことに思いついて新見君に訊ねました。

「大和屋の一件は、いかにも不幸中の幸いでしたね」

さよう。いかにも、でござるな。あの焼打ちがなければ会津藩兵の半分は帰国の途についていたわけで、出立から六日も経っていたのでは呼び戻しようもございませぬ。しかも新たに到着したばかりの藩兵は京の右左もわからぬのですから、いざ合戦となればどれほどの役に立つかは怪しいものです。

「義のあるところに天佑神助の垂れ給うは、けだし当然であろう」

と、新見君は水戸者らしい言い方をいたしました。それから、しばらく考えるふうをして歩きながら、こうも言った。

「近藤さんらは、大和屋の一件をさぞ苦々しく思うておるのだろうな。いくら何でもやりすぎだ、と。しかしな永倉君、大和屋はよしんば恫喝されて致し方なくそうしたにせよ、天誅組に金を出したのだぞ。洋人相手に商いをしたなど、実は大したことではない。許すまじきは幕府に敵する天誅組の軍費を賄うたことだ」

のちに知ったのですが、天朝様が大和伊勢行幸に向かわれた隙に、長州が京に火を放って兵を起こし、天誅組が大和で挙兵し、そのどさくさに鳳輦《ほうれん》を長州にご動座奉って一挙に幕府を転覆せしめんというのが、企てのあらましであったらしい。だとすると、その直前に天誅組の軍費を出した大和屋は、ただ攘夷の志に逆ろうたのではなく、国家転覆の重罪人ということになり、これは焼打ちされても仕方がない。

「芹沢局長は、そのおつもりで――」

「むろんだ。芹沢さんは世の動きを見極めておる。長州の動向については守護職様にもしばしば進言していたのだが、やつらとて禁裏守衛の任につく雄藩にはちがいないのだから、確証もなく詮議するわけには参らぬと、とりあってはくれなかった。やむなく芹沢さんは、洋人との商いを罪状に謳《うた》って大和屋を焼いたのだ。放っておいたら大和屋は天誅組どころか長州に金を出す」

「長州が商人から押し借りなどいたしますまい」

「いや。われらが敵は毛利大膳大夫ではない。長州の旗を立てた急進派の藩士や脱藩浪士どもだ。兵を挙げようにも軍費にこと欠くそやつらは、天誅組に引き続き必ずや大和屋に強談判《こわだんぱん》するであろうと芹沢さんは読んだ。どうだ、だとすると焼打ちしかあるまい。もっともその騒動を聞いて、会津の軍勢が道中を引き返してくるまでは、さしもの芹沢さんも考えてはいなかったろうがな。それぱかりは天佑神助というほかはない」

僕はそのとき、芹沢鴨という人物の底知れなさを知ったのです。

商家への押し借りは無体《むたい》なことではござるが、芹沢さんは遊蕩に使う金や、たかだかの軍費欲しさにそれをしていたわけではないのです。

あの人は商家から金を受け取るとき、必ずこう言い添えます。

「今後、誰彼にかかわらずご当家に金品を要求する者あらば、ただちに屯所までご一報願いたい。さすれば手勢を差し向け、必ずや被害なきようお護りいたす」

借りた金を返すことはまずなかったが、芹沢局長はこの約束は守りました。つまり、不逞浪士どもの軍費調達の道を、そのようにして封じていたのです。商家にしてみれば、あちこちから金を毟《むし》られるのではたまらぬから、用心棒でも雇ったつもりになって新選組に金を払う。不逞浪士が押し借りにくれば、丁稚を壬生に走らせます。

この方法でわれわれが不逞浪士を断ったり捕えたりしたのもしばしばで、たとえ逃げられてもやつらの人相風体やら動向やらを、綿密に知ることができたのです。ただ、芹沢局長は口が足らない。新見君も平山君も、局長をかばいだてするほど気はききませぬ。だから近藤先生や土方さんは、深いところまで考えずに苦虫を嚙み潰すだけなのです。

会津藩御預かり、とは申しましても、守護職屋敷の台所は火の車で、われわれの賄料まではとうてい出せませぬ。会津が手弁当で天下の御役目を果たしているのだと思えば、そうそうこちらも無理は申せますまい。そこで芹沢先生は、われわれ隊士たちを養いながら同時に市中警護の御役も果たすという手立てを思いついたのでしょう。

大和屋焼打ちは、そうした経緯の中で起こるべくして起こった騒動であると僕は思います。

「話のついでだが――」

と、新見君は歩みを緩めながら僕に囁きかけました。

「島原の音羽太夫を手打ちにした件についても、君の耳に入れておくとしよう。折があれば、近藤さんにそれとなく伝えてくれ」

いったい何を言い出すのであろうと、僕は耳をそばだてました。通りの先の閑院宮邸の壁に沿うて、新選組の隊列が休んでいた。そういうところも、実は芹沢局長らしい差配なのです。御所の間際までは駆足で来ても、そのまま戦場に飛びこもうとはせず、物見の報告を待っていた。

「どういうことなのですか」

と、僕は言いためらう新見君に水を向けました。

「音羽太夫は、長州の久坂玄瑞《くさかげんずい》に通じていた。あの晩、芹沢さんはさほど酔うてはいなかった。酒乱を装うただけだ」

あまりのことに立ちすくむ僕を置き去って、新見君はさっさと隊列に戻って行きました。

長州の久坂といえば、桂小五郎と並び称せられる倒幕派の先鋒です。それが音羽太夫を通じて守護職や所司代の動向を逐一知っているのであれば、その通路は断たねばなりませぬ。しかし、島原の太夫ともなれば禁裏から五位の位を授かる京の華です。ましてや久坂玄瑞を引っ捕えて吐かせるとでもいうならともかく、たかだかの噂で捕物に及ぶほど、島原の格式は低いものではありますまい。

その件については、いまだ近藤先生のお耳に入れてはおりませぬ。僕としても、にわかには信じがたい思いでおりますので。

さて、かくかくしかじかと見聞きした御所近辺の様子を伝えますと、芹沢局長は鎧櫃《よろいびつ》にどっかと腰を据えたまま、じきに出立の号令をかけました。御所も近いので、芹沢、近藤の両先生も馬はそのあたりに繋ぎ置き、徒士《かち》にての行軍です。

相変わらず睨み合いの続く堺町御門を右に見て蛤《はまぐり》御門に至りますと、突然出現したわれらを何と思うたのか、番所を固めた会津兵が槍衾《やりぶすま》を作って行手を遮る。その中から会津藩御軍事奉行の西郷十郎右衛門なる侍大将が、鎧冑《よろいかぶと》もものものしく出て参りました。

「御旗印に見覚えござらぬが、どちらのご家中か」

この問いには少々面食らいましたな。西郷なる侍はおそらく国元から着任したばかりであったのでしょう、両局長の顔も知らず、われらの揃羽織も誠の隊旗も初めてであったらしい。要は知らぬ者から見れば、われらはどこぞの大名家の軍勢に思えたということです。まあ、言われて悪い気はしませんでしたけれど。

蛤御門を守る藩兵もみな西郷殿の配下らしく、先頭の近藤先生が答えに窮している間、槍を下ろそうとはしません。そこに、「どれどれ」と呑気な声を上げながら、芹沢局長が進み出ました。槍衾がぐいと迫る。すると芹沢局長は、まるで子供の遊びでも嗤《わら》うように、鼻先五寸ばかりに突き出された槍の穂先を、懐から抜き出した鉄扇で煽り立てたのです。

「何者ぞ、名乗れ」

と、西郷殿は気色ばむ。まるで緊迫した間《ま》を弄ぶように、なおしばらく槍を煽ったあとで、芹沢局長はやおら鉄扇をばりりと音高く開きました。

「われらは諸大名配下の腐れ武者ではござらぬ。尽忠報国の士、芹沢鴨、松平肥後守様お預かりの壬生浪士組を率い、これより禁中お花畑まで罷り通る。のけっ」

いやはや、肚の底に響き渡るような大音声でありました。槍衾が、さっと左右に分かたれましたのは、われらの正体を知ったからではありますまい。考えるほどもなく、芹沢局長の裂帛《れっぱく》の気に圧《お》されてしもうたのです。

たちまち御門が開き、われわれは整斉と隊伍を組んで御所に入りました。

結局、戦にはなりませなんだ。長州は丸一日、堺町御門で睨み合うた末に、日の落つるころになって兵を引いたという話でした。はてさて、その間に御所の中でどのような話し合いが持たれたのかは存じませぬ。

このように語っておりますと、いかにも簡単にことが運んだかのようですが、御所の御庭先には主上《おかみ》が叡山《えいざん》にご動座あそばすための鳳輦《ほうれん》が置かれていたほどなのですから、一歩まちがえば京の町は彼我《ひが》入り乱れての戦場となっていたはずです。おそらくその一日、内裏の奥深くでは会津様とそれに意を同じうする中川宮様、島津公、関白二条公、一方は長州の企てに加担した公家どもが御簾《みす》の前に睨み合うて、あれこれと議論を戦わせていたにちがいありませぬ。

そう思えば、戦をせずに長州と公家どもを都から追い落とした会津肥後守様の胆力とご聡明さには、ただただ驚くばかりでございますな。戦をするのは易い。負くることもありますまい。しかし戦をせずに兵を引かせるというのは、知勇兼ね備えた名君のなせるわざでございましょう。

夕刻から降り出した雨の中を、長州の軍勢と七人の公家は粛々と落ちて行ったそうです。まずはめでたしめでたし、というところでございますな。

それにいたしましても――僕はあの一日で芹沢鴨という人に対する考えが、まったく改まってしもうたのです。

あの人は深い。新見君が言うた通り、義なるものに必ずや天佑神助が垂れ給うのであれば、いったい芹沢局長がこのさきなすべき務めは、どのようなものでありましょうや。

先ほど斎藤君が僕を捉まえて、「余分なことは申すな」と釘を刺しましたが、あれはそもそも芹沢局長の真価など知らぬのだから何を言うても仕方がない。

いや、おそらくは誰も知らぬのでしょう。局長とは長い付き合いの新見君も平山君も、平間君ですらもあの人の奥の深さには気付いていないと思います。むろん僕などは、その大蛇の片鱗《へんりん》をちらりと垣間見ただけなのでしょうけれど。

真価を知っている人がいるとすれば、それはたぶん守護職様と、会津のご重役の方々であろうと思われます。願わくばその方々が、芹沢局長の実力を十分に発揮できるだけの舞台を、誂《あつら》えて下さればと祈るばかりです。

このままあの人が、狂気の酒乱のと、ただ恐れられ罵られておるのは、あまりに虚しい気がいたします。凡夫ばかりのこの世の中にあって、卓越している人物は誰の目にも異物としか映らぬのでしょうか。

それでも僕は、かの人に天佑あることを信じます。尽忠報国の鉄扇も誠の隊旗も、芹沢鴨そのものでありますから。

少なくともあの人は、僕が今日まで探し求めていた、武士の中の武士なのですよ。


夜を徹した市中巡邏に疲れ切っているにもかかわらず、永倉新八は興奮した口調で一気呵成《いっきかせい》にまくしたてた。

「これはいかん。斎藤君が釘を刺すのも道理でござるな。僕は松前の脱藩と申しましても、江戸定府《じょうふ》役の倅でしてね。どうも江戸ッ子はしゃべり出すと止まらぬ」

それを言うならとりわけ寡黙《かもく》な斎藤一も江戸ッ子である。おまさは俯いて笑いを嚙み殺した。

「このましゃべり続ければ切腹ものです。では、お言葉に甘えて風呂を拝借」

尖った咽仏を震わせて浴びるように茶を飲み、「いかん、いかん」と独りごちながら永倉は座敷を出て行った。

「まあ、何とも元気のええお人や。そばにいてるだけでくたびれるわ」

と、源之丞は苦笑する。

裏表のない一本気なところは愛すべき若者だが、しゃべるばかりで他人の話を聞こうとしないのは永倉の悪い癖である。

「今の話やけど、おまえはどない思う」

夫が訊ねたいことはわかっている。だがおまさの胸には、芹沢が音羽太夫を斬った理由が得心ゆかぬまま蟠《わだかま》っていた。そのことには触れたくなかった。

「芹沢先生のご差配ぶりを、守護職さんも認めはったんどすやろ。これでみなさんも、みぶろなんぞと呼ばれずにすみますな」

「そりゃそやけど。いや、わしが思うにはな、永倉はんはちいとばかり目ェが眩《くら》んでしもたはるのやないかて」

「へえ。こうと思えばこうのご気性やさけな」

「いくら何でも、しらふで音羽こったいを手打ちにしやはったはずはないやろ」

おまさは答えなかった。侍がおなごを、ましてや京の華である島原太夫を斬り捨てたことには、酒乱もしらふもあるまい。忘れかけた憤りを掻きたてたくはなかった。

ともかく一刻も早くに新選組と縁を断ちたい。おまさの希いはそれだけである。

「ひとかどの人物やいうのは、わしにもわかるけどな。人物やったら、も少し世間を丸く渡るやろ」

「へえへえ、ごもっともどすなあ。丸すぎて物もよう言えん人物いうのも、考えもんや思いますけど」

嫌味が通じたのかどうか、夫は雨に色を増した中庭の苔を、ぼんやりと見つめていた。


下働きの女たちが金切声を上げて駆けこんできた。台所の敷居に蹴つまずいて倒れ、手にした桶の水が土間に撒き散らされる。女たちを家の中に押しこんだ男衆《おとこし》は、しんばり棒を抱えたまま震えていた。

「どないしやはった」

お勝が訊ねても、男衆は勝手口の戸を指さすばかりで声がない。

土間におりて、お勝はおそるおそる外を覗いた。軒先から流れ落ちる雨が幕になっている。そのうえ煙るような糠雨《ぬかあめ》で、長屋門の下で揉み合っている人影も朧《おぼろ》であった。踏み出そうとすると、男衆の手が帯を摑んだ。

「あかんあかん、関わりおうたらあきまへん」

やがて両脇を抱え上げられて、血まみれの男が曳《ひ》かれてきた。ずるずると蛇ののたくるように力のない足を引きずりながら、囚われた男は大声で泣きわめいていた。目の前を通り過ぎたとき、さしものお勝も悲鳴をあげた。腕のあたりを晒木綿で結んで血止めをしているが、泣き叫ぶ科人《とがにん》の両手は手首から先がなかった。男は「殺せ、殺せ」とわめき続けていた。

後から悠然たる懐手で歩いてきたのは、三番隊組長の斎藤一である。

「殺してよいならとうに殺しておるわ。舌を嚙ませるな」

男は水溜りに押さえつけられて、手拭を口に押しこまれた。

「詮議をいたしますゆえ、蔵をお借り申す」

お勝に有無を言わせず、斎藤は科人を引き立てて裏の蔵へと向かった。振り向けば使用人たちは、大黒柱の蔭にひとかたまりになって震えている。このところ市中見回りに出るたびに、浪士たちは人を斬っているらしい。新選組の看板を前川の門前に掲げてからというもの、まるで人殺しが公用だと言わんばかりである。それでも半死半生の科人を引きずってきたのは初めてであった。

「殺生なこととせんといとくれやっしゃ。うっとこを血ィで汚さんとくりゃす」

と、お勝は続いてやってきた隊士に懇願した。こうした文句を言うときには、なるべく齢かさの隊士を捉まえるようにしている。若い侍はまったく話にもならぬが、いくらかでも齢のいっている者ならば、他人の迷惑ぐらいはわかるであろうと思うからである。

　だが、そうそう話が通じるわけでもない。

「斎藤先生の居合を初めて見せていただきましたよ。いやあ、凄いものですな。先《ぽん》斗町《とちょう》のあの狭い路地で、腹をつき合わせるように、こうじいっとしばらく睨み合うておりましてな」

　年配の隊士は答えるかわりに、お勝に向けて腹をつき出した。

「何しろ狭いものですから、僕らは背中ごしに見ておるほかはないのです。相手が刀の柄に手をかけたとたん、抜き打ちに払い上げたら、手首が軒の上まですっ飛びまして。しかも返す刀で左手まで落としたのですよ。斬られたほうは、あまりの剣の速さに何が起きたのかとっさにはわからず、手首のない手で刀を抜こうとしておりました。そのうちようやく、足元に左手が落ち、軒下に右手が転がっているのに気付きましてね。これでは手も足も出ぬというわけで、つっ立ったまま泣き始めましたよ。やあ、凄いものを目の前で見せていただいた」

　おいおい、と非番の沖田総司が袴も着けずに出てきて、二人の間に割って入った。

「奥方に武勇伝など聞かせるやつがあるか。たいがいにしろ」

　言われても悪びれるふうはなく、隊士は沖田に頭を下げて蔵に向かった。

呆れ果てて返す言葉も見つからぬ。晴れて市中取締の御役目についたことも、新選組の名を頂戴したこともけっこうではあるけれども、お勝には地獄の釜の蓋が開いたとしか思えなかった。隊士たちは人殺しにうかれ上がっている。

「申しわけないですねえ」

と、沖田は寝乱れた髪に手を当てる。剽軽《ひようきん》者の笑顔に、お勝の気持ちはいくらか救われた。

「怪しい者は奉行所に引き渡せばいいものを、これからは屯所で詮議すると言い始めましてねえ。まずいですよねえ」

「そら、うっとこにしてみればえらい迷惑《やくたい》どすわ。どなたはんが言わはりましたんや」

文句をつけるのは大家の権限であろうと、お勝はきつい声で沖田を詰《なじ》った。

「そういう指図をするのは副長です」

「新見はんどすかいな」

「歳《とし》さんと新見さんが口を揃えて」

新見の言いそうなことではあるが、土方には似合わないとお勝は思った。両手を切り落とした不逞浪人を、血止めをしてまで引きずってくるからには、蔵の中で恐ろしい詮議が始まるのであろう。そんな酷《むご》い仕事を、土方がするとは思えなかった。

「なあ、沖田はん。うっとこはお白洲《しらす》や牢屋とちゃいますのやで。みなさんのお働きの手伝いなら喜んでさせていただきますけどな、おうちの中でおとろしいことはせんといとくりゃす」

「僕に言われましても――」

「そやけど、わての口から土方はんやら新見はんやらには、よう言われしまへん」

「はあ。お勝さんから苦情が出たということは伝えますが」

「そやないて。ほんまに、物のわからへんお人やねえ。わてはおとろしうて言えへんのに、お勝さんが言うたはった、はあらしまへんやろ」

この沖田という侍は、剣の腕前は随一ということだが、いっこうに物事の要領を得ない。剣術と愛嬌のほかには何の取柄もないという気がする。

「ええか、沖田はん。わてはこの屯所の大家や。それはわかったはりますわな」

「はい、わかってますけど」

「大家やいうのに、店賃《たなちん》もいただいてへん。おまけに三度の賄いをしてやね、お蒲団も枕も、蚊帳《かや》も茶菓子も、旅籠屋とおんなしにお出ししてる」

「はい。おっしゃる通りです」

「理不尽やァ思わらへんのんか」

「思います」

「思うたはるのやったら、その思うままを土方はんに言うとくりゃす。よろしおすか、沖田はん。お勝がそないに言うたのやないで。沖田はんがしみじみそないに思うたはるのや」

「しみじみ、とまでは思ってませんが」

「思わな嘘や。思いなはれ。あんたはんも大人の男どっしゃろ」

はあ、と沖田は追い詰められたように後ずさった。

剣の達人だとはいうが、沖田には二十歳の齢には見えぬ稚《おさな》さがある。八木のおさも同じことを言う。隊士たちと肩を並べれば、一番隊の組頭にふさわしい貫禄であるのに、おまさやお勝の前では稚い子供に返ってしまうのである。

いつであったか、「沖田はんは母親を知らへんのやないか」と言ったおまさの言葉を思い出して、お勝は責めるのをやめた。

「もう、よろしおす。沖田はんには無理や」

話を投げ出したのではなく、思いつめたような沖田が気の毒になってお勝は言った。世の中の仕組みも、人の情も何ひとつ知らずに、剣だけを頼りにして育ったのであろうか。たしかに沖田から剣を奪えば、おのれのおのれたるものの何ひとつ残らないような気がした。

まだ前髪の似合いそうな横顔を、沖田は雨空に向けている。「もう、よろしおす」

とつき放したお勝の一言を、詰《なじ》られたことより苦にしているように見えた。

ふと、妙な妄想がうかんだ。この人は道場で生まれ、道場の外の世の中を一度も見ずに育ったのではあるまいか。人は生まれながらにして、剣という三本目の腕を持っているのだと信じているのではないか。初めて外気に触れたのが京に上る旅であったとしたら、浮世離れのしたその印象も、得心がゆく。

雨を縫うようにして、奥の蔵から断末魔の悲鳴が聴こえてきた。

「一《はじめ》君は怖い人ですからねえ」

と、沖田は顔を顰《しか》めて言う。斎藤は沖田と同い齢だそうだが、逆に五つ上だと聞かされても肯くほどの大人に見える。それは生まれついて三本の手を持っている沖田と、刻苦して三本目の手を得た斎藤のちがいそのものなのであろうと、お勝は考えた。

二つの蛇の目を並べて、新見錦と土方歳三が歩いてきた。この二人の副長は、仲がよいのか悪いのかわからない。芹沢と近藤が膝を交えることがないぶん、双方の副長が意を通じ合わせなければならないのであろう。

こうして並べてみると、新見には格段の風格がある。壬生に来た当初は、芹沢、近藤と並ぶ局長であったものが、いつの間にか土方、山南と同じ副長に格下げされた。事情は知らない。おそらくは勢力の公平を期する意味であろうが、だとすると甘んじておのれの格を下げた新見は、いよいよ大物という気もする。

「新見先生。どうかうっとこの蔵で、殺生なことせんといとくりゃす。お頼《たの》申します」

お勝は勇をふるって言った。すると新見は立ち止まって苦笑し、ちらりと土方を見た。

「お頼申すべきは、土方君でしょう」

その土方は、お勝に一顧だにせず行ってしまった。

蔵は窓も扉も閉め切られたらしく、それからは科人のわめき声も絶えた。

台所で身をすくめる使用人たちを急《せ》き立てて、お勝は夕餉《ゆうげ》の仕度にかかった。隊士の総数は五十人余だが、新選組の名を賜ってからは二組が巡察に出ており、非番の外出で不在の者も多いから、せいぜい三十人分の膳でこと足りる。ほとんどの隊士が三度の飯ばかりを楽しみに日がなごろごろしていた以前よりは、賄いもずっと楽になった。しかも会津の公用方から、荷車一台分の米と味噌も運ばれてきた。

「斎藤先生の御組はお食べにならはりますのやろか」

女中頭に訊かれて、お勝は胸の底に追いやっていたことを思い出した。三番組の隊士たちも、二人の副長も蔵から出てきた様子はない。

お勝が蔵に向かったのは、彼らの腹具合を案じたからではなかった。見てはならぬもの、けっして覗いてはならぬものに対する暗い興味が、お勝をつき動かしたのだった。

壬生寺の暮六ツの鐘が、糠雨を被って響いた。

新選組が平穏な壬生村の魔物であることにちがいはない。しかし見知らぬ男たちが突然持ちこんできた不穏なるもの、常ならぬおどろおどろしいものに、意味もなく蠱惑《こわく》されることがある。忌避する心とはうらはらに、体は凶事《まがごと》に向いて靡《なび》く。

蔵の扉は固く鎖《とざ》されていたが、力をこめて引くとすきまが開いた。

お勝は見てはならぬもの、けっして覗いてはならぬものを見た。

「まだ死なせやしねえぞ。殺してほしいんなら吐きゃあがれ。一思いに首を落としてやらあ」

素裸で梁《はり》から吊り下げられた科人を、木刀で打擲《ちょうちゃく》しているのは土方であった。お勝は目を疑った。斎藤も新見もその剣幕に怯《ひる》んで立ちすくんでおり、そのほかの隊士たちはなす術もなく壁に張りついていた。

「殺せ」と、科人は血泡を噴きながら呻いた。

「おめえは殺さねえ。殺してくれと言うんなら、倅を殺してやろう」

木刀を投げ捨てると、土方は脇差を抜いた。科人は抗う力もなく、後ろ手に縛られた体を、百目蠟燭の光の中に泳がせるだけであった。

「やめろよ、土方君」

新見が言った。

「ただの脱藩者かもしれんのだぞ」

そう言った斎藤の鼻先に、土方は脇差の切先を向けた。

「おう、斎藤。おめえ、そのただの脱藩者の両手を叩き落としておいて、何を仏心なんぞ起こしゃあがる。この野郎は長州人にちげえねえんだ。だったら脱藩も糞もあるか。やい長州、おめえの相棒の居場所をひとつでも吐きゃあ、倅ひとりを殺すたァ言わねえ。親子ともどもあの世に送ってやらあ。どうだい」

土方は科人の体を胸から腹へと撫で、股座《またぐら》に縮み上がった錘《ふぐり》と茎とを摑んだ。

「てめえの大事《でえじ》な倅がよォ、てて親と別れ別れじゃあ、三途の川も渡れめえ」

科人は目を瞑《つむ》った。

「ほう。冷てえてて親だな。そんなら本意じゃあねえが、ばらさせてもらうぜ。ひとつ積んでは父のためえ、かい」

錘の根元に当てられた脇差が、ぎりりと挽《ひ》かれた。男は体をしならせながら、犬の遠吠えに似た悲しい声をあげた。

「二つ積んでは母のためえ」

錘は土方の指の間から垂れ下がってしまった。茎がゆっくりりと挽かれた。

「三つは――何だったっけか。忘れちまった」

なかばまで切り落としてから、土方は男の体にぶら下がるようにして、その体の部分を引きちぎった。

「腕にはせっかく血止めをしてやったのに、股座じゃあどうしようもねえや」

傷口から夥《おびただ》しい血が流れ落ち、命が抜けるように男はうなじを垂れた。

「なんだ、くたばっちまったぜ。だらしのねえ侍だな」

お勝は蔵の扉を離れた。下駄の音を忍ばせて遠のき、井戸端で蛇の目をさした。

見てはならなかったものは、酷い拷問ではない。まったく思いも寄らなかった鬼の姿を、お勝は見てしまったのだった。傘を打つ雨音が降りしきる縫針に思えた。

「やあ、これはお騒がせいたしました」

いつに変わらぬ明るい声が、お勝の背を呼び止めた。

「あの、お夕飯は」

震える声でお勝は訊ねた。

「いただきますとも。どうも若いやつらは乱暴でいけません。奉行所に連れて行って傷の手当もさせますので、どうぞご心配なく」

もし蔵まで行かずに、ここで土方と行き会うていたなら、何の疑念もなく信じたにちがいない笑顔だった。

「ご無体はせんといとくりゃす」

ようやくの思いでお勝は言った。

「無体も何も、きょうびの侍はさほど強情ではござりませぬ。荒事に及ばずとも、知っていることはしゃべりますよ」

この男は侍ではない、とお勝は思った。長州人を憎んでいるのではなく、侍を憎んでいる。それも、深く根を張った心の奥底から。

土方は井戸端の桶に溜まった雨水で手を濯《すす》ぎ、豊かな鬢を撫でつけた。血の臭いの立ち昇る羽織の背に傘をさしかけながら、お勝はこみ上げる吐気をこらえた。

十一

長雨が上がっても、京に秋の来る気配はなかった。

島原を囲む田圃では、青いまま丈ばかり伸びてしまった稲が、実入りの悪い穂を垂れていた。あらかたはこのまま立ち枯れてしまうやろと、通りすがりの百姓が糸里に言った。

島原から壬生村に続く一筋の道である。坊城通という名はついているが、このあたりには民家も疎《まば》らで、右も左も見渡す限りの稲田であった。中堂寺の伽藍《がらん》を、田の中の虚しい砦のように望むばかりである。

そうした景色とはうらはらに、糸里の胸は弾んでいた。朝早くに壬生から使いがきて、土方の意を伝えた。壬生浪士組も晴れて新選組の名を賜り、糸里天神に会おうにも忙しうて島原を訪ねることさえままならぬ。ついては壬生の屯所にて昼の膳でもいかがか、と。

唐突な誘いを訝《いぶか》しんで、輪違屋の女将は男衆《おとこし》をつけると言ったが、糸里は精一杯の大人の口調で、「いけずなこと言わんといとくりゃす」と断った。

島原の妓《おんな》が、どういうふうに初めて男に抱かれるのかは知らない。だがたぶん、それは夜ではないような気がする。芸事で客をもてなす島原は、子《ね》の刻の大引けで座敷を閉めてしまうから、二人きりの夜を過ごすどころか、祇園のような雑魚寝《じゃこね》すら許されはしない。だとすると、昼ひなかのどこかしらで逢引をするほかはない。

置屋の許しさえあれば、妓たちの外出がとりたてて咎められることもなかった。

桔梗屋《ききょうや》の吉栄《きちえい》は、大それたことに大門の近くの仕舞屋《しもたや》を逢引の場にしているという。もっとも島原の妓は稽古事や夜の仕度で忙しいから、そのほうが理に適《かな》っているともいえた。逢引の手筈は、先に男が仕舞屋の二階に上がり、意を受けた家主の婆様が大門を潜って、桔梗屋に走るのだそうだ。むろん桔梗屋が知らぬはずはないが、相手が客なのだから文句をつける筋合でもない。

その相手の平山五郎も、八月十八日の御所の騒動以来、とんと音沙汰がないという。身に万一のことがあれば誰かが報せるはずだから、よほど忙しいのであろう。

できれば行きがけに平山を訪ねて、無事を確かめていこうと糸里は考えていた。組頭の平山が忙しいのでは、副長の土方はもっと忙しいにちがいなかった。そのさなかに人を立てて呼び出すからには、昼の膳だけではすまぬような気がした。壬生に向かって歩くほどに、待ちこがれていた日はきょうなのかもしれぬと、糸里は思い始めたのだった。

気ばかりが急《せ》いて、田圃の先に見える壬生寺の甍《いらか》はなかなか近寄ってこなかった。歩きながら糸里は、髪の根から首筋へと伝う汗を拭った。

抱かれる前に、風呂を使えるだろうかと思った。このごろ、汗をかくたび大げさに漂い出る女の匂いが、鼻について仕方がない。

あの長雨のさなか、吉栄は輪違屋に入りびたりであった。あれほどのんびりと語らい合ったことはいまだかつてなかった。男女の色恋に終始する吉栄の話は、初めのうちこそ聞くだにおぞましかったが、耳慣れてしまうと糸里のほうからあれこれ訊ねるようになった。そうしたことにかけては、むろん吉栄のほうが齢なりに大人である。

「なあ、糸ちゃん。男はんの好いた惚れたは、とにもかくにもすることとしやはったあとからやで。惚れたいうのんは、惚れたさかいさせェいうこととやしな。そやけど、することとしやはったあとから、ほんまに惚れるいうことはあるのんや」

「何やら、むつかしいなあ」と、糸里は相槌も打てずに言ったものだ。

「することしやはったら、子供あつかいのおなごでも惚れてくれはるかもしれへん、いうことどっしゃろか」

吉栄は少し考えてから、身をよじって笑った。

「土方はんのこっちゃろ」

「へえ。いっかどのおなごとして惚れてくれはるのやったら、それもええなあて」

「あかんあかん。糸ちゃんの体は、高う売らな嘘や。ええか、壬生浪士組は新選組いうお名前を賜って、この先は御守護職さんの立派な御家来や。ましてや土方はんは副長で、ことと次第によっては大名旗本に出世しやはるかもしれへんのやで。そやとすると、糸ちゃんは好いた惚れたやのうて、ふたつにひとつの道を考えなあかん」

「ふたつに、ひとつ――何やの、それ」

「ひとつは、身請けしてもろて、奥方におさまるこっちゃ」

糸里は息が止まるほど驚いた。それはしばしば夢見ることではあるけれど、体の契りを抵当《かた》にして得られる夢であるなどとは思ってみたためしもなかった。

「もひとつは」

「そら、わかるやろ。身請けしやはるほどの甲斐性がおへんのやったら、せめて太夫あがりの旦那になってもろて、大裲襠《おおうちかけ》から櫛笄《くしこうがい》までのしめて五百両、髙島屋にでも大丸にでも注文してもらうのや。なあ、糸ちゃん。好いた惚れたもけっこうやけどな、あんたはんも島原の天神なら、それくらいの高売りせな嘘やで」

口で言うほど簡単なことではあるまい。その証拠に、吉栄が平山とのかかわりにそうした打算を抱いているとは思えなかった。それとも、糸里ならそれができると、吉栄は言いたかったのであろうか。

考えることはそれきりやめた。大切な体であればこそ、いずれ身請けされたり、太夫あがりの旦那に捧げる前に、好いた人に貰うてほしいと思った。

壬生をめざして歩きながら、糸里は伴のいないつれづれに独りごちた。

「きっちゃん、どないする気ィやろ」

長雨のようよう上がった帰りしなに、吉栄はまるで他人事のように呟《つぶや》いたのだった。

やや子ができてしもうた。五郎はんのお子ォやねん――。

糸里の弱い眼《まなこ》にも、青空を押し上げて膨らむ入道雲は白く猛《たけ》々《だけ》しい。

「おまささん。見ましたえ、拝ませていただきましたえ」

座敷に膳を上げて台所に戻ってきたとたん、前川のお勝は素頓狂な声をあげた。

「どや、お勝さん。男はんに遊ぶなァ言うのが、どれほどの無体かわからはったやろ。あれが島原の天神や。おなごのわてらかて胸がどぎまぎするのやさかい、男はんが通いつめて身上《しんしょう》つぶすなぞ、わけもおへん」

「そやけど、いやァ、ほんまにどえらいべっぴんさんどすなあ。お化粧しやはってるわけでもなし、髪はお福に結わはって、お着物かて地味ィな単衣《ひとえ》物どすやんか。お座敷に上がらはるときは、きちんとおめかししやはるのどっしゃろな。身上つぶす前に、目ェがつぶれてしまうがな」

おまさは勝手口から顔を出して、奥座敷を覗こうとする使用人たちを叱った。女中たちも男衆も、島原傾城《けいせい》をひとめ見たい一心で仕事が手につかぬ。

土方歳三から、三人前の昼膳を頼まれたのはけさのことである。客は島原輪違屋の糸里天神であるという。何でも芹沢が無礼討ちにした音羽太夫の可愛がっていた妓で、遅ればせながら詫びを入れるのだそうだ。

「それはまあ、芹沢はんも殊勝なお心がけや思いますけどなあ。ところでおまささん、あの天神さん、お名前は何ていわはるのどすか」

昼餉《ひるげ》のいきさつを聞いたあとで、お勝はいくらか不審げな言い方をした。

「何や、おたくさんのご主人が懸想《けそう》したはるお人でもいたはるのかいな」

「いえいえ。うっとこの主人は島原なんぞ敷居が高うてよう行かしまへん。祇園の芸者遊びがせいぜいどす」

　土方が口にした名を、おまさは思い出そうとした。

「ええと、何て言わはったかいな。いと……いと、何やら」

「やっぱり」と、お勝は肯いた。

「糸里、どっしゃろ」

「ああ、そうや。そないに言うたはったわ。糸里はんや。その糸里はんがどないしやはった」

　お勝はおまさの袖を引いて、台所の端に誘った。それから葱臭い息を吹きかけながら、耳元に囁いた。

「土方はんの、ええ人や。まちがいない。輪違屋の糸里天神やがな」

「どうしてお勝さんが、そないなこと知ったはるのや」

「どないもこないも、若い隊士さんが井戸端で噂してはるのやもん、いやでも耳に入りますがな。土方副長のええ人は島原輪違屋の糸里いうて、そらもう、どえらいべっぴんやて」

　どうでもいいことではある。しかしそう聞けば、おまさも年甲斐もなくうっとりとした気分になった。土方の男ぶりは、おなごならずともすれ違う人が振り向くほどである。糸里と並べれば、まさしく対《つい》の雛《ひな》を見るようであるにちがいない。

「なるほどなあ。そやけど、土方はんからすれば難儀な話やんか。芹沢はんの斬らはった太夫が、ええ人の姉さんやったいうことどっしゃろ」

「そうどすな。ほいで、ようよう芹沢先生に詫びを入れさせる、いうことどす。あの気位の高い芹沢はんが、よう了簡《りょうけん》しやはりましたな。土方はんも大したもんや。近藤先生が仲に立ついうならともかく、堂々と芹沢先生に頭を下げさせるやなんて」

「まあ、こういう話どしたら、近藤先生はあんがい役に立たへんのやろ」

このごろになって気付いたことなのだが、芹沢と近藤とは競《せ》り合うというふうがはなからなかった。たがいに蔭ではとやかく言っていても、面と向かえば他人行儀になってしまうのである。むしろ、やり合うのは芹沢と土方で、そう思えばこの場に近藤がいないことも自然であった。

「はてさて、どないな話になるのやら、こっそり聞かしてもらいまひょか」

おまさは足音を忍ばせて裏座敷に上がった。八木家の家族が寝起きする六畳間は中庭に面しており、廊下ごしに三人の語らう声を聞くことができた。手招きをすると、お勝も座敷に上がりこんできた。

幸い蟬《せみ》の声は暦通りに絶えており、鶏は眠っていた。苔庭に陽の光ばかりの降る午下《ひるさが》りである。

いきなり、芹沢の野太い掠《かす》れ声がした。詫びる様子など毛ばかりもない、高飛車な物言いである。

「天神にわざわざご足労願ったのは、拙者からのたっての頼みごとをお聞きいただきたいからだ。先だって、天神はわが配下の平間重助君とお会いになられたな」

　やや間を置いて、「へえ」というとまどいがちの声が聞こえた。

「いやはや、その平間が、年甲斐もなく天神に懸想いたしましてな。そなたのようなべっぴんには、四十年の生涯中、ただの一度も会うたことがない、思いを遂げられるのなら死んでもよい、とまで言うておるのです。平間は水戸の在所以来のわが郎党でござる。拙者はご存じの通り、身を粉《こ》にして国事に奔走いたしており、平間の忠義に報いられずにおることが、いささか心苦しうてたまらぬのです。そこに、これなる土方君が天神の馴染みであると聞きましてな。さなるお頼みごとを島原の廓内《くるわうち》で口にするのも不粋と思うて、土方君からお呼びたていたした次第でござる」

　おまさとお勝は顔を見合わせた。驚きが思わず声に出そうになって、唇を袖で押さえた。お勝の口癖を借りるのなら、これほど毒性《どくしょう》な話はあるまい。

　糸里は黙りこくっている。背筋を伸ばしたまま、首だけをうなだれる若い妓の姿をありありと思い描いて、おまさの胸は痛んだ。

　いかに玄人《くろうと》とはいうても、島原傾城は売女《ばいた》ではない。最高位の太夫ともなれば、正五位を賜って御所にも出入するという。その太夫に次ぐ位の天神に向かって、何という無礼を言うのであろう。いや、無礼なのではなく、勘違いをしているのだとおまさは思った。芹沢も土方も、京を知らぬ。京の島原と江戸の吉原の区別もつかぬから、こんな無体を言うのだ。

しばらく気まずい沈黙が続いて、土方が椀を啜りながら言った。

「なあ、天神。急な話でさぞかしびっくりしてるだろうけど、ここはひとつ俺の立場をくんで、了簡しちゃあもらえめえか」

辛抱たまらずにお勝が腰を浮かせた。あかん、と声に出さずに頭を振って、おまさは宥《なだ》めた。

怒鳴りこみたい気持ちはおまさも同じである。島原の格式を土足で踏みにじったばかりか、おのれの女を他人に差し出すとは許しがたい。

しかも、体《てい》のいい恫喝である。断ればおまえも無礼討ちだと、芹沢は暗に脅しているにちがいなかった。

芹沢の説諭が続く。

「あの平間という男は、さしたる器ではないがすこぶるまじめな人物での。四十にもなって酒もろくに飲めぬ、女遊びもできぬ。そのような者に、天神を口説く度胸などあるはずはござるまい。のう、天神。こうして口に出したからには、拙者にもそれなりの覚悟はある。むろん、仲人を買って出た土方君の立場もあろう。どうだ、けっして悪いようにはせんぞ」

恫喝はもはや明らかであった。この場は何とか生返事で切り抜けてほしい。時を稼いでさえくれれば、亭主の源之丞にことのあらましを伝えて、芹沢と土方を諫《いさ》めることもできる。

糸里が言下に断りはせぬかとおまさは気が気ではなかった。芹沢はまださほど酒が回ってはいないから、たちまち手打ちにするはずはなかろうが、返答の次第によっては必ず痼《しこり》が残る。いずれ酔うた芹沢が難癖をつけ、またしても刃傷《にんじよう》に及ばぬとも限らなかった。

「この場で返答しろってえのも、酷だよな。ま、天神も話の中身はわかったろうから、あとは気心の知れた俺と相談するってことで――それでいいでしょう、芹沢さん」

土方の物言いは、いかにも飯のついでのようにあっけらかんとしている。話しながら咀嚼《そしやく》する品のなさに、おまさは眉をしかめた。

お勝が指先でおまさの帯をついついて、安堵したように肯いて見せた。心配することはない、とでも言いたげである。

なるほどとおまさも得心した。芹沢の言い出したことを無下《むげ》に断りきれず、土方は文字通りのお膳立てだけをしたにちがいない。言うだけのことを言わせておいてから、あとはうまく芹沢を丸めこむ肚積りなのであろう。その筋書ならば納得がいく。いかにも土方流の策略である。おそらく糸里も、かねてよりの段取り通りに、一芝居打っているというところか。

ところが次の瞬間、おまさもお勝も息を詰めた。二人が考えだにせぬ返答を、糸里がきっぱりと口にしたのだった。

「芹沢先生のお頼みごと、しかと承りました。平間はんには、糸里が承知したとお伝えやしとくりゃす」

いかにも覚悟を決めたような、細く鋭い声であった。

「さようか」と、芹沢は鉄扇でぱしりと膝を叩き、快哉《かいさい》の声を上げた。それから、さも大仕事をなしとげたとでもいうように、荒々しく湯漬けをかきこんだ。

「そうと決まれば善は急げだ。さっそく平間に次第を伝えて参ろう。いやはや、有難い。あの爺めの喜ぶ顔が目にうかぶわい。魚心あらば水心とは、まさしくこのことだな」

芹沢がそそくさと席を立つ気配がした。おまさは梯子段の裏手をめぐって、玄関に芹沢を見送った。

晴れがましい顔を見上げても、おまさは笑顔を繕うことができなかった。

「これはおまさどの。うまい湯漬けを馳走になった。いつもいつもかたじけない」

「めっそうな。お粗末さんどした」

言うにつくせぬ怒りの言葉を、おまさは片端から嚙み潰して頭を下げた。たとえどれほど正当な憤りであれ、女房が面と向かって口にすることではなかった。

「待ちなはれ、芹沢はん」

おまさの背を押し倒すようにして、お勝が玄関先に躍り出た。下駄もはかずに芹沢の肩を摑んで、外へ引きずり出す。

「何をなさるか、お勝どの」

「どないもこないもありますかいな。よろしおすか、芹沢はん。わてはあんたはんのねえさんや思て、文句を言わしてもらいますえ。京のしきたりやァ、島原の格式やァて、じゃまくさいことは言わしまへん。せやけど、島原天神いうたかて、まだほんのおぼこい娘やあらしまへんか。あんたはんは、おなごを何やと思たはるのどす。犬か猫のように思たはるのやろ。平間はんのご忠義に報いたいのやったら、あんたはんが身を慎むことや。ほかに平間はんの喜ぶことなぞ、あらしまへんのやで。これ、聞いたはるのんか」

お勝の勢いに気圧《けお》されて、芹沢は後ずさりながらおまさに目を向けた。幸い酒の回らぬうちの芹沢は、うろたえるばかりである。

「ええか、芹沢はん。わてにはあんたはんのほかに、どうしょうもない実の弟がいてる。知っといやすな」

はあ、と答えたまま、芹沢はまたおまさに目で助けを求めた。

「知らへんとは言わさしまへんえ。あんたはんに女房を寝取られた、菱屋の太兵衛どす。わての弟は、どれもこれも男の屑や。男の屑いうのんは、甲斐性なしのことやおへん。甲斐性なしも道楽者も男のうちやけど、おなごをおなごと思わへん男は男の屑や。人間の屑や」

いくらか溜飲を下げてから、おまさは式台をおりて二人の間に割って入った。

「言いすぎやで、お勝さん。すんまへんなあ、芹沢先生。どうか堪忍《かんにん》しとくれやっしゃ。聞かでものお話が、ついつい耳に入ってしまいましたんや。前川のおうちでは、うっとことちごうて辛抱でけへんこともいろいろとありまっしゃろ」

お勝はふとわれに返ったように、芹沢の羽織を摑んだ手を放した。

「あかん、頭《どたま》に血ィが昇ってしもた」

芹沢は深く息を抜いて、羽織の衿を正した。まったくの正気ではあるが、二人をぎろりと睨んだ目付きが怖ろしかった。

「いかに家主とは申せ、盗み聞きをなされるのはいささか行儀が悪いですぞ」

かかわりを避けるように踵《きびす》を返してから、芹沢は肩ごしに妙なことを言った。

「男の屑には参りましたな。その言葉、座敷に戻って土方君に言うてやるがよい。屑ならあっちだ」

歩み出しながら、芹沢は高笑いをした。

糸里は膳に手を付けもせず、芹沢の立ち去った座敷にぼんやりと座っていた。

おまさが訊ねると、黒目の勝った大きな目を庭先に向ける。

「土方はんは」

「お庭のほうから出ていかはりました。わてにごてくさ言われるのはともかく、おかあさんらにお説教されては、立つ瀬ない思たんとちゃいますやろか。履物もはかずに逃げはりましたわ」

芹沢を送り出すと、おまさもお勝もしばらく玄関先で悔し涙にくれていた。糸里の目に涙ひとつうかんでいないことが、おまさには意外でならなかった。

この天神は、姿かたちばかりか心までもが人形なのではないかと、おまさは疑った。

「立ち入ったこと、お訊《たん》ねしてよろしおすか」

おまさは糸里のかたわらに座った。

「天神は、おいくつにならはるのどすか」

「十六どす」

若さを恥じるような言い方であった。

「土方はんとは、ええ仲やとお聞きしてますけどな」

少し考えるふうをしてから、大きな目を蓋《おお》う睫毛を扇を擱《お》くように伏せて、糸里は小首をかしげた。

「わては好いてますけど、土方はんは子供や思たはります」

「ええ仲、いうわけやおへん言わはりますのんか」

「へえ。たまァに、お寺さんに詣でたり、お昼のお膳立てしてくれはりますけど」

ああ、ああ、とどうしようもない声を上げて、お勝がへたりこんだ。

「毒性なこっちゃ。土方はんは人間の皮をかむった鬼やで。芹沢先生の捨てぜりふが、わてはようわかりましたわ」

お勝の言うところはもっともである。おのれの女を差し出すのも許しがたいが、片恋の娘心を逆手に取るとは、まさしく鬼の仕業であろう。

立ち入ったことではあるけれど、おまさはもう少し事情を訊かねば気がすまなくなった。

「なあ、天神。あんたはん、どうしてあないな話、引き受けはったんや。まだ男はんも知らへんのやろ。ちゃいますのんか。どうえ」

八木の家には女子がいなかった。やや子のまま死んでしまった娘の齢を胸で算《かぞ》えると、おまさの涙は止まらなくなった。

この天神は人形ではない。人並に涙を流すこともままならぬほど、幼い時分から芸事に励んできたのではあるまいか。おまさの問いかけに答えあぐねて、糸里は左手の指を鎧《よろ》った胼胝《たこ》を、爪の先で弄《もてあそ》んでいた。

ふいに、裏庭の珊瑚樹で油蟬が鳴き始めた。その声のうとましさに顔をもたげ、見えぬものを見きわめようとでもするように目を凝らして、糸里は静かな口調で言った。

「芹沢先生は、あの人に踏絵を踏ませましてん」

おまさはしばらく考えねばならなかった。背のうしろで、お勝の啜り泣く声も止んだ。

「土方はんからは何も聞いてへんかったんどすけど、わてにははっきりわかりましてん」

「どういうこっちゃ。わてにはわからしまへん」

「あの人は、芹沢先生と真剣勝負しやはったんやと思います。それこそ、どっちかが死ななおさまらへんいうくらいの。壬生浪士組が新選組に出世しやはって、芹沢先生のお働きはどなたさんも感心しとおいやす。押しも押されもせえへん局長さんどす。その芹沢はんが、忠義の証にわてを平間はんに添わせなはいと、土方はんに言わはったんどす。そうにちがいないと思たから、わてはお引き受けしました。そやないと、あの人のお命は亡《の》うなってしまいますやんか」

昂《たかぶ》りも怒りもなく、そうすることがまるでさだめのように語る糸里が哀れであった。世の男すべては、女のやさしさを食ろうて生きている。ままごと遊びのたわむれのころから女という女がみな持ち合わせている母の情を、世の男どもはわが身の僥倖《ぎょうこう》と信じて、甘えつつ生きている。

その理不尽に気付かぬ糸里が、おまさは哀れでならなかった。

「あの人は、あんたはんが真心を捧げはるよな男やないで」

叱るようにお勝が言った。言い返すかわりに、ほのかな紅をさした唇を嚙んで、糸里は悲しいことを言った。

「おかあさんらは、親も子ォもご主人もいたはりまっしゃろ。こないに立派なお屋敷に住まはって、お幸せに暮らしておいやすのやろ。そやけど、わてには何もおへんのどす。わてのことを大切に思てくれはる人は、いてへんのどす。せやから、わてが心の底から好いて、命よりも体よりも大切や思うお人が、いやはってもよろしおすやんか。それもあかん言わはんのやったら、わてはそれこそ犬や猫とおんなしやおへんやろか」

おまさは思い当たった。糸里は無礼討ちにされた音羽太夫が、妹のように可愛がっていたという。おそらく糸里は、慕いもせず慕われもせずにひとりぼっちで死んで行く花街の女の悲しさを、目のあたりにしたのであろう。

おそるおそる、お勝が訊ねた。

「そう言うたかて、土方はんはあんたはんを好いたはらへんえ。好いたおなごを、他人に抱かせはるはずはあらへんのや」

「かまへんのどす」

と、糸里は庭から目を戻して、にっこりと笑った。

「あの人が踏絵を踏まはって、ほいで芹沢先生と仲良うでけるのやったら、それでええのどす。おやかまっさんどした。ごめんやしとくりゃす」

雅《みやび》なしぐさでお辞儀をすると、糸里は腰を上げた。挙措の逐一におまさは見惚《みと》れた。面ざしはあどけないけれど、隙のない動きは若さをいささかも感じさせなかった。

陽ざかりの甃《いし》の上を、駒下駄の音が遠ざかってゆく。

魂が天に飛んでしまったような気分は、さめた怒りのせいでも、流した涙のせいでもなかろう。花よりも紅葉よりも美しいものを、おまさは見たのだった。

長雨に湿《し》けった土の底から、陽に焙り出された陽炎《かげろう》が立ち昇って、坊城通の行く手は気味悪く揺らいでいた。湿気は着物の裾を這《は》い上がり、脛をじっとりと濡らした。

悪い夢を見ているのだと糸里は思った。こんなことが現《うつつ》であろうはずはなかった。土方はどこへ消えてしまったのだろう。焼杉の板塀や築地《ついじ》で囲われた壬生屋敷の、どこかにいるにはちがいないのだが、今さら声を出して呼ぶことは憚《はばか》られた。人々がふいに目の前に現れ、言うだけのことを言ってまたふいに消えてしまったさまは、たしかに夢のようである。今しがた自分が何を聞き、どう答えたのかを思い出そうとしても、頭は働いてくれなかった。

初めて訪れた壬生村のたたずまいも、夢の中の風景であった。周辺は見渡す限りの稲田と水菜の田圃で、そのただなかに勅願寺の壬生寺の壮大な伽藍があり、郷士の館がいかめしく建ち並んでいる。京ではないどこか見知らぬ御城下を歩いているような気がした。

通りすがった屋敷の裏木戸から、揃羽織に襷掛けもものものしい隊士が出てきて、ぎょっとしたふうに糸里を見つめた。眉が秀で、鼻筋の通った顔立ちが島原の妓たちにも人気のある、組頭の原田左之助であった。

「やや、誰かと思うたら、糸里天神」

原田は宵の島原で会っても、いつも陽向《ひなた》の匂いがする侍である。一本気の気性で、顔付きが翳《かげ》っていたためしがない。酔うほどに愛嬌をふりまく良い酒を飲んだ。

「おつかれさんどす、原田先生」

「いやいや、務めはこれからだ。土方さんなら中におるぞ。呼ぶか」

糸里はかぶりを振った。もし土方を呼び出して話を蒸し返されたら、夢が現になってしまう。

「土方はんやのうて、平山はんはいたはりますか。桔梗屋の吉栄天神から言伝《ことづて》を頼まれましたんやけど」

「平山さんか。ええと、めっかち平山ァ――」

とお道化て木戸口を覗き、思いついたように原田は言った。

「平山さんの組は上番中だ。俺の組と交替だから、ぼちぼち戻るころだろう。壬生寺にいねえかな」

「壬生寺さんどすか」

「ああ。平山さんは俺なんぞとちがって、お務めに気合が入ってるからな。巡察の行きと帰りには、壬生寺で調練をするのがきまりなんだ。気ヲ付ケェ、なんて号令かけてよ、幕府の歩兵隊だって顔負けのフランス式だぜ」

言われて耳を澄ませば、なるほど壬生寺の境内から、鶏のような甲高い声が聴こ

えてきた。

「俺も真似してみるかな。組頭が甘いもんだから、ほれ、あのざまだ」

振り返ると坊城通と綾小路の辻に、いかにも気倦《けだる》そうな隊士たちが集まり始めていた。原田は手槍の鐺《こじり》で地を突きながら、「集まれェ」と叫んだ。

「ほな、お気張りやす」

やはり夢などではあるまい。原田と配下の隊士たちに頭を下げて、糸里は壬生寺へ向かった。

伊予松山の中間《ちゅうげん》であったという原田は、いったいどうしたいきさつで、新選組の助勤を務めることになったのだろう。おなごの一生は定められているのに、男の人生はそれほど勝手気儘《きまま》なものなのであろうか。

酒の席で、隊士たちはしばしば故郷の話をする。よその藩士たちはみな生まれ育ちが同じだから、そうした話題は新選組ならではの面白さである。まるで京にいながらにして諸国漫遊をしているようで、妓たちはみな耳を欹《そばだ》てる。水戸が語られ、江戸が語られ、多摩の里やら四国伊予の話やら、ときには下座で相伴に与《あずか》る平隊士の口から、雪深い奥州の話も聞くことができた。

そんなふうにあちこちからやってきた隊士たちが、この小さな壬生村に集まって同じお務めをしていることが、糸里にはふしぎでならなかった。人々が新選組を妙

な侍たちだと思うのは、たぶんそのことが一番のふしぎだからなのであろう。

京詰めの諸藩の侍たちには、それぞれ判で捺《お》したような色があるのに、新選組の隊士たちはひとりひとりが、顔つきも気性もちがえば、使う言葉すら異なっているのだった。

あの浅葱色にだんだら染めの揃羽織がなければ、怪しげな烏合《うごう》の衆である。うまいものを誂《あつら》えたものだと思う。

壬生寺の山門から、糸里はしばらく調練の様子を眺めた。

十人ばかりの隊士が二列に足並を揃え、まっすぐに歩いてはまるで指矩《さしがね》で計ったように向きを変える。そうして境内を真四角に歩くあとを、近在の子供らが真似て歩いている。糸里の目では朧《おぼろ》げにしか見えないが、四角のまん中で号令をかけているのは平山五郎なのだろう。

見ているうちに何だか楽しくなって、糸里も足踏みを始めた。

「おいっち、にィ、おいっち、にィ」

男はんはええなあ、と思う。お天道様がさんさんと降り注ぐ広い境内で、力いっぱいに声を張り上げて歩くことができる。

「おいっち、にィ、おいっち、にィ、向きをォ、変え」

お化粧もせえへんでええし、汗も気にせえへんでええ。そしてたぶん――生まれ

育ちも、親兄弟のことも、みな忘れてしまっているにちがいない。

糸里はいつの間にか汗を拭うのも忘れ、着物の裾から脛がこぼれるのも気にせずに、指先をぴんと伸ばし足を高く上げて地を踏んでいた。

もいちど生まれ変わるのやったら、どないしても男がええ。おなごに生まれて得なことなど、何ひとつもあらへん。たとえ戦に出て斬死をしようが、それもまた本望やろ。

隊士たちの笑い声で、糸里はわれに返った。

「何だ、変わったやつだな」

玉の汗を拭いながら、平山五郎が目の前で言った。糸里はあわてて裾前を斉《ととの》えた。

「あんまりおもろうて、つい」

怖ろしげな隻眼《せきがん》を歪めて、平山は笑った。

「まるで子供だな」

平山は男の匂いを吸いこんだ手拭で、糸里の額を拭ってくれた。されるがままに目を瞑《つむ》る。きっちゃんはこの匂いが好きなんやろと思った。

「平山はん」

目をとじたまま、糸里は言った。

「お言伝《ことづて》、聞いとくりゃす」

答える前に、平山は隊士たちに解散を命じた。鞘鳴《さやな》りが遠ざかるのを待ってから、糸里はうっすらと瞼をもたげた。

「何だ」

「きっちゃんが」と言いかけたとたん、わけもなく糸里の胸はつぶれてしまった。

「おきちが、どうかしたか」

平山は不安げに言う。濁声《だみごえ》に隠されたやさしさが、糸里の胸にいっそう応えた。

この人は、きっちゃんをお嫁はんにしたい言わはった。

「きっちゃんは、首を長うして待っとといやす。五郎はん五郎はんて、御身を心配したはります。会うたげて下さい」

平山は苦い笑い方をして、少し照れるように鬢《びん》を撫でつけた。

「会いたいのは俺も同じだが、隊務が忙しうてならぬ。江戸者は腕こそ確かだが、場数が足らんのでな。ここ一番の捕物には、俺が出て行かねばならんのだ」

そう言うと平山は、空を見上げて切なげな息をついた。それは隊務に疲れた息ではなく、吉栄を心から恋い慕う男の吐息であった。

吉栄の腹におのが子の宿っていることを、平山は知るまい。告げてしまいたい気持ちを押さえこむと、かわりに涙がこみ上げた。

「きっちゃんを、お嫁さんにしたげて下さい。後生《ごしょう》どす」

糸里はしんそこ吉栄を羨《うらや》んだ。現を夢と信じていたからこそ弾《はじ》けることのなかった悲しみが、魔物のように糸里を抱きしめた。とたんに膝が折れて、糸里は平山の足元に蹲《うずくま》った。

「どうした、天神。何かあったのか」

糸里は震える膝頭を抱えこんだ。今しがたの怖ろしい出来事は、けっして口にしてはならなかった。それを言えば、あの人が侮《あなど》られる。いかな事情があるにせよ、男として許し難いことをしたのだから、きっと蔑《さげす》まれる。

「土方が何かしたのか」

糸里は懸命にかぶりを振った。

「ひどいことをしたか言うたか、それなら俺がこらしめてやるぞ」

肩に置かれた平山の手のやさしさが、いっそう糸里を泣かせた。吉栄の惚れたわけがよくわかった。誰よりも怖ろしげな顔の平山は、誰よりもやさしい。

「平山はんは、ええお人や」

「どうした、どうした。わけのわからんことを言うなよ」

「きっちゃんは果報者や、こないなええお人に好いてもろて」

やれやれ、と泣く子を持て余すように平山はあたりを窺《うかが》った。

「あのな、天神。いい人というのは、べつだん褒めた話ではないのだ。要らぬ苦労をするとな、しまいには誰もがいい人になる。いったい何があったのかは知らんが、土方もそのうちいい人になるさ。気長に付き合うてやれ」

汗のしみこんだ手拭を糸里の首にかけると、平山は鎖の着込《きごみ》を軋ませて立ち上がった。

「おきちには、匂いでも嗅いで待っていろと伝えてくれ」

平山は振り向きもせずに行ってしまった。

手拭にしみた匂いの分だけ、きっちゃんは辛抱するやろ。


翌《あく》る日の午《ひる》近くに、何の前ぶれもなく一挺の駕籠が輪違屋の門口に付けられた。

「壬生の土方先生からのお使いどす。糸里天神、おいやすか。祇園のお茶屋さんでお昼のお膳立てしやはりまっさかい、お迎えに上がりました」

駕籠舁《か》きの声が二階に届いたとき、来るものが来たのだと糸里は思った。まさかきのうのきょうとは考えもしなかったが、どうせ行かねばならぬのなら、あれこれ考える間のないほうがいいとも思った。

駕籠の迎えも初めてであった。常の誘いならば、使いの者が付け文を持ってくるか、若い隊士がその旨を伝えにくる。おそらくこの駕籠に揺られて行く先に、土方はいないのだろう。

亭主も女将《おかみ》も怪しみはしなかった。

「こう毎日お膳立てしてくれはるとは、土方先生もご執心やなあ。まあ、せいだい甘えて、べべの一枚も買《こ》うてお貰い」

そう言って背中を押す亭主に、よほど事情を打ちあけたいと思ったが、日ごろ「おとうさん」と呼んではいても、やはり実の父ではない。

駕籠に揺られながら、その実の父親のことを考えた。顔も、名も知らぬ。六つの齢に別れた小浜《おばま》の育て親なら、何かを知っているかもしれぬが、今さら文を托して訊ねる義理ではなかった。

侍であったのか商人であったのか、いずれにせよ母が添うことのできぬ人であったのだから、身分はちがったのであろう。妻も子もある人であったのかもしれぬ。

もし自分のほかに娘がいるのなら、初めて男に抱かれるその晩には、白無垢の衣裳を着せ、足元に提灯《ちょうちん》をかざして送り出すのであろう。父ならば涙も流すだろう。

糸里は掌《てのひら》を見た。父と母とが血を分けてこしらえてくれた体であった。指先まで、ふたつの血が通っているはずである。ならば初めて男に抱かれるときには、父母に許しを請わねばならぬのだろう。寿《ことほ》ぐ人も、叱る人もいないのに、不孝をするのだという気持ちだけは拭いきれなかった。

駕籠は松原通をまっすぐに東に向かい、鴨川を渡ると宮川筋を北にたどった。祇園という遠いところを選んだのも、人目を憚ってのことなのだろう。島原の凋落《ちょうらく》とはうらはらに隆盛をきわめる祇園には、糸里を知る人はなかった。

土方が待っていてくれることを祈った。しかし祈るそばから、言いわけのひとつもせずに八木邸の裏庭から逃げ出した後ろ姿が思いうかんだ。卑怯だとは思わない。それくらい、土方は追いつめられていたのだろう。

あのときの勘働きには確信があった。目の前の芹沢の顔と、土方の顔とを見比べているうちに、まるで天から降り落ちてきたかのようにそう思ったのだった。

おぬしに二心なくば糸里を差し出せと、土方に詰め寄る芹沢の声が、あのとき糸里にははっきりと聴こえたのであった。

新選組副長としての、服従の証である。しかし芹沢が奪えば露骨にすぎる。土方を屈服させ、かつ貶《おとし》めるためには、芹沢の分身たる平間重助が適役にちがいなかった。

白川のせせらぎに沿うた、辰巳屋という小体《こてい》な旅宿の前で駕籠は止まった。屋号はすぐそばの巽橋《たつみばし》にちなむのであろうか。石畳には打ち水がされ、柳の葉をそよがせて風が吹き抜けた。

「お待ちかねどすえ。お昼のお膳はどないしまひょ」

島原とはちがう商売気のある物言いで、初老の女将は訊ねた。

「かまわんといとくりゃす。じきに去《い》にますさかい」

邪慳《じやけん》に答えて、糸里は宿にあがった。狭い廊下が曲がりくねっているのは、白川の流れに沿うた変わったかたちの造作だからであろう。

女将のあとを歩みながら、糸里は一心に土方の名を念じた。

「お待っとうさんどした。お見えにならはりましたえ」

女将が襖《ふすま》を開けた。三畳間に平間重助が、酒肴に手もつけずにちんまりと膝を揃えていた。奥の座敷には蒲団が敷かれていた。

笑えぬお愛想を言って女将が去ってしまうと、平間はいっそう肩をすぼめて、まるで木偶《でく》のようにぎくしゃくとお辞儀をした。

それから呻くような声で、「他意はございませぬ」と言った。


他意はございませぬ。

天神に懸想したなどとは、まったくのでっち上げで、私にしてみれば殴られたり蹴られたりするのと、同じことなのです。

どうか、お座り下さい。この際どのようにすべきか、ずっと考えておりました。分限はわきまえておりますから、ともかくご安心下さい。

ここだけの話ですが、こういうことにせよと旦那様から命ぜられまして、いやはや、斬死せよといわれたほうが、よっぽどましだ。

御酒《ごしゅ》は、いかがですか。でしたら肴をおつまみなさいまし。私はとうてい咽《のど》を通りませぬゆえ。

糸里天神は雛のように可愛らしいと、口をすべらせましたのは確かです。旦那様はそれをどう解釈なすったのか、きのうまったく突然に、重助の想いを叶えてくりょうなどと言い出しましてな。

他意はござりませぬ。

可愛らしいと申したのは、べつだん懸想をしたというわけではなく、私の見たままを口にしただけなのです。

実は故郷《くに》に、十六になる娘がおりましてな。天神よりは齢も下でしょうが、先日角屋でお会いしたときに、娘の俤《おもかげ》をふと重ね合わせてしもうたのです。そろそろ嫁入り話のひとつもあっていいころですが、はてさて、どうしていることやら。

平間の家は、代々芹沢家の郎党でしてな。まあ、そうは言ってもたいそうなものではない。日ごろは田畑を預かって百姓をし、ことあるときには旦那様の馬口取りをするのが務めなのです。もともとそうした身分ゆえ、実のところは近藤先生のご一党のほうが、話も合うし、気心も知れるのです。

文政七年の申《さる》の生まれですから、旦那様より六つ齢かさの四十になります。何だか一回りも離れているような老け具合ですがね。見てくれも、まるで猿でございましょう。

旦那様が剣の修行をなさるというて村を出ましたとき、大旦那様は私をお付け下さいましてね。お小さいころから守役のようなことをしておりましたので、至極当然のお役目です。旦那様が十七、私が二十三のときでございますよ。

もっとも、旦那様は故郷においでのころからの腕達者でしたし、私は剣術などより鍬鋤で精一杯でしたので、守役とは申しましても「おまもりやく」ではのうて、「おもりやく」ですな。

ですから私は、一人娘のこともよくは知らんのです。旦那様はまったく御生家には帰ろうとなさいませんし、身のまわりのお世話は私の仕事ですから、盆暮にも暇をいただくわけには参りません。ときおり大旦那様に金の無心をなさるのですが、その書状を持って常陸《ひたち》のお屋敷に戻るのが、私の唯一の楽しみでした。

そうは言うても、ばんたびのことではございませぬ。月々の仕送りは江戸の水戸屋敷に届けられましたので、急な物入りのときだけです。ほんの年に一度か二度、それもせいぜい一晩泊りの里帰りですから、娘が父と慕うはずはありませんやね。

その娘とも、旦那様が天狗のご一党となられてからこの数年、会うてもおりませぬ。

かさねがさね、私に他意はござりませぬよ。

旦那様のお指図のまま一刻ほど前にここに来て、さてどうしたものやらと考えていたのです。

どうか爺のたわごととお聞き下さい。

まず、天神がこのような仕儀を了簡なされたというのが、意外でなりませぬ。その場でお断り下されば、けっして天神に旦那様の恨みが向かぬよう、命懸けで説諭いたしましたものを。

むろん、わがままを言われた土方君の苦しい立場も、わからいではござりませぬ。まあ、あの人にはあの人なりのかけひきが頭にあるのでしょうけれど、いくら何でも非道だと私は思うのですがね。

それはそれとして、妙な筋書を書かれて困るのは私でござるよ。ここまでお膳立てをされてしまえば、いやとは言えますまい。もともと土方君を服《まつろ》わせる策なのだから、私がいやと言うのは旦那様への逆心になりましょう。で、抗《あらが》うこともできずに、とぼとぼと罷《まか》り越した次第なのです。

のう、糸里天神。

私はいささか、くたびれてしまいました。いっときは、天神を抱いたということにして屯所に戻ろうと思うたのですが、そんな嘘はぼろが出るに決まっている。ぼろが出ねば出ぬで、たぶん腹を立てた沖田君か原田君に斬られてしまいますわ。

怖気づいてやめたと言えば、旦那様は怒る。これはもう、主《あるじ》に抗うたかどでお手打です。旦那様がなさらずとも、土方君がやりますわ。同じ命を棒に振るにしても、どのみち後の収まりが悪い。

あれこれ考えたのですが、やはりこうなると、八方丸く収まる手だてはひとつしかありますまい。

ここで腹を切りますわ。

旦那様も土方君も、世のためにはかけがえのない人物です。私の皺腹《しわばら》ひとつで二人の仲が取り持てるのなら、命を棒に振ったことにはなりますまい。

それで、こうして遺書までしたためましてな、天神がおいでになる前に、死んでしまおうと思うていたのです。

だが――。

申しわけござらぬ。

もういっぺんだけ、娘の顔さ見とうて、たまらなくなっちまっただよ。よくは知らねえが、たぶんあんたは、娘にうりふたつにちげえねえからさ。

この通りでござる。無体な旦那様も、非人情な土方君も、許してやってくりょう。

そのほかには、何の他意もござらぬゆえ。

「あかん。そないなこと、しやはったらあかんえ」

糸里は膳をくつがえして、平間の手を握りしめた。

「どうしてあんたはんが死ななならんのんや。娘さんがててなし子になってしまうやんか。わてやのうて、ほんまの娘さんに会わなあかんやないの」

糸里の膂力《りょりょく》は、平間の力にまさった。脇差を帯から鞘ごと抜き取ると、糸里は平間のうなじをかき抱いた。そして、前歯をぶつけながら、荒々しく男の口を吸った。

「死んだらあかんえ。わては、あんたはんが好きや。平間はんに抱かれたいて、わてから芹沢先生にお頼みしたんや」

「つまらんことを言うな」

「ほんまや。土方はんはむしずが走るほど嫌いや。せんからずっと、あんたはんのことが好きやった。娘やのうて、わてをあんたはんの女にしとくりゃす」

口ではなく、体じゅうで物を言うているような気がした。何を考えたわけでもなかった。胸の中に取り散らかった火種を、何とか消しとめようと苦慮しているうちに、集めた燠《おき》が突然と炎を上げて燃え出したのだった。

作法などは何も知らぬ。ただ、こうしてがむしゃらに身を委《ゆだ》ねれば、男は必ず応えてくれるだろうと思った。

糸里の腰を抱き寄せ、押し倒された体を入れ替えると、平間はいちど吼《ほ》えるように泣いた。

「この命を、おまえの体でつなぎ留めてくれるのか」

そうかもしれないと思ったが、糸里は勇気をふるって、泣き濡れる男の顔を見上げた。

「そやない。抱いとくりゃす」

はだけた胸が重なり合ったとき、糸里の目は見えもせぬ青空を見、耳に通う白川のせせらぎを、はるけき海鳴りと聴いた。

〈上巻　了〉

文春文庫

輪《わ》違《ちがい》屋《や》糸《いと》里《さと》 上

定価はカバーに
表示してあります

2007年3月10日 第1刷
2010年7月20日 第2刷

著 者 浅《あさ》田《だ》次《じ》郎《ろう》
発行者 村上和宏
発行所 株式会社 文藝春秋

東京都千代田区紀尾井町3-23 〒102-8008
TEL 03・3265・1211
文藝春秋ホームページ http://www.bunshun.co.jp

印刷・凸版印刷 製本・加藤製本

Printed in Japan
ISBN978-4-16-764606-6

文春文庫　最新刊